天尽头

红柯 著

西 安 出 版 社
西安曲江出版传媒股份有限公司

图书在版编目（CIP）数据

天尽头 / 红柯著.-- 西安：西安出版社，2018.6
（丝绸之路丛书）
ISBN 978-7-5541-3143-5

Ⅰ.①天… Ⅱ.①红… Ⅲ.①短篇小说－小说集－中
国－当代 Ⅳ.①I247.7

中国版本图书馆CIP数据核字(2018)第127727号

天 尽 头
TIANJINTOU

著　　者：红　柯
策划编辑：范婷婷
责任编辑：张增兰　原煜媛
责任校对：张爱林　陈　辉　张忝甜　王玉民
装帧设计：李南江　纸尚图文
责任印制：宋丽娟
出　　版：西安出版社
　　　　　（西安市长安北路56号）
发　　行：西安曲江出版传媒股份有限公司
　　　　　（西安曲江新区雁南五路1868号影视演艺大厦14层）
印　　刷：陕西天丰印务有限公司
开　　本：880mm×1230mm　1/32
印　　张：7.5
字　　数：194千
版　　次：2018年6月第1版
印　　次：2018年7月第1次印刷
书　　号：ISBN 978-7-5541-3143-5
定　　价：45.00元

读者购书、书店添货或发现印装质量问题，请与本公司营销部联系、调换。
电话：(029) 68206213　68206222 (传真)

目 录

一　坨　草

割草机一路突突突奔过去，草地就亮出青湛湛的头皮。

他想摸一下大地的头皮。他停下机子，从驾驶楼里钻出来。他没用手摸，他在地上走来走去，他的手搁在下巴上。他有个大下巴。结结实实的大下巴上长满黑茬茬的胡子，胡子绕嘴巴长一圈，把嘴巴捂得严严实实，说话吃东西才露一下面，跟森林里的野兽一样。新疆男人都长这么一嘴巴胡子。他比别人长势凶猛。电动剃须刀啃不动，必须用刀片。

他用蒙古刀刮过胡子，刀刃在皮肤上嚓嚓响着，他真想给自己来一刀，对准胸口或者剔出骨头。那种冥想中的快感常常弄得他坐立不安。深更半夜，他呼一下坐起来，从墙上抽出刀子，月亮落到刀刃上，小小一点儿，可亮得不得了，晃晃着就成了金月亮，豆子那么大一点儿的金月亮叮在他的下巴上，就像一个瘊子。胡子越刮越旺，几天工夫就把嘴遮住了，下巴也不见了。

牧草就这样长高了，变黄了，大草原喘着粗气。割草机跟蚂蚱一样，听见草原喘气就急爪挠脑蹦跶个没完没了。机子擦了一遍又一遍，油上得饱饱的，工具箱叮里咣啷，最后攥在手里的是一把扳手。他拎着扳手转圈圈，他在胡子上试了一下。别人就笑他："停伙呀。""啥？"他莫名其妙。人家就告诉他："你不是卸嘴巴嘛，还是你干脆！"他噢了一声，他总算明白了，胡子只能刮不能拔，拔也只能一根一根拔。像他这样拎个大扳手，非把嘴巴卸下来不可。他悄悄把扳手放进工具箱，他听见草原长长出了一口气。辽阔原野的出气声缓缓的，杨树和榆树全都静下来，树荫里的土房子也静下来，鸡呀狗呀跟影子一样晃晃着，街上的行人也是些轻飘飘的影子。女人们在房子里，听不见她们的叽喳声，她们跟鸟儿一样爱叽喳，不叽喳她们也听见原野上传来的出气声。

从大地胸腔里呼出来的气息静静的，连灰尘也停滞在空气里，跟金色的小鱼一样。孩子们早就停下手里的游戏，他们仰起脑袋看那些灰尘，灰尘是在他们的眼睛里变成小鱼的。小鱼越来越多，所有的灰尘都变成了金色的小鱼。孩子们也看见了他的胡子，孩子们说："叔叔，你的嘴巴起火啦。"

太阳在头顶一闪一闪，把胡子点着了。这么长的胡子，太阳不点，它自己也会着起来。

他钻进驾驶楼，割草机轻轻叫起来，跟蚂蚱一样，三蹦两蹦到了野外。牧草一身金黄，密密麻麻站满整个原野。割草机吸口冷气。不是出气，出气的是高高的牧草。他不知道自己给割草机说了句什么，割草机往后缩，缩到路上，绕个大圈子。草沙沙响起来，草认出割草机，才让割草机进去。割草机一进去，草就倒了。大片大片地往下倒。他让机子慢下来，慢得跟人走路一样，草还是往下倒。机子越慢，草倒地的声音越大。"哗——啦"一个很长的回声，跟刀子一样，在他的心上长长地拉一下。他希望刀子在他肉上拉，肉上一拉，心就静下来，心像睁开了眼睛。

大地睁眼睛呢。割开的地方亮晃晃的。大地的眼睛越睁越大，那是机子加快了速度。他不知道这双眼睛要大到什么程度。他顺着那亮光刮下去，更大的光在他身后升起来。机子突然停下。

这种突然的中止不是一次两次了。从牧草深处升起的光芒有一股神秘的力量。他能不能把机子开快一点儿，从那亮光里穿过去？他这样试过，他差点从驾驶楼摔下来。他是个强壮的男人，他在地上走动的时候能感觉到这一点儿。他的双腿，尤其是尻子，跟磐石一样，稳稳的，这么安稳的尻子坐在割草机里，草轻轻一拍就把他拍下来了。

他从驾驶楼里钻出来。已经割出很大的空地了，他在空地上走动。空地很亮，又大又亮，他知道他走到大地的眼睛里了。他也不刮刮胡子。胡子拉碴到这么光堂的地方来，他很不自在。他就靠边走，走着走着走到草窝子里去了。他的腿就不听使唤了，他跟狗熊一样在草窝子里乱窜，越窜越凶。他是个熊吗？他已经是个熊了，喘着粗气，淌着汗，臭烘烘的，一路窜过去，压倒一大沱子草。他坐下喘气，汗跟水一样唰唰唰。草把他埋了。他就打滚，跟狗熊一样打滚，越滚越圆。狗熊有个结结实实的大尻子，他也有个结结实实的大尻子。这么大一个尻子滚起来跟碌碡一样，一下就把草压趴下。草贴在地上，跟梳子梳过的一样。

他滚得很有章法。刚开始有点乱，滚着滚着就滚出了名堂。尻子好像长着眼睛，撵着草滚。草索索抖起来，想收敛都来不及了，被压趴下再也起不来了。草有腿有脚就是站不起来。他越滚越爱滚，越滚越欢。滚着滚着他就不滚了。老婆说他是个瞎熊。他不滚也是个瞎熊。瞎熊不是滚出来的。这么滚一滚能体验一下瞎熊的感觉。

他想他老婆。起初老婆不愿意。老婆肯定不愿意，那时老婆不是他老婆，谁的老婆也不是，是个丫头。他看上人家丫头，就整天跟在人家尻子后边跟过来跟过去跟个狗一样。这么跟下去不是个办法。有人给他出主意，那都是经验丰富的过来人。这种事稍微点一下就行了。他再也不撵人家了。他蹲在草窝子里跟猎人一样。

谁也不知道丫头到野地里干什么。牧场的丫头总要到野地里干点什么，打草或捡牛粪。丫头跟男人一样能吃苦，可丫头不想吃这种苦。什么苦都能吃，这种苦不能吃。他把人家压倒在草窝窝里他才知道人家不愿意，别人介绍给他的经验屁都不顶。他有点后悔，可他的手不后悔。他的手很兴奋，他的腿他的腰他的臂膀兴奋得不得了。丫头不想吃这个苦，丫头就不怕他。好几次丫头翻到他上边，照着他的眼窝揍两拳，照着鼻子揍两拳，他的眼睛冒五角星，鼻腔里也是五角星，鲜红的五角星，他快要晕过去了。他又不能还手，只能死挨。他听见他的身体跟鼓一样，他越听越兴奋。他不还手，男人怎能跟女人动手呢？可他受不了丫头的拳头，这么揍下去非要他的命不可。他顾不上那些狗屁经验了。他的尻子比手剪扎①，尻子跟车轱辘一样转起来。尻子在草地上滚来滚去，把丫头也滚进去了。丫头叫了一声，丫头害怕了，她只能可可怜怜叫这么一声，丫头就没声音了，丫头也成了车轱辘在草地上滚来滚去，一大沱子草被压倒压平跟碾场一样。草不是麦子，可草还是被碾倒碾平碾出籽儿。草籽儿沾了一头一脸一身。

感谢草籽儿，这些没有熟透的草籽儿制止了他的疯狂。

丫头从他尻子底下爬起来，跟个疯子一样，又不像是疯子，疯子要发狂的，丫头不尔识②他，丫头谁也不尔识，丫头呜呜哭起来，呜呜声越拉越长、越拉越尖利跟拉刮木一样……马车行到陡坡上就这么拉刮木，车辕里的马被这尖利的刮木弄得焦躁不安，马只想往崖下跳，宁肯栽死也不受刮木的煎熬……丫头就这么呜呜咽咽地哭。他龇牙咧嘴，想给谁吐一脸，思量半天还是该吐自己，他呸呸吐两口，全都吐到地上，他就往手上吐，吐手上再贴脸上，贴满脸唾沫才好受些。丫头哭够了就不哭了，跟在他的尻子后边，跟着跟着他就难受了。丫头给他做了老婆，不在

---

① 剪扎：敏捷的意思。
② 尔识：理睬。

他尻子后边了。他尻子上像拴个东西，跟尾巴一样。他一个人在外边走，就害怕起来。有一段时间，他不敢走夜路。大家都笑他：女人把气放了。他知道他不是儿子娃娃了。他到底怕谁呢？他谁也不怕，他却成这熊样子。他问老婆我咋是这样子？"你是瞎熊。"老婆说他是瞎熊。老婆说："你是好熊，就不该欺负我。"老婆把那件事都忘了，他旧事重提老婆就说他是瞎熊。这么说的话他天天瞎哩，哪天不瞎？结了婚天天瞎哩。他一尻子坐到地上，软乎乎的草地，跟肉一样。他就喜欢软和的地方。在软软和和的地方走着走着，尻子一沉，扑嗒就坐下了。尻子还要磨一磨，草是秋草，不是春草也不是夏天的草，草到了秋天跟绳子一样，你尽管磨，你爱咋磨就咋磨，反正草断不了。草跟钢丝一样，尻子一松，钢丝就跟弹簧一样弹起来，弹得很猛，发出日——日——的响声。尻子太松了，草欺负尻子哩。这是新疆人嘲笑外地人的笑话，外地人来到大草原往地上一坐，就噢哟哟叫起来："新疆的草日尻子哩。"他不是外地人，草没理由日他的尻子。日尻子的是骆驼刺是蝎子黄，不是针茅也不是芨芨草。尻子烧乎乎的，就像被蝎子剐了一下。

他倒退着走出草地。他的手揉着尻子，他被剐疼了，冒一身汗。

他就这样退进驾驶楼，开上机子，吼叫着冲向草地。割草机贴着地面刮过去。草原空荡荡，草捆全被拉走了。他从机子上跳下来，草茬子在脚底下咯吱咯吱响。马靴的底子很厚，脚板还是能感觉到草茬子的硬度，就像一根根钉子。最好的铁才能打出这样的钉子。

收割后的草原空旷坚硬辽远，给人的感觉就像亮闪闪的金属，就像走在甲板上，就像一艘缓缓移动的航空母舰。一块大陆在移动……那时，他最大的愿望是能有一捆草，一捆秋天的干草扛在肩上，草就会窸窸窣窣唱起草原之歌。他会唱歌，草原上的人不唱歌怎么行呢？他很快听到他的声音，沙哑的声音里没有歌词，好歌子全是纯粹的声音，那种沙哑的声音你可以理解成飞扬的沙子，你也可以理解成颤抖的草叶，散乱的头发也能发出沙沙声……他已经走很远了。他的愿望只有一个，那就是一捆干草。秋天的草跟绳子一样，跟钢丝一样，他一根一根拔，每一根草都能勒开皮肉让手指流血。草捆扎起来的时候，他已经流好多血了。干硬的大地上有一小块湿润的地方，血水把那里泡开了，踏上去是软和的，呼扇呼扇就像心跳。

　　他往回走的时候，心就这么呼扇呼扇跳。这种新奇的跳动常常使他停下来，朝后望望，朝四周望望，好像在期待着什么。他干脆坐在土墩上，抽着烟，他不信等不到。心这么跳，谁见过心这么跳？就像个大门扇，呼扇呼扇，最尊贵的客人总是让房子生辉。那辉煌的影子在草地上移动，移到他脚边时他呼地站起来。他向客人发出诚挚的邀请，他把客人请上割草机，坐在驾驶楼里。他也没忘记带那捆干草。金黄的牧草哗哗飞扬起来，跟女人的长发一样。他听见客人在赞扬女人的头发，他就感叹起来："其实早该这样子，割了这么多年草，就不知道往驾驶楼里放一捆草，你瞧我多笨啊。"客人哈哈大笑："你不是放了一捆吗？""这是欢迎你这位贵客的。"

　　"我有这么尊贵吗？啊？"

　　客人又笑了。

　　"我的心呼扇呼扇跳，我就知道有客人要来。"

　　"真这么跳吗？"

　　他让客人看他的胸脯，他的胸脯跟宽门扇一样呼扇呼扇两下，客人就沉默了。客人只说了一句话："我确实是你的客人。"

　　他要把这个喜讯告诉老婆。他有点着急，机子停在街上，他就往家里奔。起初他还等等客人，拐上他们家那条街，他给客人指一指他就快快奔过去了。

他们家是村子里最脏最乱的家，在客人进门之前要好好收拾一下。

他轻轻推开院门，他把草捆放在院子里，放得很轻，他以前进门总是把农具随手一扔，草捆是最容易扔的，可他没扔。他轻轻放在地上，地上干干净净，他轻轻放在地上。老婆在房子里洗澡，房顶有个刷成黑色的大铁桶，太阳把水晒热，皮管子通到房子里洗澡。老婆在里边洗澡。他叫老婆快点要来客人啦，老婆说知道知道。不管他说什么，老婆总是知道知道，老婆烦他时就这么对付他。

他有点急。他拿起扫把，院里是净的，他放下扫把，他到厨房去。他收拾厨房，他感到别扭。新疆男人是不干这个的。他洗菜，洗肉，晾在案板上，他最高强的本领就是这些，他不会做，把生的变成熟的他没这本事。他想喊老婆，他嘴都张开了，又把嘴夹上。他不爱听老婆的知道知道，他嘴唇一动老婆就知道知道。他把嘴夹紧。

他把水烧上。不会烧菜，水还是能烧开。

他到院子里。他看见那捆草。在辽阔草原上扛着草捆走一圈，草就给你唱歌，草跟你一样有个哑嗓子。他想听哑嗓子唱歌，他也知道怎么让它唱起来。他夹上草捆到羊圈里去，羊看见草就咩咩叫起来，他把草撒开，草就响起来了，草跟口笛一样在羊嘴里响起来。马棚子里的马闹腾开了。他只带一捆草。他只干外边的活，不管房子里的活。他给马喂豆子。马不闹了，专心吃豆子，豆子的咯嘣声破坏了草的歌唱。他干瞪眼没办法。

老婆湿漉漉从房子里出来。老婆说："你手咋啦？"他说："割草割的。"老婆没再问他的手。他的手很奇怪，一路上不疼，老婆一查问手就火烧火燎地疼开了，疼得他龇牙咧嘴。

老婆甩甩头发，到厨房里去。很快又从厨房里跑出去，好像里边卧了一只狼，老婆惊惊乍乍看他一眼。他抱着他的手，吸吼吸吼咧嘴呢，他很艰难地问老婆咋啦？老婆说："新疆草日尻子哩。"

"能日尻子的草，是好草！"

老婆怪怪地看他一眼，尻子一拧进厨房。案板咚咚咚响起来，响着响着响起来老婆吱吱呜呜的唱歌声。草原女人赶着牛车去拉柴火拉草捆子就唱这种歌子，木轮咚咚咚轧着大地，草捆子在车板上唰唰响起来，有时是风吹响的。被女人拉回来的干草，不是那种沙哑的声音，是被风拉长的带着汗水和体香的温热的长调。他一直怀疑女人的声带都是牛筋做的，只有牛筋才能有这么好的韧性。牛筋绷在桦木上就是一张弓箭，让铁飞起来的弓箭。牛筋拧在一起插在男人的后腰上，就是一把鞭子，能把石头打裂的牛筋鞭子，也能在空中发出嘹亮的哨音。老婆的嗓子好久没有拉过长调了，好久没有像牛筋鞭子一样嘹亮地响过了。在她做丫头的最后那一天，狂风把她吹折了。她被吹折了吗？草原女人的歌呀！他抱着他的手，他嘴里吸吼吸吼，那已经不是皮肉的疼痛了。他还这样吸吼着，他原本是个娇嫩的家伙。他哪儿疼呢？他哪儿都疼！他的吸吼声就是给老婆伴奏的。

老婆叫他吃饭的时候他还在吸吼着。老婆踢他一脚，他能起来却没起来，他还想挨一脚，老婆的脚就飞到他尻子上，他跟足球一样弹起来。

他问老婆咋样？

老婆说跟足球一样。

他说："这下气圆了。"

满满一桌子菜，还摆上了酒。等半天不见朋友来。他出去找一圈，没找着。老婆说："是你嘴馋了吧。"这么严肃的问题他可不想开玩笑，他沉着脸给老婆说话呢，老婆知道这是个严肃问题。老婆说："不能把咱饿死，咱给客人留一份，咱先吃。"他们先吃，吃得很香。老婆好多年没做过这么好的饭。吃着吃着老婆吸吼开了，他说又没人打你你吸吼啥哩？

"我吸吼饭哩。"

"这么好的饭还要咋好哩？"

这么好的饭，老婆总算做出来了。老婆就看她的手，手是好手，能喂牲口能做饭，确实是一双好手。老婆看着看着就不难受了。老婆看着他慢慢吃，老婆说："你慢慢吃。"老婆这回没逼他，他轻轻松松自自在在吃了一顿饭。吃完，碗一放，他啊了一声，顺手把烟插上，烟就着了，吐着一圈一圈青烟，跟鸟儿一样。

摸摸下巴，摸摸嘴，胡子跟草一样。草该割了，他就把草割了。他去了一趟理发馆，他刮了胡子刮了脸，还吹了吹。把理发馆的丫头吓一跳。一个村子里的，都是熟人，这么一刮把熟人刮成生的。丫头说："回去嫂子就认不出你啦。""不让她认。"

走到街上，大家都认不出他，他跟人家打招呼，招呼半天，人家就吧叫起来。那些大嫂大婶们嚷嚷："别敲门往屋里走，你媳妇还以为她的嫖客来了。"

他没敲门往屋里走，老婆真的叫唤开了。

"滚，滚，哪来的野嫖客。"

他站在院子里就是不滚。

屋子里静好半天。窗户裂一道缝，越裂越大，老婆一张脸露出来。

"咋是你这野嫖客？咋是你这野嫖客？"

"就是我这野嫖客。"

门开了。他笑呵呵进去了。

骆 驼 碗

骆驼碗长在骆驼的膝盖上。

孩子感到好奇，孩子就钻到骆驼肚子底下摸骆驼的膝盖，坚实光滑跟红铜一样。骆驼卧倒时先要跪下，骆驼太大了，还有一个高高的驼峰，天长日久就把膝盖磨成闪闪发亮的铜。

比铜碗好多啦。看骆驼的老头有一个铜碗，他对自己的铜碗不屑一顾，孩子就问老人为什么不弄一个骆驼碗。

"老哈萨才有这耐心。"

"那要多大耐心？"

"得七八年。"

"你会弄吗？"

"谁有这么大耐心，七八年呢。"

孩子的神情就有些异样。老头拍拍这傻小子的脑壳，傻小子没反应，老头就说："你别指望这些骆驼，它们不会让人得手的。"

"为什么？"

"跟它有交情才行。"

"你跟它有交情吗？"

"我喂它吃喂它喝，还要用刮子把它弄干净，我他妈就是骆驼司令。场长过来看看骆驼认不认他。"

到底是个孩子，人家只是说说，他就当真了，整天泡在骆驼圈里，勤快得不得了，什么活儿都干。老头就轻松多了。孩子回到家里累得都不能动了，孩子的父亲就去找老头："你给我儿子灌了什么迷魂汤，给你当小长工。"

"我又没教他吃喝嫖赌，教他干干活有啥不好？"

父亲碰了一鼻子灰。母亲细心盘问，也没问出什么，那神奇的骆驼碗藏在孩子的心里，孩子紧张得不得了，孩子趴在床上发抖，母亲以为孩子藏了什么东西，她费好大劲才扳开孩子的手，母亲摸孩子的胸口什么也没摸到，孩子的心快要从胸膛里跳出来了。母亲也觉察到孩子心里藏着秘密，但她一点儿办法都没有。孩子还是老样子，去给人家当小长工。

孩子可以向老头提要求了，老头说："行啊，你叫吧，看它们谁愿意跟你。"孩子站在院子里打声口哨，还真叫出了几匹好骆驼。孩子选中了最漂亮的骆驼，就到大戈壁去了。

戈壁滩上有骆驼刺，孩子不是去找骆驼刺的。孩子迷上骆驼之前，跟牧场所有的孩子一样喜欢骏马，儿子娃娃嘛骑上高头大马到北塔山西边去。北塔山与阿尔泰山遥遥相望，中间是无比辽阔的大草原，北塔山北边也是大草原，可那地方离边境线太近了，稍不留神就跑出去了。孩子跑出去过一回，马是不认国境线的，马只认识草，马吃饱了还要在草丛里跑一阵子，金草地上，黄骠马越跑越来劲就跑出去了。整个北亚草原都是一种静悄悄的辉煌景象，孩子兴奋得不得了。如果不是骆驼膝盖上的那两块闪闪发亮的铜，他会一直把这种游戏做下去的。北塔山故乡不光有金草地有骏马，北塔山还有大戈壁，北塔山的南边，无边无际的大戈壁把外边的世界全隔开了，千百年来多少商队和牲畜被戈壁蒸发掉了。

孩子把这些故事讲给骆驼听，骆驼就"呜——"叫起来，跟吹牛角号一样，那些散落在戈壁滩上的白骨哗哗翻滚，骆驼把它们唤醒了。骆驼昂首天外，骄傲得不得了，看样子它的脖子还要继续往上伸，天空低下来，太阳在骆驼蹄子底下一闪一闪，就像一块吱吱冒火的红石头。

孩子和骆驼遇到了暴风雪，孩子钻到骆驼肚皮底下。石头都被冻裂了，老鹰被冻成冰块从天上掉下来，孩子一点儿事都没有，孩子从骆驼肚子底子钻出来的时候一身汗气。骆驼卧的地方也在冒气，这不是给老天爷难堪吗？暴风雪一下子就停在了半空，雪片跟麦衣子一样被太阳抖得干干净净。孩子经常在打麦场恶作剧，钻到麦衣子里，突然跳出来把干活的女人吓得失声尖叫。太阳是不会叫的，太阳慢腾腾地走着；星星升上天空，星星大起来；星星大到了孩子脑袋那么大时星星就不动了，星星就有了光，饱满圆润有一股淡淡的河泥的气息，孩子亲眼看见星星怎样变成了月亮，月亮又红成了太阳。

孩子和骆驼回到牧场，整个牧场都轰动了，单人单骑横穿大戈壁，他们创造了奇迹。

北塔山牧场是一个长长的大斜坡，骑上快马跑三四天才能跑完。在长坡的尽头，孩子看见牧人和骏马凝固在那里；已经是秋天了，是牧草长得结结实实的黄金季节，金黄的牧草把牧人和马托在掌心里，草原跟大海一样起伏着奔腾着；孩子的眼睛睁得那么大那么圆，然后深下去，深下去，跟北塔山陡峭的峡谷一样，孩子已经是少年了，是一只雏鹰了。

记得刚回到村子时，母亲扑上来抱住他就哭。父亲是个真正的男人，父亲一声不吭走到骆驼跟前。骆驼知道这个粗壮的汉子来干什么，骆驼垂下脑袋，正好跟父亲的脑袋碰一起，两个雄性十足的大脑壳默默地贴了一会儿就分开了。骆驼再不理父亲了，好像什么事都没有发生，好像在告诉父亲，我没有救你的孩子，你的孩子给我做伴逛了一回大戈壁。骆驼的眼神就是这意思，父亲不由得发出一声赞叹："我操，这世界上再没男人了。"

骆驼被人牵走了，牧场的驼队要去运货，羊皮羊毛羊肉被送出去，再把外边的好东西送回来。他一直惦记着骆驼，他与骆驼的经历被人们传为美谈，在同龄人中就显得更了不起了。他总是到远离村庄的戈壁滩去迎接驼队。骆驼呢，远没有他这么热情，甚至有些冷漠，好像不认识他似的，他已经是个很自尊的少年了，要是同伴这样对待他，他早就不客气了，即使父亲也不行。他顶撞父亲又不是一回两回了，狂暴的父亲发火时把小板凳摔向儿子，儿子毫不畏惧一动不动，桦木小方凳哗啦一声碎裂了，儿子的脑袋也开了一个大口子。父亲心里直后悔，父亲嘴上骂骂咧咧，跟撕癞皮狗一样撕开扑上来的妻子，妻子又哭又叫，父亲把这疯婆娘推开，出门就撕下一大撮头发。父亲再也不发火了，父亲也明白了，大戈壁和骆驼早就给儿子传授了大地的秘密，他这个父亲有什么办法呢。

　　孩子在骆驼跟前遭到冷遇。骆驼在暗示这个傻小子，这没有什么了不起，不就是去了一趟大戈壁吗？傻小子还真伤心了。伤心的小男子汉是没有地方流眼泪的。北塔山有烈风有毒日，人们的眼窝子滚烫滚烫的，泪水是流不出来的。他擦一下眼窝子，他再也不到驼道上去了。

　　他跟大人一样卷一根莫合烟，靠在村口的沙枣树上，望着蓝天一口一口吐烟团。旋风跟浑浊的河流一样奔驰在蓝天深处，旋风很快就消失了。一根莫合烟也抽完了，开始抽第二根，他就不看天空了，他往地上看，看大地上的牧场、庄稼地、林带那边灰黄的大戈壁。他发现戈壁是有尽头的。戈壁就这么奇怪，你走进去它就大得无边无际；你在远处看，就能看到它的边。

　　驼队就这样出现在村口的大道上，那股呛人的味道跟烟草一样让人兴奋。他跟见了老朋友似的在骆驼腿上拍一下，他的脑袋跟骆驼脑袋碰在一起，他拧住骆驼的嘴巴，热乎乎的厚嘴巴把他的手都融化了。好多年后，他已经成了已婚男人，他才知道这种肉乎乎的感觉对男人有多么重要。那是他少年时代的最后时刻，血液在胸中不停地爆炸，无数的翅膀在扇动，鸟群，巨大的鸟群从北亚草原飞过来，覆盖了北塔山，北塔山缩成小小的一团，完全消失了；少年时代消失了，少年的骊歌留下最后的旋律，上升、回旋、远去，从南到北，从东往西，从天空到大地，最终都要回到颤抖的手里，回到热乎乎的骆驼的厚嘴唇上。那时候骆驼碗就已经出现了，他已经做出了这种大胆的举动，他捧着骆驼的大嘴巴，就像捧着一只碗，盛着奶子的滚烫的大碗。他的手被融化，又复原，他的手跟鱼一样从骆驼碗里游出来，骆驼很从容地告别了他。

那确实是一次告别。大戈壁要修公路了，千年古驼道永远要消失了，独身穿越戈壁绝境的骆驼有了大用场，它带着修路的人跑东跑西，半年后公路修好了，骆驼全被派到更偏远的地方。他怎么能忍心让骆驼落在陌生人手里呢？骆驼快要出村子的时候，他把刀子攮进骆驼的屁股，骆驼嗷一声就吹响了悲壮的牛角号，震天动地的牛角号把大家全吓傻了，骆驼一路狂奔冲向大戈壁。场长气坏了，场长一定要重重地处罚这个傻小子。他根本听不见场长喊什么，他举着血淋淋的手问那个老驼夫："爷爷，我是不是犯了罪？""它会成为一只野骆驼。""它回不来了呀！""回来干啥，戈壁滩才是它的家。"老驼夫年轻的时候也干过这种事。"受伤的骆驼要狂奔一个礼拜，伤口把刀子化掉，刀把跟果皮一样，呸，吐到地上，结上痂就没事了，"老驼夫太喜欢这个傻小子了，"这一招是学不会的，这是天性呀傻小子，你会走运的。"

他已经是个相当老练的牧工了。他总是把羊群赶到常人不能去的地方，道理很简单，那些地方有最优质的牧草，一个泉眼就能在绝境里浇灌出一片仙境。去仙境的路是很凶险的，人畜随时会丢掉性命。夏天难不住他，他总能找到泉水，好像泉水装在羊皮袋子里带在他的身上，他的羊群绝对相信他。动物有着比人更强烈的记忆力，带它们吃上两三次好草，它们就相信你了，吃再大的苦它们都跟着你。最难熬的是漫长的冬天，牧工们总是到牧场周围放放牲畜就行了，谁愿意贴上自己的小命去大漠里冒险呢？据说阿尔泰的蒙古人和哈萨克人才冒这个险，他们从来不委屈自己的牲畜，再恶劣的天气，他们都要让牲畜吃上鲜草。他总是把他的羊群赶到大漠深处，遇到暴风雪，他就躲在大石头后边，羊跟他一样也躲在石头后边。羊是冻不坏的，羊只要吃饱，那身好羊毛就是一团白色的火焰。主人就不行了，主人身上披着光板羊皮袄，那毕竟不是他身上长的，奶疙瘩和馕饼子跟冰块差不多，他只能一口一口抽莫合烟，两根莫合烟是不够的，他装了满满一饭盒卷好的莫合烟，他吐出的青色烟团搅在雪雾里，新鲜得不得了。他扛住了严寒，继续赶路。有好几次他遇到了野骆驼，他们相逢在密匝匝的骆驼刺丛里，他手上脸上全是血，骆驼刺跟利箭一样哗啦啦射过来，骆驼流过血，骆驼可不忍心让他流血，骆驼舔他脸上的血，他一把攥住骆驼的舌头，他的手再也融化不掉了……骆驼肉颤抖着，让这个男人感受整个大地的肉体，肉肉的、肉肉的，一身好肉肉啊，骆驼唤醒了他的手。

他爱上一个丫头时，他的情敌都感到害怕，他的情敌可不是一个，那些人太了解这个家伙了。如果说赶着羊群去放牧是因为他太老实太善良，跟动物建立了罕见的友情，那么打猎就不同了，一个男人的狠劲很容易在打猎中体现出来。几个人去打黑熊，受伤的黑熊逃掉了，有两个胆小鬼就别指望有什么收获。再说了，受伤的猛兽有极强的报复心，等它歇过劲舔掉伤口的血迹就不逃命了，它会主动来找人。这个凶悍的汉子不顾大家劝阻，一个人提着枪去追赶受伤的熊，三天后马驮着熊回来了，他在后边远远地跟着，他实在是走不动了。人家围着丫头献殷勤的时候，他远远地看着，好像他才发现大地上有这么一个人，一个白桦树一样结实苗条的丫头出现在世界上，他慢腾腾地走过去，他静静地看着这个丫头，他只说了一句话："我要盖一栋房子。"

"你想盖就盖，关我什么事？"

"给你盖呢。"

"你神经病啊。"

"我要跟你一起住呢。"

大家全都笑了，丫头都笑出泪来了："萨郎（即傻瓜），苕子（即疯子），神经病。"

随你怎么说吧，他才不管呢，他在山的阳坡找一块好地方，弄得平平整整，红柳条子扎上了，泥巴抹上了，土块打出来了，晒干了。真是个萨郎呢，不要别人帮忙，父母亲都不要。父亲已经不会发火了，可父亲有时要劝劝儿子，不要这么傻，要惜自己的力气，用完了就没啦。这个萨郎根本不听老人的话。老人嘛，老啦，浑身的力气耗光了，就不愿意看人家用力气。这个萨郎把他的力气灌注到房子的每一个角落。那丫头远远地看着这里，丫头已经听到一些风声，她本来打算远远看一眼满足一下好奇心，她的眼睛一下子被屋子吸引住了，她的腿不听她的了，她走过去，问都不问抄起家伙忙起来，萨郎一点儿也不傻，他好像知道丫头要来，屋子里的细活全给她留着，是那么心安理得，丫头无法拒绝。他们忙了整整一个礼拜。不嫁给他还能嫁给谁呢？这是自然得不能再自然的事情。

傻小子娶俊媳妇，会发生许多故事，比婚前的交往更精彩，比结婚的场面更热闹。谁不愿意欣赏精彩热闹的故事呢？北塔山牧场的人们也不例外，何况他有那么多情敌，那些人贼心不死啊。让他们兴奋的是新郎还是老习惯，一大早赶着羊群出去，太阳落山才回来。北塔山与阿尔泰之间的天堂一般的金草地他肯定是要去的。更让人兴奋的是新郎还要去大戈壁，戈壁上那些星星点点的草地强烈地吸引着这个傻乎乎的牧工，他对羊群的热爱好像超过了对妻子的爱，有人当着妻子的面强调了这一点儿。

"不放羊我们吃什么？"

"没必要跑那么远嘛，多危险呀！"

女人的心悬起来了，女人坐不住呀，女人毕竟是女人嘛，女人心乱如麻的时候既可爱又软弱，女人用乞求的目光看着天，苍天会保佑丈夫的。女人的目光回到地上时女人一下子清醒了，她再也不理客人了，也不管人家坐在院子的葡萄架下有多尴尬，她从牲口棚里端来一堆热腾腾的牛粪，跪在地上擦啊擦啊，丈夫归来的那条小通道一下子亮起来，跟镶上玻璃似的。客人摇头叹气。

"铺上砖不就行了嘛，铺石头也行啊，至于这样嘛。"

一脚一脚踩实的土路反复打磨，亮晃晃的。

女人又把屋子擦了一遍，身上全湿透了，透过汗的身子清爽得像早晨的风。女人哼起了《白天鹅》，草原上的白天鹅，从阿尔泰山到北塔山，金色草原上的白天鹅就是牧人的妻子啊。马扬起蹄子要吃了那颗肥壮的太阳。女人啊，女人，女人一遍又一遍地擦着墙壁，厚厚的墙壁是红柳条子扎起来的，是用泥巴糊起来的。女人的额头贴着墙壁，丈夫的手印显出来了，女人用手指划一下，然后慢慢退出来，退到院子里，女人再也哼不出《白天鹅》了，女人的胸腔里汇聚了所有的牧歌。马扬起蹄子就能吃掉那颗雄壮的太阳，白桦树和红松把树根上的力量使出来，就能把北塔山扛在肩上，让白云停下来；羊羔一样的白云停在哪儿，哪儿的人就有好日子。

这个疯女人把整个房子举起来了，从远处看，房子就在她手上，她举着双臂站在院子里使出那么大的力气。那个对女人动坏心眼的男人亲口对大家说的，也是大家亲眼看到的。从北塔山上往下看，房子就在女人的手上，女人举着一个大箱子在草原上走呢。

"她想男人了。"

"她想自己的男人。"

"她男人又不在北塔山，她男人在戈壁滩上呢。"

"好女人啊。"

"是他妈房子好。"

"你们都错了，你们还记不记得他当年赶走的那匹骆驼？"这显然是个有心人，这个有心人一边说一边喝着酒，也不敬大家一杯，就这么对着酒瓶吹喇叭，"那骆驼他妈成了野骆驼，我他妈追了一个礼拜才追上。"

"后来呢？"

"后来他就醉啦。"

大家轰一下全笑了，这个醉鬼一瘸一拐地，不笑他笑谁呀。他太可笑了，野骆驼与人家两口子有什么关系。

"怎么没关系？你们没看见他跟骆驼的亲热劲儿，野骆驼啊，亲热了野骆驼再去亲热女人，啧啧啧。"

"我们也亲热我们的马，这家伙喝多了。"

说是这么说，可野骆驼的存在是不用怀疑的。

没有桃色事件的故事是令人失望的，北塔山牧场不可能发生这种事。细心人很快就发现这对夫妻的长相越来越像，几十年的老夫妻才会出现这种情况，出现在少年夫妻身上简直是一个奇迹。更让人受不了的是那女人有了孩子。可怕的事情一个接一个。孩子刚断奶，野骆驼来到他们家，大家都看到了野骆驼闪闪发亮的膝盖，那是野骆驼耗尽心血打磨出来的红红的铜。骆驼老的时候就这样报答它的恩主。

　　我们的主人公很顺利地剥下了骆驼膝盖上的皮，把里边的油刮干净，用沙子擦干，趁皮子软和的时候揉成碗的形状，烟火熏三年，用细沙子打磨三年，孩子就长起来了。孩子去上学的时候，他开始给皮碗上光，用整整一年时间在野外赶着春夏秋冬四个季节，金色草原的花草树香烈风冰雪全打磨上去了。骆驼皮这时候才成为真正的铜，手指轻轻叩击，就发出纯正的金属的声音。最后一道工序太重要了，雕上图案，碗的神气就出来了。

　　整个冬天他都在磨那把小小的刻刀，磨一磨，对着刀口吹气，再磨一磨。

　　那条狐狸尾巴是给老婆做围脖的，他只好食言，他答应给老婆另搞一张狐狸皮。老婆是相信他的。他跟踪一只红狐跑遍整个北塔山，直到狐狸绝望地蹲在悬崖顶上发出凄凉的叫声。狐狸望着山顶上的月亮叫了一个礼拜。他很耐心地听着。他有这个耐心。狐狸的眼泪都哭干了，那颗无情的子弹从眼睛里射进去。一只漂亮的红狐应该是很完整的，好猎手只射它的眼睛，不就是两泡水嘛，拧干它的水就不会破坏它的皮毛，一根毛都不少。狐狸可以瞑目了。死不瞑目的兽皮总有硬伤。他把熟好的皮子往骆驼碗里灌，跟灌水一样，比水更流畅，跟活的一样钻进碗里，满满的一碗，溢出一大截。真不知道他用了什么力，红狐就跑起来啦。

　　"它上山呢，它蹿到树上了。"

　　整个冬天，他都是磨磨刀子，转转皮碗，上最后的光。

　　他举碗对着天空看。他可以动刀子了，北塔山牧场静悄悄的，青草抬起叶片，万物萌动的时候，刀子就有了大地的灵气。他刚把刀子举起来，就听见老婆与孩子的对话，老婆给孩子的成绩单签字呢，孩子考了好成绩，老婆要勉励几句的。

"乖儿子再考一个一百分。"

"我都考了三个一百分啦。"

"三个不行，要一直考下去。"

孩子有点不耐烦，母亲耐下心教育孩子，经常考一百分的孩子将来会有一个金饭碗。小学生不懂什么金饭碗，母亲有的是耐心，母亲很兴奋，孩子对金饭碗有兴趣，多好的事情呀。

他心里就乱了，他抽两根莫合烟，两根莫合烟对一个男人来说足够了。他一刀下去把皮碗戳个洞，他记得清清楚楚刀子跟鸟儿一样轻轻飞进去的，怎么这么重，刀尖跟钉子一样扎在手指上，扎进骨头里了。他摇了一下才拔下刀子。

还有一只碗。他不敢在家里做。他去大峡谷，他真后悔为什么不早早到这里来。活做得很成功。他太兴奋了，他跟个孩子一样把他的绝活藏起来，他要偷着乐，乐够了再拿出来。

老婆一心扑在孩子的学习上，老婆越来越漠视他的存在，有了孩子忘掉丈夫这是很正常的。孩子还记着那只神奇的碗。孩子问那神奇的碗，他有点慌乱，甚至有点害羞："快，快完了。""爸爸你真了不起！"孩子的眼睛多亮啊，他不停地摸孩子的大脑壳，他真想带孩子到山上去，去看看那只神奇的骆驼碗。碗就藏在北塔山的红松树上，跟一只漂亮的松鼠一样在树上蹿呢。

"你要带他哪里去？他要做作业。"

他悄悄地走出去，吃饭的时候赶回来了。孩子好像意识到那只神奇的骆驼碗在悄悄靠近自己，孩子就不安分了。

"我爸怎么还不回来呀？"

"不用管你爸，你只管你的作业。"

"我爸太了不起了。"

"嗯。"

"我长大一定要跟爸爸一样骑大马跑遍大草原。"

"那是很累的，傻孩子。"

"做作业才累呢。"

"傻孩子你不知道你爸有多么累，让你上学好好读书就是让你有个金饭碗，有好日子过。"

那只碗又回到北塔山，牧草唰唰响着，只能看见一双靴子，一晃一晃，再也看不到他的腿、他的身躯和胡子拉碴的大脑袋了。

铁 匠

铺子在大峡谷的出口。河流和马群从这里涌向大草原。河流就不用多说了，那条有名的巩乃斯河从天山腹地呼啸而出，进入草原就沉默起来，只露个厚墩墩的背，一晃一晃，草原就开阔起来。铁匠就会说："巩乃斯河穿我的鞋才走这么远。"

大家都知道他的手艺，他打出的马掌蓝汪汪的，像是从岩石里掏出的一团光，巩乃斯河在大草原上就闪出这种蓝汪汪的光芒。巩乃斯河确实穿了铁匠的鞋子。大家信这个，不信不行，所乘的骏马就穿着铁匠打制的鞋子。

马走近铁匠铺就眼冒神光，长鬃唰唰抖起来。铁匠在锻打一只新掌，火花的红网一张一落诱惑着马。主人揪住马耳朵小声说："它会烫坏你的脚。"马刨蹄子撅屁股，骑手快要颠下来了。骑手使出各种手段也难以制服他的马了，那股子倔劲比野性未服时还要厉害。骑手只好认输，掉转马头往铁匠铺里走，走进那张耀眼的火网。出来时，马成了铁马，碗口大的蹄子落到地上，大地嗡声四起。骑手松开缰绳，骏马很快跑出一片暴雨声。

铁匠听见马蹄声就坐卧不宁，他要看看那是一匹什么样的马。他喜欢坐在炉子边，抽着莫合烟，眯着眼。从草原的蓝色晨雾里出现更辽阔更雄壮的草原，牧草波浪滚滚，一浪高过一浪，他要倾听的马蹄声被草浪吞没了。绿色海洋没有声音，他的眼睛眯得更细，瞳光更加锋利，在牧草的枝叶间嗖嗖飞蹿。绿色波浪终于被顶破了，从草浪深处浮现出一颗漂亮的马脑袋，接着是金光灿烂的长鬃。草浪被马的脖颈破开，像刀子划开的肉向两边翻卷，马颈修长挺拔像一棵红桦树，树底下是马漂亮的胸脯，结实、饱满、明亮，顶着翻卷的草浪，草浪很汹涌地扩散着辽阔着。马奋力地游着，马蹄夯击着大地深处，在地层很深的地方，马蹄夯一下，草浪就涨一截。金色的马鬃在草浪尖上闪闪发亮，太阳被罩在那金闪闪的火网里。

孩子看到另一幅景象，孩子叫起来："马，马飞起来啦！"

蓝色天幕上，不断出现马的雄姿，转瞬即逝，辉煌无比。马的形象不停地变幻着，红马、雪青马、栗色马、白马、灰色马，还有纯金色的马，也是最先出现的那匹赛过太阳的骏马。

每当这时候，铁匠就会告诉孩子："那是天马，巩乃斯草原是天马的故乡。"

这种回答不但满足不了孩子的好奇心，反而激起孩子更强烈更无限的神往。孩子跃入滚滚波涛，去追那些游动的天马。他很快沉入浪底，成为小蝌蚪。他追不上天马，他兴高采烈地回来了，从草浪里钻出来，身上散发着牧草冰凉的香气。

铁匠是不会出去的，铁匠就坐在炉子边，从细眯眯的眼睛里看着大草原和草原上的天马。他喜欢马胸前飘起那团金光闪闪的长鬃，就像一团纯净的火焰。在太阳跟前能闪出火焰原色的，只有骏马的长鬃。无论木柴还是煤，都烧不出这么好的火。

铁匠就抡起大锤，圆圆地抡起来，叮咣叮咣，越抡越圆，铁砧喷射火花，火花织成一张网，却比不上晨光里闪闪发亮的马鬃。铁匠要的是那种纯金色的火焰，铁匠来了灵感，他相信自己能打出这种火焰。

孩子从草原回来时，铁匠正在全神贯注地打造这种火焰。孩子满脑子天马的形象，孩子的眼睛闪射出奇异的光芒，孩子一眼就看中了那块铁疙瘩。铁匠敲打的铁砧上空荡荡的什么都没有。孩子拔开炉子，把铁疙瘩烧红，红中跳出白光，铁化成了水。红白相间的铁水跟露珠一样，被孩子一个漂亮的动作搁置在铁砧上。事后孩子也弄不清他是如何插进去的。铁匠的大锤抡得很欢，抡成了一个密不透风的圆。破这个圆可不容易，铁匠不论是耍刀子还是抡大锤，他抡出的圆，泼一盆水，水全反射回去，滴水不漏。

孩子很不经意地破了这个滴水不漏的圆，让露珠一样的铁块插进去，哗一下，铁块闪出神光，把铁匠的眼睛照亮了。铁匠很兴奋，大锤不再疯狂，大锤一会儿快一会儿慢，一会儿轻一会儿重，一会儿是鸟一会儿是鹰，飞翔盘旋，铁块被锻打成一个美丽的圆。那个圆盘旋着飞起来，飞出铁匠铺，飞到大草原，飞到草原和群山的上空。那正好是巩乃斯最明净最清爽的晨。那个圆飞向太阳，叮咣一声把太阳击灭了。它自己闪出一道道金光。金光射到草原上，高高的草浪落下去，整个草原高起来。

马鬃依然那么明亮，马鬃的金光谁也比不上，那个奇异的圆也一样。

这正是铁匠所希望的，只要他打出的活儿有马鬃那样的光芒，他就心满意足了。铁匠兴奋得说不出话，他站在铺子外边，望着大草原傻乐。孩子说："你打出了太阳，我看见了，你打出了太阳。"

"那是马掌。"铁匠说，"师傅打出了最好的马掌。"

铁匠捧着这只最好的马掌，就像捧着一个明亮俊美的婴儿，小心翼翼来到后边的山上。小路在牧草和灌木中潜行，然后出现在半山腰，跟一条腰带似的，铁匠顺着腰带走进去，又往上爬。山路到最险要的地方，路直立起来跟梯子一样，铁匠就成了一只狗熊，吭哧吭哧往上爬。

那条竖起来的路把大山从胸到腹切成两半，路一直伸到山洞里。铁匠没点火把，他在洞口停一会儿，让眼睛适应里边的黑暗。他的眼睛跟星星一样。黑暗中有蓝色的光在闪动，那是他手上的马掌。不知不觉走了很久。

山洞很深。一代又一代的铁匠在这里采矿、炼铁、打马掌，一代又一代的巩乃斯天马从这里走向大草原。每一代铁匠，在他手艺炉火纯青时，一定要打制出最好的马掌，把它奉还给大山。山洞的两边，可以看见星星点点的蓝光，跟苍穹里的星星一样，那都是前代匠人呕心沥血打出的绝活。它们在太阳下闪光，在没太阳的地方会自己亮起来。那些自己把自己照亮的马掌，才是真正的马掌，也是铁匠们的梦想。炉火纯青，铁才会从矿石里出来。

真正的骑手会感应到那个神圣的时刻，无论是在巩乃斯草原，还是遥远的巴音布鲁克草原，他们都能感应到铁匠锻打出来的那团圣火。

圣火使太阳黯然失色。太阳有一颗争强好胜的心，太阳发疯似的旋转起来，跟挨了刀似的呼啸着，太阳的眼睛渗出血，太阳的胸脯大幅度地起伏，天空出现一道道深谷。鹰跌落谷中，越陷越深，鹰惊慌失措晕头转向，像中弹的飞机，歪歪扭扭地飘着。

那个巴音布鲁克骑手喜上眉梢："哈哈，好时辰到啦！"骑手跪在地上，伸出双臂，嘴里发出骏马的叫声。

马群从远方奔来。

马群静悄悄一动不动，倾听着古老的牧歌。那曲调低沉沙哑，好像嗓子在流血，越过冰川大坂和群山，在大地上永无止境地伸展着、伸展着。

骑手说："我领你们到巩乃斯去，给你们穿新鞋子。"

马群欢腾起来，热血的大河拍响了马的心脏。天空也被拍响了，暴雨落下来，骑手的双手比暴雨更有力，骑手拍打着大地，他的手跟雨落在一起，突然他双手扶地不动了，他倾听雷声，雷雨交加。苍穹的歌声唤醒了他的耳朵，他全身的劲全聚到耳朵上。更多的雨落在手上，落在背上，落到天灵盖上。灵魂让雨浇透了。他举手向天，他袒露出胸，让雨落到胸口上，心脏鼓声隆隆。

暴雨跟鹰一样飞走了，草原暴雨说来就来，说走就走。马像上了釉，默立在彩色的草原上。马身上有一股凉气，太阳只晒热它的鬃毛，它的身体跟金属一样凉飕飕的。

骑手走到马群前边那匹种公马跟前，这是马群的首领，骑手必须尊重它，骑手告诉它："我们经受住了上天的考验，我们可以翻越大坂和冰川到巩乃斯去。"骑手声音小起来，几乎是耳语："铁匠给我们打好了马掌。"骑手和公马同时抬头看天上的太阳，太阳的面孔已经失去光泽，那刺目的光亮和暴热是一种假象，真正的骑手和真正的骏马，一眼就能看穿太阳的鬼把戏。

种公马强壮俊美，身上燃烧着纯净的生命之火，它率先迈动优雅的长腿，身后庞大的马群开始移动。骑手一带缰绳，奔上山冈，停在陡崖上俯视辽阔草原上的马群。马踏着碎步，所有的马全都是首领那种从容优雅的样子。长腿的迈动和长鬃的亮光互相辉映。马群涌上去，把低矮的山淹没了。马群进入山谷。

草原空旷起来。那些被暴雨击垮的孱马三三两两散荡着，越散越远，在彼此看不见的地方，孱马扑倒在地，把脑袋埋在草丛里。它们不想看见太阳，太阳已经很弱了，可它们比太阳还要弱，它们几乎把脑袋插进沙土，它们在沙土里龇牙咧嘴。它们身边，是被暴雨击落的鹰。鹰再也飞不起来了，翅膀被暴雨和雷电击碎，它们望着辽阔的天空，望着闪闪发光的雪峰——群山的最高处，那终年不化的雪峰跟剑一样闪出道道寒光。

骑手伫立在山冈上。那些马很快会被狼和黑熊撕成碎片。它们倒在暴雨里是很值得骄傲的，跟它们躺在一起的不是还有鹰吗？被暴雨击垮，然后被猛兽撕碎，柔弱的生命最终喷射出强烈的火焰。

骑手从腰间解下草绿色军用水壶，狠灌一口。里边是烈酒，他揉一下嘴巴，啊了一声。水壶在腰间晃荡，跟水壶一起晃荡的还有一把蒙古刀。蒙古刀是他自己的，水壶是一个当兵的送的。他朝空荡荡的草原看了最后一眼，那些倒毙的马和鹰很快就消失了。

他跟在马群后边。他的马会越来越少，在暴雨之后，还有暴风，还有乱石滚滚的大坂和冰川，总有一些马要被它们击垮，能带出去的只是很少一部分。骑手在经历他一生最大的冒险。骑手有意跟马群拉开距离，他和他的马总是在山脊上奔跑，跑一阵停一阵，居高临下，很冷静地俯视他庞大的军团。一种悲壮的气氛弥漫在群山上空。他不敢靠近马群，他眼窝子发烫。

铁匠在山洞里待了整整一天，出来时深更半夜了，可以听见草原上马吃夜草的嚓嚓声。铺子一片通红，徒弟在等他。他在黑暗里看见徒弟的眼睛在一点儿一点儿变大，徒弟喊起来："师傅回来啦。"他告诉徒弟："咱们的马掌最亮！"

"有多亮了？"

铁匠指一下天空。

"那颗最大的星星，它的光就是马掌的光。"

"马能跑到天上去吗？"

"巩乃斯最好的马都跑到天上去了。"

徒弟很小，还是个孩子，徒弟仰起脑袋看天上的星星。草原之夜，星星全是蓝色的，又大又亮，闪出的光却是金色的，跟枪口的火光一样，一闪就闪出一大片。徒弟听见天空叮咣叮咣的敲打声，徒弟叫起来："打星星喽，星星在铁砧上了，叮咣叮咣。"铁匠说："马掌就是星星，是天马的蹄子踏出来的。"

徒弟惊喜万分。徒弟跟铁匠已经好几年了。有一年秋末，游牧部落转场到冬窝子去，马背上有个孩子被铁匠铺里飞溅的火花吸引住了，小孩就留在了这里。小孩喜欢打铁。很小一个人儿，抡起铁锤咣一下，把自己震倒在地，铁砧跟老虎一样吼出一团大火。小孩惊呆了，他不敢相信这个黑乎乎的铁疙瘩一下子就变成很辉煌的一个活物。他爬起来抡起铁锤又是一下，这回铁砧吼得更厉害，呜哇一声奔出一只更大的老虎，差点把铺子掀掉。马背上长大的孩子这才明白，踏响大地的马蹄子为什么那么有力。马蹄上的铁掌是从老虎的大火里吐出来的。

烧红的铁块从炉火里取出来，铁锤猛烈击打，喷射耀眼的火花。火花很快出现在马蹄底下，骏马跑过的地方，大地盛开一朵朵红花。就是在太阳底下，小孩也能看见白晃晃的火花。

孩子说："马掌开花啦。"

铁匠说："看见马蹄开花的人会得到幸福。"

"我太幸福了。"孩子叫起来，"草原上的花都是我的。"

"都是你的。"铁匠摸着孩子的大脑袋。

孩子说："是师傅打出来的。"

铁匠说："你这巴郎子，我以前也能说出这么好听的话，现在不行了。"

"你现在很好呀。"

"我只能干活，我说不出那么好听的话了。"

"话重要吗？"

"好听的话跟歌一样，敲打人的心灵。"

"可我想打铁，跟你一样打出好看的花。"

"你会成为一个好铁匠。"

铁匠很喜欢这个孩子，孩子肯干活，最要紧的是孩子能说出让人兴奋的话，铁匠总是说："再来一下，再来一下，你敲在师傅的心上啦。"铁匠的眼窝子里放出神光，铁匠说："我们的巴郎子，舌头变成铁锤啦。"

师徒两个跟父子一样，草原上的人都把他们当父子。孩子的生父来过一次，在铺子里待了两天，父亲说："给你当儿子算啦。"父亲就走了。父亲是唱着歌走的。在父亲的那首歌里，离开马群的小马驹找到了草原最好的骑手，骑手就是它的主人，主人用歌告诉小马驹，你是我苦苦寻找的灵魂，我的灵魂在你的背上，我的灵魂在你的马蹄上，奔跑吧小马驹，你会长成一匹神骏，奔跑吧你这岁月的仆人，在迅如闪电的幸福中你会成为你自己的主人。

铁匠和孩子站在山冈上，目送着那踽踽而行的牧人。

孩子说："他再也不是我的爸爸了。"

铁匠说："我们的骨头连在一起。"

孩子说："他再也不是我的爸爸了。"

铁匠说："我们的筋长在一起。"

孩子说："他再也不是我的爸爸了。"

铁匠说："我们的心跳连在一起。"

那天，孩子亲手打出一只马掌。

铁匠说："这是你爸爸带来的吉祥。"

孩子一口气打出四只。

铁匠说："一匹真正的马出来啦。"

一匹真正的马在外边等着，铁匠抱起马蹄子，一层一层削，一直削到马蹄最圆的地方。铁匠让孩子钉马掌，孩子有点紧张，铁匠说："马掌是你打出来的，马掌找到了主人，只有你能把它们接在一起。"孩子抡起铁锤，敲得又准又稳，咣一下，马蹄闪出火光，是铁钉的火花，马感觉到它的蹄子在发热，马咴咴叫起来，昂扬高亢，加快了孩子的速度。孩子在每个蹄子上都敲出火花。马的主人很兴奋："巴郎子了不起，你把它点着啦。"

主人飞身上马，跟骑了一团火似的奔向草原。

孩子兴奋地望着远方："火！火！火！"孩子说："它有这么大火！"

铁匠说："铁是从大山里掏出来的，只有铁才能点燃骏马的血液。"

那是孩子点燃的第一匹马，从那天起孩子成了真正的铁匠。

让孩子吃惊的是，天上的星星也是用铁打出来的。他亲眼看见铁块被师傅打成鲜烈的红蕊，红光消退后，铁掌闪烁蓝色的光芒。师傅的手艺已经炉火纯青。星火一闪一闪，谁都相信星星是能工巧匠打制出来的精品。孩子看见"雪青马星"和"铁青马星"，那是骏马的星座。在这两颗星中间，出现一颗更大的星，那是北极星，也叫"铁橛子星"，草原人用这颗星拴骏马，所有的星斗全都聚在它周围。

孩子跑到坡下的草地上，跟狗一样耳朵贴地："好大一群马，从太阳升起的地方来的。"铁匠说："这是个好骑手，他最先看到马掌的蓝光。"铁匠瞧着夜色里的草原，铁匠说："巴音布鲁克是个好地方。"

"有我们巩乃斯草原好吗？"

"巴音布鲁克是天鹅落脚的地方，巩乃斯是骏马的天堂。为了情人骑手一定要去巴音布鲁克；为自己的生命，骑手最终还要回到骏马的天堂。"

天就这样亮了，铁匠和孩子靠着铁砧睡觉，炉火把他们烤了一晚上，冰凉的晨光又照到他们脸上。他们睡得很死，隆隆的马蹄声震得大地发抖，他们也没醒来。

马群拖着巨大的灰尘出现在山口，就像抱了一顶大帐篷。跟山一样的大帐篷移到铁匠铺子前边。骑手跳下马背走过来，骑手摸铁匠的鼻子，骑手说："打马掌打累了，好好睡吧。"

骑手把马群赶到巩乃斯河里，河水高涨，扑上岸，把大片的草地淹没了。河跟发洪水一样吼起来，一下子把铁匠吵醒了。铁匠跑到河边，河水热气腾腾跟温泉一样，骑手说："我的马翻越大坂冰川和乱石滩，我的马汗都流干了，我的马热得跟火炉一样，我的马把河水煮开了。"骑手抓住铁匠的手："兄弟，你的手还在疲劳里，我的脸还在灰尘里，让巩乃斯河把我们洗干净吧。"

他们跪在河边，解下腰带，袒露上身，把河水撩到脸上撩到身上，河水是热的。

铁匠说："河水是热的？"

骑手说："我在马背上烤了三天，我快要被烤化了。"

"你是个铁汉子。"

"你把我放在砧子上锤打锤打。"

马一个接一个跃上河岸，马身上的水珠很快就干了，马身上冒着热气。

骑手说："它的汗淌干了，它再热起来只能淌血。"

这是真正的汗血马。

骑手说："看看它胸膛里的大火吧。"

那是草原最庄严的仪式。铁匠很激动，他抓着骑手的手一步一步走向铺子。

孩子煮好奶茶，他们喝奶茶啃干馕。骑手望着孩子的背影说："这是个好马驹。"铁匠说："他能打一匹马的马掌。"孩子添奶茶时骑手打他一拳："等会儿咱吃马肉。"孩子不敢相信他会杀马，骑手说："你要害怕你躲开。"铁匠说："儿子娃娃总要见血的。"铁匠问孩子："你怕不怕？"孩子说："我怕啥？我啥也不怕！"

铁匠和骑手去看铁。他们走得很快，一会儿就不见了。

孩子一直望着那座山。那座山比其他山都要高。天山连绵起伏，越起越高，起到大草原就一下子昂起头。孩子知道那是一颗又大又结实的铁头，整座山都是铁。铁匠们开膛破肚，从里边采矿石。

两个大人从大山的胸膛里钻出来，顺着山肚子下到山脚，骑手走在前边，满脸通红，眼睛乌亮，朝马群"噜噜噜"叫起来。马群中跃出一匹高大健壮的种公马，奔到骑手跟前，劲头很足地腾跃着。

骑手说："马啊马，你看见生命的火焰了吗？"

马前蹄高高扬起来，在空中刨着，长鬃跟金箭一样射向四面八方，一下子把太阳罩住了。

骑手声音很小，几乎是耳语："马啊马，你来做草原的太阳。"马再也听不到骑手的声音了，骑手给自己嘀咕："太阳出来了。"骑手一跃而起，扑到马身上，那把刀射入马的胸膛，往下一拉，马胸轰然大开，一直开到腹。里边喷出狂暴的火焰，骑手差点被冲倒。骑手从山洞里出来时，这种古老的屠宰方式在他的身上苏醒了。巩乃斯河就用这种方式剖开辽阔的草原。

骑手说："给它生命吧。没有比马更好的生命了。"

火焰剖开矿石，里边流出铁水，像殷红的血。铁匠说："我给你骨头。"铁块赫赫冒火，铁锤重重砸下来，一锤比一锤狠。铁匠嘿嘿叫着，越砸越快。从铁块里喷射的不再是火花，而是一团坚硬的光，一闪一闪，铁块就长出了骨头。大锤换成小锤，叮咣叮咣，整个骨架显出来，在关节部位，锻打出更厚实的铁，又一阵猛打，从铁里跳跃出蓝光。铁匠说："马要的就是这光。"

骑手把马掌拿在手里，一遍一遍地摸，骑手说："马三个趾头，人要用五个。"

"马为啥是三个？"孩子很好奇。

骑手说："一个是天，一个是地，中间是它自己。"

马蹄踏踏，蓝色天空和绿色大地之间奔来一匹白马，颀长、高大、壮美。马听见主人赞美自己，马群中最强悍最有魅力的白马当仁不让，朝主人奔来。

小孩说："你能跟马说话？"

骑手拍着孩子的脑袋，骑手很自豪。真正的骑手不用噜噜声不用嘶叫声跟牲畜交流，他们用人的语言跟牲畜说话。小孩说："你说的话就跟地里长出来的一样，马以为是草。"骑手哈哈大笑："这巴郎子，当歌手算了。"

"我就是歌手。"

"你是歌手？"

"我让石头唱歌，我让铁唱歌，我让火焰唱歌，我让马群和河流唱歌。"

骑手和铁匠面面相觑。

骑手说："他会把我们写成歌的。"

铁匠说："做一只夜莺不是更好吗？"

小孩跳起来，跳到羊皮风箱上。风箱开始呼吸，带着节奏呼吸，带着旋律呼吸。风吹进炉子，跟火融为一体，强劲高亢，跟马嘶叫一样，让人热血沸腾。小孩在伊犁见过手风琴，小孩听了一整天，就把手风琴的声音带到草原，带到羊皮风箱和炉子的大火里。

两个大人听呆了。

那匹疾驰而来的大白马也在静静地听着。

骑手小声说："他比俄罗斯人厉害。"

手风琴就来自俄罗斯，伊宁的街间有手风琴的声音，到群山和草原只有风之歌、火之歌、石头和铁的大合唱。

孩子很兴奋，猫着腰踩羊皮风箱。马掌早已打好，炉火给自己燃烧，它既兴奋又吃惊，摆脱实用，它们的魅力一下子就显示出来了。铁匠拿起一只马掌，铁匠说："你流过泪没有？"骑手跳起来："你怎么说这种话？"

"男人不流泪，可男人爱一个女人时，会在女人的怀抱里流下喜悦之泪。"

"我爱上一个丫头，我们只唱过情歌。"

"还没有喜悦。你太幸运了。"铁匠说，"我本来是一个骑手，在我成为草原独一无二的骑手之前，我在情人的怀里流下喜悦的泪水。我赶着马群越过乌孙山，我用最古老的方式剖开我最喜欢的公马，取出太阳一样的生命之火，当铁掌敲进马蹄时，马倒在地上，没有主人的喜悦之泪，铁很难跟马融合。"铁匠的故事就这么短，他就这样离开马背，做了铁匠。

骑手不知道铁匠要干什么，骑手预感到那个重要时刻来到了。

铁匠把马掌放进炉火，蓝光很猛烈地一闪就消失了，从马掌里放射出红光，红光很猛烈地一闪，代之以白光，白光成为永恒的光，不停地闪耀，就像人在惊讶中不停地睁眼睛。睁着眼睛的马掌被铁匠夹出来，放进清水里，水吼叫着变成一团紫蓝色的烟雾。马掌由白变红变蓝，在灼热的蓝光里还挂着几颗水珠，铁匠说："这是铁的喜悦。"

骑手脸上全是泪，脸又红又烫，就像火在烧他。

骑手带着满脸热泪踏上回归之路。

马群踏响草原，隆隆的马蹄声里可以听出大地的胸脯有多么厚实。马群在巩乃斯草原兜一个圈，吃了一整夜草，吃到草原边上，肚子吃得溜溜圆。太阳升起来，太阳也是溜溜圆，嘴里喷着牧草的气息。马仰起脑袋，看了草原最后一眼，走进山谷。

群山跟臣仆一样，垂手立在路边，满脸谦恭，连那些悬崖峭壁也都耸起肩膀，向帝王般的骏马行注目礼。有马轰然倒下，骑手奔过去，谁也救不了这匹马。马蹄子折断了，断裂的地方可以看见马掌的铁钉，铁钉跟筋骨连在一起，还没有长实。长实以后，马就不需要铁掌了，马自己就可以长出铁。跟马蹄浑然一体的铁掌，是马神往已久的梦想。

　　骑手在马眼睛里看到那蓝色的梦，骑手说："你已经长出铁掌了。"马眼睛涌出泪。马疼得发抖，铁钉已经长在骨头里了，跟神经连在一起。骑手说："你没有倒下，倒下去的是群山，是悬崖峭壁。"山和悬崖峭壁发出轰轰的倒塌声。骑手说："它们给你下跪，躺下的马比站着的山要高一百倍。"马沉浸在主人的豪言壮语里。主人的泪吧嗒吧嗒落在马鬃上，跟钻石一样熠熠生辉。骑手和马群走出很远，那些山还卧在马的周围，马眼睛里还闪耀着蓝色的梦幻，马好像在笑。马在梦中发出悠扬高亢的嘶叫声。整个马群都叫起来，更遥远的地方也响起阵阵马鸣，天山一下子小了许多，跟马圈一样。

　　马根本把山不当一回事，把冰川大地也不当一回事。不断有马倒下去，那马的周围立即围上去大群大群的山峦，跟狗一样。马不断地往前涌去，那种气壮山河的劲头让大地发抖。那些倒下去的马只需要骑手一句话，骑手从第一匹马的眼睛里知道这一切了，骑手告诉那些倒下去的马："你们是给山做头领的。"

　　骑手对公马说："让山生儿子吧，只有你能让山怀孕。"

　　骑手对母马说："夏牧场是牧人的天堂，你把夏牧场搬到山里吧，搬到靠水的地方，整个夏天都是你的。"

　　骑手对马驹说："你会一直长下去，你顺着河流长吧，你会长出大草原；你顺着山脚长吧，你会长到山的肩膀上。"

　　过了冰川大坂再也没有马倒下了，铁掌结结实实长在马蹄子上了。马群保持着强大的阵容。

巴音布鲁克草原出现在眼前，骑手迫不及待地奔向人群。人们把他当作草原上的英雄，草原的巴图鲁儿子娃娃。

人群中没有情人的影子，这并不奇怪，情人要跟他单独相处。

他带着他的大白马，在茫茫草原上踽踽而行。羽茅草摇曳不定，大草原望不到边。骑手成了一个热恋的人，骑手心里发热，大地的胸膛从来没有这么辽阔，当骑手和大白马踏上去的时候，大地的胸口就响起动情的歌子：

这些天来，嗳啊呀来啊，

这些天来，啊呀来，

我成了热恋的人，啊耶啊呀来，

在那嗳漆黑的嗳啊夜晚啊耶啊呀来啊喂，

漆黑的夜晚啊啊呀呀咛嗳啊啊

我总是不能嗳啊呀咛嗳成眠。

这是草原上有名的古歌《热恋的人》。他呆傻了，站住不走了，他一遍又一遍倾听那悲壮而狂热的歌子，他一遍又一遍地听着。他脚下正好是大地心脏跳动的地方，那缓慢有力的跳动传到他身上。他失神落魄，他差点栽倒，他抓住马缰，他靠在白马背上。他听清楚了，是他自己在动情地唱啊唱啊，他那么真诚地倾听自己的声音。可他渴望听到情人的声音。他迈着艰难的步子，他牵着马，他不骑马。他在茫茫草原上寻找情人的影子。他已经唱不出歌了，他小声说："我要感受你的喜悦。"从牧草里走出一位姑娘，他问那姑娘："我的情人在哪？"

"你不会再有情人了。"

"为什么，难道她遭到了什么不幸？"

"生命的圣火让太阳发暗，也让情人失去魅力，她怎么还能见你？"

"难道我就没有喜悦没有幸福了吗？"

"骏马和铁已经让你流下了喜悦的泪水。"

"我的泪没有干涸啊！"

"你的泪不会干涸。"

骑手已经爬上马背，骑手和他的马疾驰如飞，马蹄嗒嗒，马蹄在回答主人：

巴音布鲁克巴音布鲁克

喜悦的泪水洒在巴音布鲁克

白天鹅白天鹅

喜悦的泪水流给白天鹅

你的丈夫来了白天鹅……

大白马把他带到海子边，水面一片蓝汪汪的光芒，从那光芒的中央漂浮出一只只圣洁的天鹅。骑手泪流满面，从马背上滚下来，做了草原的丈夫，做了白天鹅的丈夫。

大　车

趴在地上，只能看见两个大轮子。他手轻轻一挥，大车就趴地上，大车给他磕头哩。

林带把村庄与荒漠隔开，大车被丢弃在林带外的荒漠上，没人碰。放羊人从那里出出进进，就是不碰那辆车，好像那辆车是块石头。要是块石头也罢了，放羊人常常把石头当板凳，一坐就是一上午，羊吃饱了，石头也坐热了。放羊人就是不碰那辆车。

那是一辆破车，是给团部送干草的车。相当长一段时间，团部的人骑马出巡，养了几十匹高头大马，草料全从十七连送。十七连是134团的西伯利亚，荒凉偏僻，让团里感兴趣的就是那里的牧草。牧草全长在林带以外的旷野上，十多个壮汉从天明割到地黑，打成捆，装在车上，垒得跟山一样。装满牧草的大车发出轰轰隆隆的响声，一直响到80公里外的团部大院。马厩里便爆发出骏马的踢踏声和咴咴的嘶鸣，车上的牧草也唰唰抖动起来，像奔跑的狮子。车辕里的马却屹立不动。后来团部有了小汽车，汽车吃油不吃草，送草的大车便被丢弃在荒地里。

好多人还忘不了那轰隆隆的车轮声。那是辆老式木轮大车，重重地压在地上，让大地发出殷殷的雷声。

车轮好久不转了，埋在沙土里鸦雀无声。

车轮让沙土给吃了，咽在大地的肚子里，过不了多久就会被屙出来。什么好东西也经不起一屙，屙出来的东西谁都不爱。

他心里一热，他要做一样事情，让它屙不成。他狠狠跺地，他非要把它固住不可，有时候吃屎的也能把屙屎的固住，不叫它屙，叫它憋回去。只要车轮一动弹，它就得憋回去。他感到这是个好主意。

他跨到车上，使劲跺一下，他的脚告诉他车板很厚实跟坦克甲板一样，能挨一梭子穿甲弹。他咚地又跺一下。车这东西就是怪，灰不拉叽闲置多少年，让人一跺，跺出了表情。他从车辕车轮黑沉沉的面孔上看出一种惊讶和兴奋。他的心脏咚咚响起来，他自己在敲自己心脏里的鼓。

他要让车轮转起来。

他去牵他的马，在街上碰到他的漂亮老婆和漂亮女儿，娘儿俩老远就喊他："快、快，车来了。"一辆大轿子车带着大团尘土朝连队开过来，街口全是婆娘娃娃，男人也不少，男人的衣服没颜色，让婆娘女子的艳丽衣裳遮住了，男人们土头土脑就像花圃里的一条条土垲。他老婆过来拉他，他从怀里掏一把票子塞给老婆。

"我赶车去。"

"你赶车去？"

"我不去奎屯，我去野地里转转。"

女儿硬拉他，他给女儿一把钱："爸不爱逛街，你年轻你去好好逛。"大家都上了车，就等他一家子。司机嘟嘟按喇叭。连长过来捶他一拳："去逛逛，森林公园开张，市长亲自剪彩呢。"

"市长爱剪让市长剪去。"

"你这人，狗肉不上台板。"

汽车开始动弹，他老婆在窗口喊："老王你别后悔。"他朝老婆笑一下，老婆缩回去。

汽车不是跑出去的，是被外边空旷的天地吸下去的。那是什么样的天地？他在这里待了大半辈子，他也弄不清这鬼地方有多大。无论是庄稼地、草原还是荒漠，他从来没有走到它们的尽头。林带把他和整个连队围起来。当初他们搞林带的时候，就像给河垒堤坝，农艺师让栽 30 排，他们栽了 60 排。他们怕把自己淌出去。河里的水淌出去就被吸干了。林带是他们的堤，茂密的林带把他们围住，他们就淌不了。

无论是庄稼地、草原还是荒漠，都是平平的，跟熨斗熨过的一样，不起一丝皱褶，连个节疤都没有，人行走在这种地方有一种滑翔感。庄稼地、草原和荒漠的界限很模糊，你走着走着就走到另一片天地里，弄到最后连自己也走不见了。

他曾走失过几回，连里的人都有这种经历，走着走着就没声音了，鸦雀无声，你胡踢腾乱喊叫也休想弄出些响声，你就慌了神了。我的天爷，能哭上两声就算最美妙的音乐了。可你身上偏没一点儿动静，脑子里也没动静，无论身体还是脑子都是平坦坦的，跟这里的天地一个样，又平又空又遥远，远得没边边。人就会产生一种滑翔的感觉，像饮弹的鸟儿，在天上划一道弧线，落在林带里。走失的人最终会回来，他们先找到林带，一遍又一遍摸林带里的树，摸到树根，这才确定自己是在地上。脚步声从鞋子里传出来，鞋子像乐器的共鸣箱，脚趾头跟大地合奏一个曲子。听过这曲子的人都哭了。

哭上这么一回才算没白活。

他在马厩里解缰绳时这么想。大灰马放出一种幽暗的亮光，不是那种喷射的光，而是把你的眼睛吸过去的光。他用铁刮子刮马，马身上除了草屑没有一丁点尘土。他这么做完全是出于习惯。他每天天不亮就给马刮身子。他的马总是一尘不染。

他牵着马走在空荡荡的大街上。街上除了鸡狗就是蔫老汉。狗不声不响，走来走去总离不开自家的蓝铁皮门。鸡扑棱棱上墙上树，就是不叫唤，下蛋或踏蛋时才咯咯叫。老汉绝对是蔫的，脸上脖子上尽是太阳晒出的黑疙瘩；太阳晒他们一辈子，到底把他们晒蔫了，他们皱皱巴巴蹲石头上，有一口没一口地抽烟。大街上就这些东西。

老婆叫他老王，他就是老王。

老王牵着他的大灰马，踢踏踢踏走过大街。杨树又白又光，跟他的马一样，成色好，落一层尘土也能看到它们的光泽。老王像牵一团灰蒙蒙的光。树叶飒飒响。不是风吹的，是它们自己响。树太高太大自己就会响起来。树直溜溜一直通到天上，像一根皮管子噙在太阳嘴里，太阳喝水哩，地底下有的是水，树就是一杯好饮料。

马"嚓"撕一块树皮，像扒开了河堤，树液浸在茬口上，冒泡泡。树液稠厚，很快会结痂。树上的黑疤就是这么结下的。

车就是旷野上的一块疤。除了马，谁也弄不动它。老王把马套进车辕，马身子一抖，脖子脑袋高高仰起来。车轮子不是转出来的，跟树一样是从地里拔出来的。车轮子没根，却发出吱吱啦啦的断裂声，就跟剐大地的肉一样，沙土簌簌地抖。

老王走在车外边，他的脚能感到沙土的抽动。他知道车轮长在沙土里了，跟树一样长出很长很密的根。地平坦坦的，连个大石头都没有，长些干毛毛草。草又稀又小，却很结实，跟天上的星星一样，散在沙土碎石的缝隙，没办法割，牲畜用嘴才能把它们一个一个拣出来。草被车轮碾倒，又直起来，像被打倒的拳击手，用不着裁判喊"1、2、3、4"，它们摇晃几下就直起身来，面孔反而更清晰，因为尘土被擦掉了。

大车在荒野上碾轧出细长而清晰的辙印。

老王在车外边走，老王的脚印也很清晰。

天上没云没鸟儿，连老鹰都没有，天上清亮得跟一碗水一样，露出一色的蓝。这是天的底色，太阳云彩、低飞的鸟、高飞的鹰都是天上长出来的；月亮星星也是天上长出来的。晚上一片黑，白天一片蓝。太阳、月亮、星星、云彩、鸟雀和鹰，长到一定时候就不长了，跟果子一样，要被摘掉或者自己落下来。地上的庄稼有人收，天上的果子肯定有人摘。

天被摘得光光的，连叶子都揪光了，天上一片蓝，看不出一丝破绽。

老王干脆不看。老王跳起来，屁股落在车辕上，车轮子轰轰隆隆响起来，马蹄也嗒嗒有了声音。这都是老王屁股压出来的，老王是个有分量的人。

地面有了石头，车子响得厉害，也晃得厉害，但车子的重心是稳的，老王和马是稳的。老王眯着眼睛瞅马屁股，那么圆那么肥实的屁股，跟铁碌碡一样跟麻石磨盘一样。马身上没有多少肉，马腹马颈全是筋，马腿马脑袋就不用说了，细长细长跟弓上的弦一样，马身上的肉全在屁股上，又肥实又圆。老王"嘿！"在马屁股上擂一拳，像炮弹打进棉花包里。马没感觉，马臀一晃一晃，幅度小而有力。

老王的眼睛越眯越细，像是睡着了。其实老王睡不着，但他不敢睁眼睛，外边大得没边边，空旷得没边边。人到这种地方打眼一望，就会垂头丧气往后看。看看自己是从哪条路上走来的。身后没路也没有脚印。灰扑扑的荒野跟水一样，又平又静，你能在水上踏出脚印来？水顶多起一些浪花，脚刚拔开，水就平静了，又平又静。沙石浅草比水平静得多，它们连浪花都不起，脚踩上去是啥样子，拔开还是啥样子。地上除了自己的影子啥都没有，影子是跟人走的，走过的地方啥都没有。石头还是石头，沙土还是沙土，草还是草。人有些害怕有些憋气，人就胡来，就踢石头。石头打几个滚还是石头，脚不是钢钎，在石头上刻不下印子。人就踢沙土，踢得尘土飞扬，飞扬起来的沙土又唰唰落下来，落满头满脸满身上，人整个儿灰扑扑变成了沙土。沙土又干又粉，一踢一个坑，坑不大，像老鼠窝。踢了沙土的人土眉土眼还不死心，就趴地上揪黄草，像发疯的女人揪头发，越揪心中越乱。

老王跳下辕往后看，林带说不见就不见了。不是树不见了，是树远了。老王反倒镇静了。老王看看天，看看地。老王听见远处有轰隆隆的车轮声，老王知道那是他和他的大车。木轮大车才这么响。轮子那么大那么圆那么厚实，轮子把它的滚动声轧进大地的肉里头了，就像男人到了女人的肉里头。

轰隆声是从里边传来的。

荒天大野滚动着这么一辆车。

它最早是阿尔泰森林里的一棵橡树，顺额尔齐斯河漂到北屯，被铁钩钩住拖上岸，变成一辆中亚大漠的高车，轰隆隆滚起来，马跟仆人一样在前边开道。从北往南，进入准噶尔腹地。车轮碾过的地方，出现大片大片的庄稼和村庄。

老王是种庄稼的好手，棉花麦子玉米西瓜果树种什么成什么。就是这个老王，把车辕压下来，把马套上，把车赶到天地交合的地方。

圆圆的车轮回到大地宽阔的心脏。

那是多么辽阔的天地！早晨他把拖拉机开进去，原野"嘭！"一声裂开，西瓜被切开时就发出这种响声，刀刃一撞，刀子被深深地吸进去。

拖拉机刚进去，铁铧还有点吃力，犁沟歪歪扭扭，很快就直了。原野忽然陡峭起来，拖拉机像从坡上往下滚。他高坐在驾驶室里，感到一阵晕眩，他担心自己会被甩出去。大地之坡又陡又长，他抱紧方向盘。拖拉机后边拖着两排银光闪闪的铁铧，像鹰翅，低空飞翔。泥土闪开，合上，又闪开；泥土开合，给拖拉机打开一个新世界。泥土的气浪冲进驾驶室，老王忽然产生一种开飞机的感觉，老王的肛门收得很紧。老王当过伞兵，体验过高空之行。在苍穹之顶，人的肛门就会缩紧，天灵盖就会轻轻打开。人在苍穹之顶就会知道自己是个球，人跟地球一样肛门凹陷脑袋凸起，一头是大海一头是高原。灵魂在高地上驰骋轰鸣。

泥土被切开，在铧犁下清纯起来。泥土一块一块排过去，泥土的光泽渐渐升起与阳光相隔，就像清浊两条大河，浑浊的泥土之河显得更加滋润更加明亮。这种沉静的亮，游移在天地的尽头。

村庄和树神奇地出现了。

落日飘浮在屋顶上。老婆在深情地烤馕。

他把拖拉机开到屋前，快要把栅栏压倒了。拖拉机吼叫着。老婆跑过来喊他死鬼死鬼，他的目光依然那么遥远。他知道那是他老婆，可他的目光那么遥远，一时半会儿收不回来。老军垦们说："他犯神经呢，等一会儿再叫他。"

老婆守着馕坑，眼睛盯着栅栏外的男人，手不停地从坑里掏，掏出一大堆馕，把火烬都掏出来了，手上烧出大泡。老婆等她男人醒来。

她男人从拖拉机里下来，拖拉机就不叫了。她男人就像从拖拉机里生出来似的，女人生娃娃比拖拉机叫得凶，娃娃落地女人就不叫了。女人知道娃娃与自己有某种联系，女人也知道男人与拖拉机与大地那种根深蒂固的关系。女人就是女人，女人明明知道事情的原委还要明知故问："你咋成了这样子？"

"我咋啦？"

"犁一回地你就不对劲了。"

"我当过伞兵,第一次从飞机上跳下来就这样子。"

"你早复员了傻瓜。"

"当兵可以复员,种地复员不了,种地是一辈子的事情。"

男人眼瞳里有一道犁沟,辽远而壮阔。男人竟有这样的眼瞳。

天光汹涌如涛,整个村庄除了马鸣狗吠静悄悄的,女人拉上门走出栅栏。太阳升起之前,天上就是这种清纯的白光,跟蛋清一样有股腥味。

女人穿过一片休耕地,干硬的大地让女人热血奔涌。连女人自己也没想到第一次约会男人会抓她的奶头,跟抓鸟儿似的,那么敏捷那么迅猛,她的坚硬和结实把这个莽撞的汉子吓出了一身汗。她反而不害怕了,她一下子自豪起来,仿佛女性之躯耸立的是两座高不可攀的山峰。

女人急匆匆来到男人翻开的耕地上,土块高出地面半米。犁沟辽远壮阔,沟垄上有一棵嫩刺苋,不停地摇晃摇晃,根茎下有块湿疤,那是叶片上的露水打湿的。女人在松软的耕地上走一会儿就走不动了;她坐在犁沟上,跟那棵嫩刺苋一样不停地摇晃摇晃,晃动的是肩和脑袋,还有头发和头发上潮润的光泽。热泪在地上打出一块湿疤,比露水打出的那块大得多。她在这里流汗,这回连泪都流出来了。

太阳升起来,炊烟也升起来。太阳像是从烟囱里出来似的,拖着这么悠长的一股青烟盘旋在村庄上空。女人回去点火做饭,火苗在灶眼里亮起来,她就想起犁沟里那棵不停摇晃的嫩刺苋,她感到她身体里有一个东西在摇晃。那摇晃的东西就是她的女儿。

那是一年后的事情了。她静静地躺在产院里,丈夫接她的时候她才知道这里是团部所在地。丈夫小声说:"拖拉机太少,我把大车赶来了。"

大车里铺着厚厚的干草，就是晒干喂牲畜的过冬草，浅浅的绿色，散出甘甜的气息。马儿轻轻跑起来。从团部到连队全是新翻的耕地，犁沟上有零星的绿草。她告诉丈夫："娃娃名儿我想好了，就叫刺苋。"

"噢，刺苋，叫刺苋呀。"

男人到底是男人，男人想不到女人的精细，可男人能做事，能让女人精细起来。

车轮又圆又高，辚辚的滚动声跟河水一样，河流的轮子在地底下，河流的声音就从地底下传出来。河跟车一样在大地上犁出这么好看的辙印。她男人真是好男人。她在男人背上摸一下，男人回头看她一眼，又往前看。男人看前边的路，看马的圆屁股。男人只看她这么一下，她身上就有东西裂开了，一直裂到眼睛里，渗出一股一股泪水。女人真奇怪，男人碰你一下，你就开了，开了合了，合了开了；男人轻微一个动作一个眼神，就能让你天翻地覆，裂开那么辽远那么好看的犁沟。那是要长庄稼的哟！女人竟然爆发出这么大的自豪。

男人回过头："你说啥？"

"你翻的地那么长。"

"天亮出去天黑回来，这是咱新疆啊。"

在天地交合的地方，出现村庄、房子和树，还有地堡似的馕坑。他们抱着他们的孩子，在如此熟悉的地方却感到一种巨大的神圣。他们来到大地的深处，屋门犹如大地的心扉，他们进去的时候流下了热泪。他们一个看一个，静了那么长时间，大地也要静这么长时间才开始跳动，一下一下，缓慢而有力。男人也是一下一下，缓慢而有力。有一种生命的欢叫，是男人的也是女人的，是大地的也是天空的；太阳就这样翻耕天空，河流就这样翻耕大地，男人女人就这样翻耕生命。根本分不清谁是谁，一棵绿芽就从泥土里长出来了，渐渐长成一团墨绿，长成很好看的身影。

那是树，和树荫里的村庄。

…………

连里的人在寻找老王。老王出去一天一夜了。大家发现木轮大车不见了，大家发现东戈壁有淡淡的辙印，再远就看不见了，大家相信他会从这里回来。

老王却从林带那边回来了。

轰隆隆的车轮声仿佛来自地心，大家无法分辨其方位。直到整个村庄一下一下动起来，大家才发现错了，根本不需要跑东跑西，站在大街上就行了。

老王和他的车过来了。大家还以为他拉什么好东西，车上全是尘土，老王和马身上也全是尘土。

大家全乐了："你从土里钻出来的？"

老王说："我从土里钻出来的。"

老王没有叫车停下来的意思，老王一直把车赶到他家门口。

晚　祷

1

我们正看电影，突然停电，影院经理要大家耐心等待。我耐不下心，拉女朋友往外走。夜很黑，巷子又深又窄，我有点想入非非。

我的手一次一次被她打落。毫无疑问，她还陷在电影里，愚蠢地拿我跟男主人公进行比较。我咬牙切齿，牙齿咯吱吱响起来。

"有老鼠！"她连叫带跳。我做出追打老鼠的样子，我说："老鼠饿了，磨牙呢。"

"饿死它！饿死它！"

她很不甘心，四处张望。她的目光越过我，向远处漫流。

那家伙就在这时候点烟抽。他不用打火机而用古老的火柴，噗一声像人的叹息。女友惊叹道："火柴这么美！"

在一座断电的城市里，火柴的光亮是很吸引人的。我不由打起冷战，不知该怎么办。

回到屋里，我点一支烟。烟卷跟导火索似的哧哧飞蹿，我不能这么爆炸了。我掂上家伙就出去了。

他就站在我女朋友的窗户底下，他嘴巴上的那支烟又大又亮，像一盏讯号灯。我没怎么留神，兜里的刀子就蹿出去了。在黑沉沉的夜晚，刀子犹如劈风斩浪的炮艇。我听见他身体里轰地一下，我的手腕都震麻了。

她又是我的了，却想不起该去的地方，后来我闻到梨花的芳香。我女朋友家有棵梨树，那才是我要去的地方。半夜三更找她，就不能像绅士那样了。我翻过墙头轻轻落在院子里，摸到窗户底下。李月就躺在里边。

一条黑影慢慢移过来，我按捺不住狂喜，伸手敲窗玻璃，她的气息从窗户的一条缝里扑过来。真要命，我的头发被她紧紧揪住。

"这几年你到哪去了？"

"不是天天在一起吗，你疯啦？"

"你才疯呢！把人家丢在梦里就撒手不管了。"

骇得我眼珠子都要蹦出来了。

"问你啦。"

我被来回摇着。

"我知道你在那里等我，有个坏蛋要杀你，你没事吧？"

我的心就这样成了粉末。我成了该死的罪犯！我推开她，一下子到了墙外。她在里边大叫，带着哭腔，接着是脚步声。

我躲在墙角的阴影里，晨光越来越亮，躲着也没用。背后的砖墙高不可攀，我仿佛置身于天牢。恐怖包围了我。

早班车来了，我挤得又猛又狠把售票员吓坏了。我担心她报警，我告诉她我不是歹徒，我上夜班我想睡觉。她使劲地点点头，怕我动粗。

2

我有好多睡觉的地方，关键是我睡不着。安眠药不能吃太多，长眠不醒跟美美地睡一觉有着天壤之别。

我只好躺在被子上边，让被子盖着我，我来听它绵绵的鼾声。

那时我们在巷子里走着，雨细细的，像美丽的蜘蛛织着梦幻。她要去塬顶，去了又后悔，那里什么也没有。她大失所望，连我也成了失望之物。

迎面走来一个男人，死盯着她有好几秒钟，后来走远了。她木呆着脸色煞白。

"我不去了，真的不去了。"

说好的去长寿山，那儿的雨像吉他和弦。我执拗地抓住她的胳膊不放。

"我要回家，我想爸爸，你放开我，我想爸爸，讨厌！"

后来才知道，女孩很容易把心上人看作爸爸。我一下子忧郁了。东西可以被人偷走，幸福也竟然如此啊！我呆呆地站在墙角盯住砖块几小时不动。小巷那么惆怅，不惆怅的时候我便小声叫李月。

分手就分手，干吗说要找爸爸，爸爸就这么好找吗？

我整天泡在"天天请"酒馆里，一边喝啤酒一边听录音机里的歌手大吼："成——成——成吉思汗，天下的少女都要嫁给他呀！"这个蒙古骑手很早以前就成了全世界少女的亲爸爸，日他妈妈的，我们这些小青年发什么情呢？

进来一个男人，站在柜台边说："来一杯。"小姐给他一公升啤酒，问他要什么菜。他不要菜，他盯着小姐，小姐的脸蛋红得快要破了。她走到柜台那头。

这人肺活量很大，一公升啤酒没换气就见底了。这样的嘴巴覆在女人脸上会怎么样？这样的舌头伸进女人嘴里，女人又会怎么样？

难道他没死？

我走过去撩开他的衣服。我记得清清楚楚，刀子是从腰间插进去的，像一艘驶进港口的大船。他拨开我的手："干什么你？"

"伤口怎么不见啦？"

"上了药当然就好了。"

"好得这么快？"

"好几年了么。"

"这么久啊！"

"时间长一点儿才能埋住大伤口。"

"你吃了不少苦头。"

"苦头换甜头，值得。"

"什么甜头？"

"人人都舍命要尝的那种东西。"

不言而喻是女人了。

我敢肯定，他腰上的刀口跟他的嘴巴一样，一口气能干掉一公升啤酒；那伤口至少可以嚼碎三尺长的钢刀。

我那把刀短了点。

3

老太太很生气：月月病啦，你连个影儿都不见。我没张口的工夫。屋里很静，她正睡着。她的睫毛湿湿的，嘴唇像飞动的小鸟。我很想听她的梦……

那是第一次被吻，真要命！我一下子消失了。他吻我时我闭着眼睛，吻完以后，他就转身走了，再没来找我。他不来找我，是为了让我的眼睛一直亮下去。被吻过的姑娘，她们的眼睛一直要亮到生命的最后一刻。

李月已经见到他了。他们用目光接触了一下，我的刀子就失去了作用。我亲手把刀子放进去，使劲搅几下，把他身上的血搅起来搅沸腾了。可李月的目光贴在刀口上，成了他的灵丹妙药。

伤口好得很快，势不可当。我那把刀子却成了釜底游鱼，四处乱窜。

李月醒来，抓住我的胳膊问那人的下落。

"我怎么知道，我又不认识他。"

"我梦见你向他捅刀子，你还说不认识。"

"你的男朋友是我，是我！你怎么好意思向我打听陌生男人的下落？"

李月也不知道她说了些什么，用拳头砸半天脑袋，笑了。我这人宽宏大量不计较。

4

不计较是假的，唯一的办法就是喝点酒。我来到"天天请"酒家，他也在这儿。服务小姐看他的眼神不对劲，她要一直这样看下去，我的女朋友就安全了。

我告诉他：服务小姐对你有意思。我一门心思把这小妞变成我的安全阀。他果然多看了小姐几眼。他有点受不住，忙说待会儿再上菜待会儿再上菜。小姐连说不客气，去忙别的桌子。

我问他："你来这儿多久？"

"六年前待过两天，前天又到此地重游。你是老住户？"

我点点头，跟世界上所有的土著一样自豪。

"六年前这座城市用雨欢迎我，那雨像美丽的蜘蛛，把我和一个少女织在一起。我是个四处流浪的人，我跟风一样轻轻吹了她一下就走开了，走了很久，才发现脑袋后边有两个大开的洞。那是隐藏在心灵里的眼睛。那双眼睛亮起来的时候，前边的眼睛就迷糊了。我开始干荒唐的事，我不会走好运了。"

"你打动了一个姑娘，你很走运嘛。"

"对一个失败者来说，这也是他唯一的安慰。"

"不，不是安慰，是胜利大逃亡。"

他逃亡的窗口就在李月的心灵深处，谁也截不住，雇杀手也不行。我像旷野的蟋蟀，孤独而凄凉。夜幕被我抖得窸窸窣窣，我还得沉住气，继续听他神聊。

找旅馆住下偏偏停电。走廊里吵吵嚷嚷，很快又静了。大家适应能力都很强，我可不行。整座楼黑洞洞的，我就像被压进楼房的空心板里。我赶快出去，全城都是黑的，瞎逛总比待在屋里好受些。

我摸进小巷，半天走不到头。我反而安静下来，开始意识到我是个独行客。要是这条巷子是空的，我这一生就算白过了。我又紧张起来。我点烟抽，我刚划着火柴，就听见一个女性的惊叹声。在一座断电的城市里，燃烧的火柴就是一棵树。美丽的树冠很容易引起人由衷的赞叹。

"我就是那天晚上失恋的。"

"你在她身边吗？她跟前没人呀。"

"她被你打动了，我当然就不存在了。"

"原来是这么回事。"

他如释重负。我却沉重起来。

5

我像弹痕累累的坦克，在大街上轰轰而行。当四周安静下来的时候，我听见了轻轻的脚步声，是"天天请"酒家站柜台的姑娘。

"你们是朋友？"

"萍水相逢，算是朋友。"

"他一定给你讲过一个姑娘。"

"没，没讲过。你问这干什么？"

"他肯定知道，那天夜里灯是怎么亮的。表姐突然来找我，要带我去一个陌生的地方。那是一条深沟，水库被大坝死死地堵在里边。水浪的波动显得那么绝望。我们还是走到水边，让水波映照我们的面容。第一次看见自己的忧郁，心里老大不痛快。我抱一块青石丢下去，水面喷出高高的水柱，响声沉闷悠远，仿佛来自远方。表姐忧思忡忡，她说她想大海。她似乎听见了海浪的呼啸，她的胸脯在荒凉的背景下跌宕起伏显得很古怪。晚上我们住一起，我们跟男孩子一样随便躺在被子上。表姐怪里怪气，说我年纪小不懂事，以后也会这样的。我害怕不敢再问了。她忽然打开笔记本，读戴望舒的《雨巷》，她简直就是那个丁香一样结着忧愁的姑娘。我被深深打动了，我想抄下来，突然停电了。我们找蜡烛半天找不到，我说算了，我带回去抄。我们又躺下。表姐总是安静不下来。忽然又说起风了。我竖起耳朵听一阵，外边什么也没有，她神经过敏，她跟猫似的溜到窗前，说她可以放出光亮。全城断电，哪来的光亮。她叫我别动，捏着手电出去了。过十几分钟不见她回来，我着急了，到楼道去找她。有个人影在楼道窗口边晃动，全楼线路的总闸在那里。我刚要喊，黑影的尖叫声抢先响起来，一团火光刺破黑夜，她像被雷电击中的鸟儿，双臂展开凌空坠落。大家呼天喊地涌过去。一点儿也没想到表姐会让电轰击自己。过了很久，楼下的巷子里走出一个人，又孤独又悲伤。"

我怦然心动，告诉她：那个人就是我。

"怎么会呢？"

"你表姐叫李月对不对？"

"是叫李月。"

我反复给她讲我的名字，她毫无印象。

"难道李月没给你讲过我？我是她家的常客，我们的关系她父母都承认了。"

"我确实没听表姐说起过你。"

又断电了，她说有火柴也行。我恶狠狠揿亮手电筒，她竟然说火柴有一种情调，那是机器造不出来的。

李月被电击中的时候，我正想着如何报复她，让她遭受不幸让她体会痛苦，竟然被我言中。

她最后的时刻显然是因为那双眼睛，她把我放在无所谓的位置上。

我翻箱倒柜，想找一些能证明我们关系的东西，可一切与她有关的东西几年前全都付之一炬。

今夜有电，我不想拉灯，站在黑暗里想心事。窗下有人走动。我出去尾随其后。他慢慢腾腾，缩在风衣里很怕冷的样子。他不是逛街，简直像是牛的胃囊，在反刍消化这条巷子。

"她带火的身体凌空而下你看见了吗？"

他靠着树点烟，燃烧的烟卷小鸟似的飞动，他的嘴巴成了温暖的鸟巢。李月凌空而下，肯定是要落在那个温暖的巢里。

他告诉我："确实如此。"

我无言以对。这种事谁也没办法。

"不要那么悲观，"他拍我的肩膀，"人不是芦苇可以让野火焚烧，人知道自己的结局芦苇不知道。"

"可人那么孤独那么荒凉。"

"这正是我们可贵的地方。"

我点烟抽，他说："抽我的，我是云烟。"

"云烟也不行，我要能把它们抽成飞鸟抽成美丽的树就好了。"

"烟卷就是烟卷，长不出翅膀。"

我告诉他他嘴巴上的奇迹，他说我胡诌。

"你一定看花眼了，夜间容易出现幻觉。"

6

我不相信这一切都是幻觉。我回忆跟李月在一起的好日子。

7

李月的窗口黑洞洞的。我摸到窗前，她蹬开被子坐起来，我赶紧睡下，心咚咚乱跳。星星像天空渗出的汗，快要坠下来了。李月开始说胡话："你明明来了，偏不来找我，想气死我吗？前几天我就听到你的脚步声了，我不要停下，走出小巷。那里有一棵梨树，树很老可花是新鲜的。我就住在梨树底下。"

我走了很久，总算走出那细长的巷子。那棵老梨树，不开花也不长叶子。这究竟是怎么回事？我正在纳闷，警察就围上来了。

他们一直在跟踪我。

夜　眼

　　天还亮着，地暗起来，牧草和畜群开始消失，只能看见草尖和牲畜的脑袋。牲畜的眼睛在暮色中很安详。后来，牧草和畜群都消失了，牲畜的眼睛就成了星星。这些星星喘着粗气，在吃草，嚓嚓的嚼草声在旷野里很清晰。

　　孩子站在暮色的原野上，孩子知道这里有个放牧的大人。孩子说：“我想回家。”

　　“你自己回吧。”

　　“我害怕。”

　　“你想骑马回家，可马还没吃饱。”

　　“马吃饱啦。”

　　“它还得吃点夜草，它才能长膘。”

　　“让我带一只牛吧。”

　　“牛愿意吗？”

　　他们有一群牲口，有马也有牛。孩子很快找到了牛。孩子不知给牛说了什么，那牛愿意跟孩子走。孩子说：“我走呀。”孩子带着牛走了。

　　孩子走进一丛灌木里，他不知道，他被缠住不能动他才知道发生了什么事。灌木上有刺，眼睛看不见。他没想到天黑得这么快这么扎实。他费好大劲才从灌木丛里爬出来。他是钻出来的，他不知道已经脱离危险，他还在钻，一直钻到草里。他怕草扎他，就抱着头，跟旱獭一样在地上爬。牛用舌头舔他，他才爬起来。他让牛舔他的手，他不再感到害怕。他说："我走呀。"他跟在牛后边。

孩子让石头碰了一下，孩子太小，石头一下子碰到他膝盖上，孩子听见自己大叫一声，孩子蹲下搓膝盖，疼痛越搓越大，扩散到全身，好像石头把他整个人撞了。他看不见石头，他疼得不能动，泪都流下来了。他问自己："我哭了吗？"他脸上全是泪，泪流过的地方隐隐地疼，泪流到胸口，那里也疼。牛一直望着他，他喊起来："牛你帮帮我吧。"牛不知道该怎么帮他。牛静静地看他，牛眼睛一闪一闪，像草原上的河，河流到深草里，河反而显得更亮。牛在夜色里，牛眼睛又大又静，跟河一样。草原上的河都是松垮垮的，像脱光了衣服。牛连身子都脱了，牛就剩下一双大眼睛。牛是夜眼。孩子知道牛是夜眼，孩子就放松了，身上的衣服无声息地脱落到地上，身体也脱落了，孩子只剩一双大眼睛。孩子问牛："我是夜眼吗？"

牛不吭声，牛出气。牛的气息热乎乎，在冰凉的黑夜里就像温暖的大河，河水漫到孩子身上。孩子说："我是夜眼吗？"

牛抬起头，眼睛跟镜子一样对着他。孩子惊喜地发现，他的眼睛在牛眼睛里，孩子就像在水里看到月亮，孩子喊叫起来："我成夜眼啦，我成夜眼啦。"

孩子不知道月亮已经升上天空，孩子看见他的眼睛从牛眼睛里一点儿一点儿升起来，孩子还看到他的脸庞和头发。

孩子看到牛嘴巴牛鼻子牛耳朵牛犄角，整个牛出现在他眼前。还有牛后面的草原，草原裹着绵茸茸的厚毯子躺在夜色里。夜色白晃晃跟牛奶一样，像是从牛奶头里挤出来的。

孩子的眼睛亮起来，整个草原也亮起来。草原软绵绵的，孩子就站在草原的胸口上。他身边的牛也是个牛孩子，比他更小，身上潮润润，好像沾着胎液，胎液那么亮，几乎是个银牛。

孩子身上也有这么一层黏乎乎的亮光。天上的云朵，地上的树和草，还有石头、土墩都有这么一层黏乎乎的亮光，都像是刚生下来的。孩子去摸那块碰他的石头，石头竟然是软的，软溜溜像奶豆腐。孩子知道这是个石头儿子，它比他大，它劲大，它碰他一下，他就那么疼，它要长大它该有多厉害！孩子在想象石头长起来的样子，孩子想到山，想到戈壁，孩子抽口冷气，长大的石头不论站着还是躺着都是可怕的，人能跟山比吗？能跟戈壁比吗？孩子去过阿尔泰山，去过诺敏大戈壁。当时他没有感觉到什么，他还在那里乱跑，大人一脸严肃，让他不要乱跑，小心跑丢了。他觉得大人们可笑，大人们骑着大马，腰间挂着刀，靴筒里插着刀，大人们不怕猛兽，可他们怕山怕戈壁，他觉得大人们太可笑了，当时他蹲在地上拿眼角看大人，他满肚子不满意。群山和戈壁不会跟他一个孩子计较什么，可它们的孩子要教训教训他。孩子都是淘气的。

孩子蹲到石头跟前，他很快打消那个念头，石头不是在教训他，石头是在长个子，石头很快会站起来，石头刚抬一下头就碰他腿上了，那是石头使出的大力气呀，石头长成大山的力气碰到他身上，他竟然还活着。孩子跳起来，窜到牛跟前，抱住牛脖子大口地喘气，它要撞死我怎么办？孩子慢慢地相信他是活着的，他的手抓着牛鼻子，牛鼻子里的呼吸跟徐徐的春风一样把他吹醒了，就像把灵魂重新吹进他的身体，他的身体从僵硬中软和起来。他对牛说："赶快走，石头长哩。"

孩子和牛走了很久，孩子觉得石头长起来了，孩子的面孔慢慢地从牛脊背下抬起来，孩子看见他走过的地方出现一座山，圆浑浑的山体透着亮光，那是胎液。"哈，山的孩子，山的孩子！"孩子很兴奋，牛也很兴奋。山的孩子面容清秀，散发着浓浓的甜蜜和娇憨。孩子知道那是阿尔泰山的儿子，他们这里只有阿尔泰山，不会是其他山所生。

孩子的脑袋全部从牛脊背下边伸出来了，孩子的下巴搁在牛背上，孩子说："快长呀快长呀，天亮就长不成了。"

山越来越近，山的脚快伸到草原上了。草原本来离山很近，山一直想在草原上生个孩子，生在草原上的孩子长得快，也漂亮。阿尔泰本来就很漂亮，阿尔泰可不想生个丑孩子。

漂亮而强壮的孩子都生在夜里。

孩子知道自己也生在这样的夜晚，这是妈妈告诉他的。他急着回家，就是想妈妈，他还在想妈妈，可他不想回家了。

孩子盯着山一动不动。

山在蠕动。刚生下来的孩子都这么动，蹬腿伸胳膊。孩子知道自己也这么蹬过腿伸过胳膊，妈妈没告诉他这些，可他知道。孩子总是知道一些大人想不到的东西。山把手指塞到嘴里，山在吃自己的手指头，山没有牙齿，嘴巴吸得吱儿吱儿响。孩子笑起来，孩子知道它不会咂出奶汁的，可它喜欢咂手指，孩子都喜欢咂手指。孩子还记得妈妈不让他咂手指。这是孩子最早的记忆。孩子一直不明白大人为什么不让孩子咂手指。大人喜欢往孩子嘴里放乳头或者奶嘴，他吃过妈妈的奶，也吃过牛奶，他现在还吃牛奶，新疆所有的孩子都要喝牛奶，喝到娶媳妇就不喝了。大人们常常这么说："喝吧喝吧，喝成大小伙子，喝丫头奶去。"丫头好像遥远的奶牛，丫头奶肯定要超过牛奶。既然大人这么说，那肯定是真的。孩子对妈妈的奶头有着无比亲切的回忆，孩子对牛奶同样地依恋，他的小抽屉里就有一个橡胶奶嘴，大人不在的时候，他就塞在嘴里，使劲吸，吸进一股空气，又使劲吹，空气变成一股细线喷射出去。孩子觉得这小小奶嘴太不可思议了。孩子把奶嘴对着太阳看，奶嘴就透出淡淡的红色，奶嘴就软起来，热起来，就成肉的，就贴在太阳上，太阳一下胀起来，太阳的奶水从奶嘴里喷出来，喷到孩子脸上。孩子睁着眼，张着嘴，孩子没咂太阳的大奶头，孩子是大孩子已经不吃奶了，孩子端着大碗咯儿咯儿喝奶。可孩子还依恋着奶头。太阳的奶水多旺！太阳喂养着星星、鸟儿和鹰，这是孩子的新发现。孩子把奶嘴安在太阳上，太阳就显出她的原型，从蓝天宽阔的胸脯上挺起来。孩子多么兴奋！孩子奔出院子，举着奶嘴到野外，到原野上去看太阳。只有在无边无际的原野上，才能看得一清二楚。

圆天盖着草原。

辽阔草原上站着一个孩子。孩子是那么神往那么痴迷，孩子要把天空看个透。天空就清晰起来，天空的胸脯越来越娇嫩，一点儿一点儿现出青青的血管，就像孩子看过的彩色地图。地理课上，老师带来的世界地图就布满了这些血管，老师说那是河流。孩子知道那些河流的名字，孩子知道亚马逊，知道密西西比，知道尼罗河印度河，知道长江黄河。这些河全流到天上去了，这是谁也想不到的。

这却是孩子一直好奇的问题。

河确实是从天上下来的。那个叫李白的大诗人在诗里写道："黄河之水天上来。"这是孩子在语文课上学的，老师说这是比喻是夸张不是真的。孩子小声说："是真的。"老师说："你大声说。"他大声说一遍。他不知道老师在诱敌深入。老师没让他坐下，他站着迷瞪瞪看着老师。老师很潇洒地走下讲台，跟歌星唱歌一样手心朝上轻轻一点儿，前排马上站起一位小同学。老师说："这位同学，你告诉大家我们的母亲河黄河发源何处？""青海省的巴颜喀拉山。""正确答案应该是巴颜喀拉山。"老师手心朝下朝他轻轻一点儿："你也坐下。"他坐在众目睽睽之下，脸开始烧起来。

放学回家的路上，太阳又轻轻地过来了。太阳撩起衣服，露出她的胸脯，白云是太阳最好的衣服。太阳胀鼓鼓，太阳的奶水很旺，那些青色的血管跟交错的河汉一样，孩子看见奔腾着的血液。没等他多想，太阳的奶水就喷出来了。孩子站在原野上跟淋浴一样让太阳的奶水浇透了，身上全是太阳的芳香。从牧场到学校要经过宽阔的草场，太阳在草场上空显得又圆又大。孩子回家问妈妈："奶是从血管里变的吗？""你怎么问这个怪问题？"那天，妈妈穿白裙子显得又年轻又漂亮。孩子望着美丽无比的妈妈，孩子说："太阳也穿这身白裙子。""妈妈不是太阳，太阳也不是妈妈。""可太阳有奶水。"妈妈吓一跳："你说什么？""太阳有奶水。""你在哪看到的？""野地里。""你不走大路走野地里干什么？""路边有树看不清嘛，到野地里，太阳就从白裙子里掏出她的奶头。""天哪，怎么办啊！"妈妈急得团团转。

妈妈要亲自送孩子上学，孩子已经是大孩子了，大孩子不允许家长接送。大人和孩子争执不下，最后达成协议，大人可以送，但必须保持一定距离。

妈妈目送着孩子走进校门，放心地回来了。放学时，妈妈早早赶到学校。按照约定，妈妈只能站在小商店前边。孩子故意不看她，孩子和他的同学叽叽喳喳穿过街道。小镇只有一条街，走不了两步就到野外。一条夹在杨树中间的大路通向牧场。大路绵延起伏，伸向远方，树在那里矮成一堆堆草。

太阳认识孩子，太阳在靠近他。他的小伙伴们都走了，小伙伴们喊他他听不见，他只听见太阳移动的声音，他头顶的树叶唰唰唰唰跟雨一样，他就知道太阳过来了。

小孩到野地里。

妈妈看见孩子到野地里，妈妈也到野地里。太阳跟她一样穿着长长的白裙子，白裙子里灌满了风。草原上什么时候都有风，感觉不到风的吹动，可往草地上一站，裙子就胀鼓鼓跟吹圆的气球一样。妈妈有点兴奋，妈妈不好意思，压了压裙摆，裙子就像一对翅膀。妈妈是个美丽的少妇，妈妈做丫头时到草原上疯过，妈妈好多年没有这么疯过了，妈妈小声说："你进来吧。"那些草原风就全进去了。草原风五彩斑斓芳香无比。草原风把太阳的裙子也灌满了，太阳穿着宽大松软的白云，白云一下子让风鼓起来。太阳的胸脯也鼓起来，太阳的奶头就乒乓冲出来，在明亮结实的奶头四周，青青的血管跟叶脉一样布满蓝天。

妈妈身上腾起火焰，妈妈赶紧捂住胸口，她胸脯的火焰已经跳起来了。兔子兔子兔子快跑。在哈萨克语里，兔子就是火焰，火焰就是兔子，少女的火焰总要变成兔子，兔子总要奔上高原，跑成一团火焰；当火焰和兔子跑进月亮的时候，少女就做妈妈啦，因为月亮里也有了小兔子。

妈妈又兴奋又怕："我怀孕了吗？"她没怀孕，可她全身充满孕妇的喜悦。她的手抓住跳动的奶头，她眼睛看着天上的太阳。后来她看见她的孩子，孩子脸上有一种婴儿般的笑容。蓝天下一群马驹在欢跳打闹，有一个儿马站起来，蹄子差点碰到太阳的胸脯。太阳的奶水浇下来，一下子把儿马冲倒了。草原有一层潮润的光芒，那是太阳的奶水渗到了草根上。

妈妈抑制住满心的喜悦，悄悄跟在孩子后边，她不能破坏他们之间的约定。

她整个人变了，她看见自己家的院子、房子、牲口棚和门前的白杨树，她看到一种静静的光芒，好像整个院落含在一个深情的眼瞳里。她摸一下眼睛，她捉到一颗湿漉漉的泪，她紧张到极点，她担心把它弄破，她的手告诉她这颗泪有多么圆润有多么娇嫩。她怕得要命，她快要喊起来了，她不明白自己会有那么大勇气，手腕一翻，泪珠就到了手心。她清楚地记得那是鹞子翻身的动作，鹞鹰飞越悬崖时会拿出这手绝活，贴着峭壁直冲苍穹，群山和群山里的悬崖滚落到鹞鹰的眼皮底下。她在做丫头的时候就把这些记熟了，鹞鹰凌厉潇洒的动作融化在她的心灵里，就像湍急汹涌的河流消失在荒漠里，又从另一个地方勃然而出。中亚腹地的河流就是这样，很汹涌地奔流，很汹涌地消失，又很汹涌地流出来。鹞鹰的动作在她身上潜伏好多年以后，潮水般喷涌而出……她的手心发出璀璨的光芒，她手心就像放着一颗钻石。女人的泪多么珍贵！她对自己说："我再也不随便流泪了。"她流过多少泪？她有多后悔。她把手举高一点儿，她就感觉到太阳绵茸茸的嘴唇，太阳小心翼翼跟婴儿一样吮她的手。

吃饭的时候，她对孩子说："太阳确实是你说的那种样子。"

孩子口气淡淡地："那当然，我发现的嘛。"

孩子的神态是兴奋的，他的小大人样子坚持不到两分钟，他就求妈妈："你不要再送我了行不行。"妈妈点点头，孩子一阵欢呼。

孩子可以无拘无束去上学了，孩子可以无拘无束地离开大路，到野地里看太阳。

地理课也开始了新内容。年轻的女老师端着地球仪走进教室。女老师穿着白裙子，她讲得很动情，学生眼睛里有一种奇异的光彩。老师声情并茂，拨一下地球仪："同学们，地球就是我们人类的母亲。"孩子看见蓝色的地球在老师的胸前旋转，孩子看见蓝天白云，穿着白云的太阳，太阳从蓝天里鼓起来，太阳和蓝天开始出现青青的血管，孩子在想象中已经到了野外。其实他没动，他只看一下窗外，窗外是灰蓝色的阿尔泰山，太阳以为孩子在山上，太阳就把奶头掏出来。哈大奶头！孩子喊一声。孩子声音很小，可老师听见了，老师不敢相信自己的耳朵，老师一紧张就让地球仪碰到胸脯上，地球仪几乎跟孩子一样喊出那个要命的词。女老师说："不上课了。"女老师就出去了。女老师找校长。

女老师是个未婚青年，怎么能容忍这个词出现在课堂上。校长认为有必要请学生家长。

妈妈被叫到学校，妈妈听到一些莫名其妙的话："孩子发育提前啦？""看过那种录像没有？"妈妈想告诉校长有关太阳生命和母亲的事情，妈妈一张嘴才发现自己不是善于表达的人，她体验到的东西根本形成不了语言。校长脸色越来越难看，妈妈哇一声哭了："我发誓不再流眼泪我怎么就哭了。"校长是个男同志，校长叫女教师来劝这难以理喻的学生家长。校长走了。妈妈反反复复地说："孩子看到的是太阳，孩子没有错呀。"女老师说："难道学校错了？"一句话把妈妈给拿住了。女老师乘胜追击："难道我们没事找事叫你来呀，我们一天要上四节课要批改作业。"妈妈赶紧认错。女老师说："回去吧回去吧。"

孩子不知道这些，妈妈只告诉他，他上课捣乱，以后不许捣乱。孩子一天一天地回忆，孩子回忆不起来他捣什么乱。妈妈说："我必须送你上学。"孩子刚要问为什么，妈妈说："这是学校的规定。"

上学时，妈妈在远处跟着，孩子老感到不自在。孩子看见太阳，孩子刚要离开大路，妈妈就过来了，妈妈喊他名字。他是多聪明的孩子啊，他只看一眼蓝天上的太阳他就全明白了。孩子脸上的肉抽动一下，泪就出来了，一颗连一颗落到地上，全都碎了。妈妈的泪也跌碎了。妈妈是大人，大人能克制自己。妈妈克制住自己，妈妈说："孩子去上学吧。"

好不容易到了假期。妈妈跟爸爸商量："孩子在学校太累了，到牧场去散散心。"爸爸担心孩子受不了："玩几天可以，跟着放牧可不行，翻山越岭，还要吃夜草。"妈妈口气很坚决："他就是得吃这个苦。"她没告诉丈夫有关太阳、生命和母亲的事情。

孩子跟着爸爸翻山越岭，离开家已经一个月了。畜群走出群山，来到大草原。离家越来越近，孩子太想家了，太想妈妈了。

孩子带上他喜欢的花牛提前回家。

夜开始亮起来。他有一双夜眼。

他痴痴地看着山，他的头搁在牛背上。牛都困了，牛趴下，他也趴下，可他的头在牛背上。他看山哩，山像个刚出生的婴儿，山吃奶哩，山把手指嘬得吱儿吱儿响。山要长起来得喝多少奶水！光吃手指头是不行的。孩子对牛说："你给山当妈妈，你来喂养它。"

牛抬起头看孩子，牛眼睛里有一种奇异的光芒，牛听懂了孩子的话，牛站起来。喂养一座雄壮的山一定要有好奶水。牛走到泉水淙淙的青草地，嚓嚓吃起来。

孩子小声说："多吃点，夜草长膘。"

牛喜欢孩子的声音。孩子多聪明，牛几辈子想不透的事，孩子一点儿就通。孩子让它给山当妈妈，它就给山当妈妈。尽管它还是个小牛娃子，还在童真状态，可孩子的话唤起它的牛劲，唤起它巨大而强烈的喂养冲动，它要喂养这座山，把山养大。

牛吃得太饱了。孩子说："你把整个草原都吃下去啦，你真了不起！"牛舔一下孩子，孩子说："你的奶水太旺了，跟海一样。"

牛眼睛里就出现一大片白晃晃的奶水，群山和草原沉浸在奶水的白光里。牛一下子兴奋起来，那是所有的牛所祈盼的江河湖海般的奶水。

群山抬起头，把草原遮住了。

孩子说："山吃奶哩。"

那个白晃晃的奶头偎在山嘴上，奶水很旺，山嘴里发出"冈儿——冈儿——"的声音。

青 戈 壁

无边无际，一泻千里……

上边一个太阳，下边一个老汉。

老汉是从太阳与石头相撞的地方走出来的，就像太阳卵下的。太阳明明是个娃娃卵子，太阳这个娃娃卵蛋竟然招来一个老汉。

老汉老得一塌糊涂，皮肉松垮垮，就像散发着土腥味的麻袋片披在身上。老汉的棕褐色皮肉就是一件宽大的衣服。那件白汗衫显得很不真实。白汗衫就像渗出来的汗渍。老汉的骨头是硬的。老汉的骨头脚踩在石头上踩出一片结实的响声。老汉的骨头从脚响到腿响到脊椎响到肩胛骨上。

青戈壁一点儿一点儿松下来，大石头的四个角也不翘了。太阳还缩在蓝天的洞穴里，太阳溜眼溜眼往外看呢。太阳就像贴在馕坑里的馕。老汉仰头看太阳，老汉朝太阳招招手，叫它出来。老汉知道太阳怕什么，老汉踩踩脚，把石头踏平。太阳动一下，又动一下，太阳一点儿一点儿往外爬。天上的洞穴又深又蓝，那么蓝。老汉的前方也是一片蓝，是从青石头里吐出来的一片蓝光。

老汉走了好久，老汉走进那片蓝光。

老汉撩起白汗衫，老汉的裤腰上别着两个馕，一个贴着肚皮一个贴着腰眼，就像古代武士的护身镜。老汉提着两张黄灿灿的馕，走在哗哗闪动的蓝光里，就像提了两个太阳。天上一个，老汉手里两个，它们一样大小，一样颜色。

老汉很快走到蓝光闪烁的地方。那是一片清纯的海水，青色海水闪出的光芒却是蓝色的。老汉就像抓了两只小动物，去水边宰杀。老汉把它们拎到水边，摁进水里。蓝天里的太阳又缩了一大截。太阳再也不敢贸然远行了，它宁肯把天空弄成狭窄的洞穴，也不肯到平坦空旷的地方去。它提心吊胆地看着老汉把两个金光灿烂的小太阳摁进水里。幸好老汉没带刀子，老汉把小太阳摁一会儿就松开了。小太阳浮上水面。波浪卷过来，拍打着海岸。小太阳搁浅在石滩上。海岸都是青色的碎石子，被水浪淘得很干净，水浪一冲，石子就发出清脆的索索声。小太阳爬到青石子上，就像从水里爬上来的金海豹，胖乎乎的再也动不了啦。

老汉双手扶地，脑袋凑过去闻闻，然后盘腿坐在地上，捧着泡软的馕一口一口吃起来。嘴里没牙，他吮着吃。他的手捧在一起就像盘子，他反复舐这个盘子，他把每一根手指咂一遍。他仰起脑袋看蓝色洞穴里的太阳，太阳就像一只金色的老母鸡。老汉相信老母鸡会下许多金黄的蛋。他吃掉的就是太阳的蛋。他每天都有东西吃，他有一个美好的明天。

老汉欠欠身捧着喝海子里的水。这些水泡过馕，原汤化原食，老汉一直保持着这个万年不衰的饮食习惯。

老汉吃饱喝足，就坐在石头上晒太阳。老汉很快就热起来。皮肤开始变薄，阳光照进身体，里边红彤彤的。血液很纯，几乎是透明的，就像装在瓶子里的红葡萄酒。老汉闻到葡萄酒的芳香，老汉不知道这是自己的气味。老汉想喝点葡萄酒，老汉就回去了。

这种本地产的红葡萄酒刚摆上商店的柜台。老汉没带钱。商店的丫头乐意赊账。他是连里人人信赖的老人，丫头有什么不放心呢。丫头把瓶子擦干净给他，丫头说："我知道你为什么喜欢红葡萄酒。"他的手搁在柜台上抓着挺拔的酒瓶，明亮的酒液照在手上，血管就清澈起来。丫头说："里边流的就是葡萄酒呀！"

"爷爷我喝酒就跟喝水一样，酒把我都渗透了。"

"是太阳把你晒透了。"

"我把太阳逮住了，我身上全是太阳。"

老汉敲打自己，他身上有一种黄铜的声音。黄铜是很好的乐器，丫头想到铜锣，丫头说："老爷爷你把太阳敲扁啦。"

"太阳是敲不扁的，是我自己扁起来啦，"老汉说，"人年轻的时候什么都是圆的，上了年纪就圆不起来了，就不是太阳了。"

"那是什么呢？"

"是太阳的屎尻尻。"

"老爷爷你怎么能说这种话？"

"我放了一辈子牲口，我到最远最凶险的地方放过牧。牧草被牲口啃个光光净，金黄的牛粪铺满山坡，就像太阳在山谷里堆放金子，有一天太阳也会把我放倒在山坡上。"

"老爷爷你怎么会有这种想法！"

"牛粪不好看是不是，你还是牧场的丫头呢，地上落满牛粪地才漂亮呢，一块块金黄的牛粪卧在草原上，草原多么吉祥，闻闻那股呛人的味儿就不想家啦。"

丫头点点头。

"没帮妈妈捡过牛粪？"

"捡过。"

"这才是乖娃娃。"

老汉走到太阳底下，他的皮肤有一层金光。他摇摇晃晃，有时要停好半天。丫头跑过去扶他。"我能行。"老汉对自己很有信心。老汉身上有一股干牛粪味，那是酒泡出来的。他把一瓶酒喝下去了，他扬扬空酒瓶："太阳挂上了降落伞，太阳落到地上啦！"

老汉很少在家里待。老汉站在原野上一直站到傍晚，太阳像一匹骏马穿过辽阔的天宇，他知道太阳要到什么地方去，他脸上露出笑容，天空也滚动出大块大块的云霞，云霞时而如奔腾的骏马，时而如连绵起伏的群山，山上全是大石头。

老汉笑了。

老汉回家对儿子说："石头到天上了。"

儿子没吭气，媳妇也没吭气。老汉就进孙子的小屋，去给上初中的孩子说："石头到天上了。"初中生很老练地告诉爷爷："太阳本来就是燃烧的石头。"

"那么爷爷呢，爷爷身上的太阳是什么？"

"你身上怎么会有这玩意儿。"

"爷爷的骨头可都是汗水淬过的。"

"这跟太阳没关系。"

"汗水是太阳咂出来的，就跟你咂你妈的奶一样。"

"那是碳水化合物，还是跟太阳没关系。"孙子有些烦他，"爷爷，这是科学，你不懂科学。"

"你还没流一滴汗呢，你就说爷爷不懂，我真不懂吗？"老汉难受起来，"爷爷像你这么大的时候就干很重的活了，爷爷流的汗能流一条河。"老汉自言自语："我就剩下这一身干骨头。"老汉敲打他干硬的骨头，老汉又高兴起来："这身骨头还真不错。"

这身骨头确实不错，不用他敲打，它们就发出咯喇咯喇的声音。他弯腰捡一根柴火，他的手臂就响起来。柴火沉沉的一片金黄，他掂了掂。他走到柴堆前，抽一根再抽一根，他抱一大捆干木柴，气喘吁吁到厨房去。儿媳不让他插手："爸，你歇去吧，饭好我叫你。"

老汉不吭气，老汉坐在灶前擦火柴，擦好几次。先烧的是麦草。麦草一片金黄，跟燃烧的火焰没多大差别。麦草变火太容易了，给人一种不真实的感觉。老头总觉得麦草燃烧得不踏实。他把木柴放进去，木柴很沉，把火焰压住了，火焰亥突狼奔，发出一声声号叫。木柴亢奋起来，噼啪作响爆裂着迸射出火星，就像被踏响的地雷阵，火光闪闪，整块木柴咆哮呼啸喷射火星。已经看不见木柴了，可还能感觉到它的暴烈。

戈壁上的木柴就是这样，热量很足。

老头太了解那块戈壁了。好多年前，他是壮汉，常常骑着大马穿越戈壁到很远的地方去。一个壮汉骑着骏马，置身于一泻千里的青戈壁，想起来就让人感动。马轻轻跑起来。砾石滩不是大草原，不能疾风般奔跑，只能踏着碎步，嗒嗒嗒，马蹄叩击戈壁，石块如同钟磬，发出清雅的乐声。突然，大地发出殷殷的雷声。零散的石块消失了，马蹄踩踏的是整块的石头，就像大兵舰的甲板，平坦坚硬直到远方。那显然是准噶尔的盆底。准噶尔应该有这么辽阔平整的盆底。四周静悄悄的，天暗下来，一张火星织成的红网出现在眼前，张开，消失，又张开。

马蹄把火网撒出去是要捕捞东西的。蓝色的夜晚就像宁静辽阔的大海，火红色的网一次次撒下去，撒下去，沉到水底。马打个趔趄，马被一股强力拽了一下。这回捕到一个大家伙。马蹄咯嘟一下咯嘟一下，就像机关枪在点射。马发现了什么，马小心翼翼，就像一只老练的狐狸。不管捕到什么，这回跑不了啦。可它还是很厉害的，它在拼命逃窜。老头和马被拽下去很深。已经看不见暗蓝色的天空了，一片漆黑，就像被粘在沥青里。马一下子昂奋起来，很雄壮地嘶叫着，高高扬起铁蹄猛踏黑乎乎的沥青。在沥青破裂的地方，红色的网被一点儿点拽出来……太阳在里边蹦跳，太阳凭着血气之勇蹦啊跳啊，网快要被撑破了。可太阳没有马那样的铁蹄，太阳撑不破那张光芒四射的火网，太阳只能把网撑大些。

老汉兴奋地叫起来："马呀马，你捕获了一个大宝贝，你把我也捕一次吧。"

马轻轻跑起来，一直跑到深夜。夜晚还是那么蓝。火网从马蹄下升起来，落到他手上，他的手就亮了，可以看见火网的形状，就像明亮清晰的河，互相交错编织出一片沃野。

老汉叫起来："马呀马，你的蹄子和我的手是世界上最了不起的东西。"

老汉俯下身，贴着马耳嘀咕起来，就像对一个老朋友说悄悄话。那么秘密的话连他自己都听不清，他只感觉到他的嘴巴在动，他的舌头在动，他的喉咙他的心脏他整个躯体都在倾诉一种极隐秘的话语，又不像是话语，只是一些含混不清热烈稠厚的声音。他把这些声音灌到马耳朵里，马耳尖硬锋利就像个铁漏斗，他可以对着漏斗无休止地絮叨。马呀马呀你给我也说说吧。他刚动这个念头，马耳就变成了小喇叭，呜呜咽咽响起来。那是一种悠扬的声音。从那悠扬的声音里伸展出辽阔的大地，伸展出草原群山和大戈壁。马肯定也听懂了老汉一生的辉煌，老汉种过地，放过牧，当过木匠，种种艰辛的活儿他都干过。一个人干过这么多艰辛的活儿，这本身就很了不起。老汉很自豪，马也很自豪。马嗷嗷叫着天就亮了。天是从他的手背亮起来的。一个人干过好多活，他的手就粗糙起来，在这些粗粝的纹路里奔流着生命激情和梦想。从手到脸到全身，便是血液的活地图。

老汉穿越戈壁回来了。路过商店时，他告诉柜台里的丫头："我知道太阳落在什么地方。"

"戈壁滩上。"

"你说得对，戈壁滩是个好地方。"

这回老汉有钱，老汉拿酒瓶时手又放到柜台上。

丫头说："你的手真好看，跟彩色地图一样。"

"人上了年纪都是这样，筋和血管就会露出来。"

"戈壁也上年纪吗？"

"它年纪可不小了，可它比我年轻，青湛湛的跟钢一样。"

"老爷爷，你也青湛湛跟钢一样。"

老汉哈哈笑起来。

丫头可是认真的，丫头说："我都听见了，你身上有石头的响声，咯嘟咯嘟的。"

"那是我的干骨头。"

"我也有骨头，可我的不响。"

"你还年轻，骨头是嫩的。"

"我的骨头什么时候响起来啊？"

"你老了就能听见你的骨头响。"

"老了好吗？"

"你不是听到了吗，就是这种咯嘟咯嘟声。"

"就像打击乐。"

"打击乐？哈哈，我可不懂什么打击乐。"

"你本身就是音乐。"

老汉很高兴。老汉拎着红葡萄酒爬上马背，酒瓶红光闪闪，就像太阳卧在马鞍上。马轻轻跑起来：老人、骏马和太阳撞在一起。太阳裂开一道口子。耀眼的酒液喷出来，芳香迅猛，令人晕眩。老汉把太阳擎在手里，嘴巴对着那道口子咕嘟嘟猛灌。

大家议论纷纷："他会把太阳咂干。"

"太阳把他咂干了，瞧他那身干骨头。"

上年纪的老军垦不爱听这话，他们得教训教训年轻人，他们问年轻人："太阳咂过你吗？没咂过，幸亏没咂过，就你那二两肉还不够给太阳塞牙缝呢！"

这些上年纪的老军垦都是太阳啃不动的干骨头，他们很自豪地大叫："这身干骨头可都是干货呀！"他们黝黑而明亮，笑眯眯地站在阳光里，就像厄鲁特人用石头垒起的鄂博①。村后的戈壁上有牧人的鄂博，那都是最好的石头。最好的石头都是年代久远的宝贝，都让太阳晒透了。牧人们就用石头来膜拜神灵，他们把这一切都归结为神的垂爱。

那个马背上痛饮太阳的老汉大声说："老伙计们，神灵也垂爱我们的，我们种地我们也放牧，地上的太阳天上的太阳我们都有。"老汉一手举着红葡萄酒，一手拽着缰绳，马头高高仰起来，马头和酒瓶都是亮晃晃的。

人们嚼一下，他们果然看到了两颗太阳。

有人小声叫起来："他就像个王。"

厄鲁特人说："他是个浑台吉②。"

哈萨克人说："他就像坐在白毡上③。"

吃饭的时候，饭桌上蹾一瓶红葡萄酒。儿子给他买的，买了一整箱。老汉很高兴："这是咱们新疆的宝贝。"儿媳说："爸你真有意思，以前喜欢喝白酒，就说伊犁特奎屯特是咱们新疆的宝贝。"老汉笑："伊犁特奎屯特可真不错，葡萄酒也不错，它们都是好样的。"

全家干了一杯。好久没这么痛痛快快喝酒了。老的少的全都

---

① 鄂博：蒙古人祭奠亡灵与天神的石头堆。

② 浑台吉：蒙古族贵族，即王族。

③ 坐白毡者为哈萨克王族。

是红彤彤的，果香四溢。孙子说："咱们家就像果园。"

儿媳说："是玫瑰园。"

老汉说："这都是胡大的安排，叫什么来着？"

"真境花园，"儿子说，"这是草原人的说法。"

"嗯，真境花园，应该是真境花园，里边长着玫瑰。"

孙子说："也长着葡萄，亚当和夏娃就住在葡萄园哩。"

"肯定有葡萄，葡萄是我们自己种的。"老汉摸孙子的大脑袋。连里第一个葡萄园是老汉栽种的，这大家都知道。大家还知道老头种的玉米、麦子和啤酒花。

儿子和儿媳拍着手喊："花园里有玫瑰，有葡萄有玉米有麦子有啤酒花。"儿子扯嗓子唱了一句：

"我们的麦子多么雄壮，

麦浪里滚动着金色的太阳！"

老的少的全都流下了热泪。

老汉好久没这么舒心过了。老汉站在青戈壁上，青色的大石头雄壮无比伸向远方。老汉没想到他这把年纪了，胸膛里还蕴藏着这么迅猛的力量。老汉想起好多年前，一个壮汉和一匹马穿越大戈壁的情形。老汉走过去，走几步又回来了。大地那么亲切，脚板微微颤动，整个身体都在动。

老汉坐在一棵横卧的榆树上，等身体平静下来。老汉卷一根莫合烟。金黄的烟末有一股呛人的香味。老汉很熟练地夹住两绺窄纸条，轻轻转动手指，再润些唾沫，再踱一踱，一根粗壮的莫合烟就出来了。

老汉噙着烟，噙了很久。

路过商店时，柜台里的丫头说："老爷爷你没火柴吗？"丫头给他火柴，他发现莫合烟还噙在嘴上，半截子已经湿了。老汉说："它吃我呢，让它吃吧。"

"让它吃你的唾沫，你真有意思。"

"唾沫是人身上的宝贝。"

"哈哈，唾沫是宝贝。"

"只要不是唾出来的，"老头指着湿透的烟说，"它一点儿一点儿吮，跟娃娃吃奶一样。"

"老爷爷你真有意思，没意思的事情在你身上也就有意思了。"

"人活着不容易啊，活着就要活出点意思来。"

丫头点点头，丫头很感动，老头走远了，她还拿着火柴不放。

家里没人，屋里屋外静悄悄的。老汉从柜子里取那只羊皮袋子。这是好多年前他用过的，是块羔皮，磨得又黑又亮很软和，跟块绸子一样捏手里没声音。

装奶疙瘩时袋子响起来，咯啷咯啷咯啷啷，跟石子一样。老汉先是一把一把放，后来就咯啷一个咯啷一个。他喜欢听奶疙瘩的响声，就像有人在戈壁上走动，脚板叩击大地，那清脆的音乐之声令人感动。他的心脏猛烈地跳了一下，他还能听见胸膛里传出的嗡鸣声，是胸骨传出来的，胸骨就像一道道横木。

老汉往外看一眼，老汉看见他们的大院子，他们的大院子就是几排横木围起来的。那都是从阿尔泰山伐下来的，那些桦树、杉树和榆树横卧在房前屋后，连皮都不用剥。它们并不阻挡什么，可有它们和没它们就是不一样，它们横卧在那里，比一只凶猛的看门狗更叫人放心。

老汉喜欢这些圆木，老汉出来时还在上边坐了坐。老汉拎着半袋子酸奶疙瘩来到青戈壁。很久很久以前他是这样教儿子唱歌的：

"我多么雄壮,

青戈壁上滚动着金色的太阳。"

儿子当了拖拉机手,儿子就唱雄壮的麦子。

老汉种过麦子种过玉米种过葡萄种过啤酒花……大地的一切都是雄壮的。有一天,儿子念到一泻千里的大戈壁,唱这些坚硬的青石头,从大地一直伸展到天空的青石头,上边滚动着一颗鲜活的生命,这才是真正雄壮的东西。

几天后,儿子带一帮人来到海子边。老汉已经僵硬了,硬得跟石头一样。他跟前放着打开的羊皮袋子,他只吃了一小半,他嘴里还含着一块奶疙瘩。老人吃东西吃得正香,神把他请走了。有人说这是喜丧。儿子已经料到这种结局,儿子从包包里取出一串鞭炮,都是手指粗的震天雷,足足有千头,响得天崩地裂,响声传得很远。

老人是坐着升天的,棺材里没法蹲,大家商量半天,决定还是就地掩埋。他们用海水给老人洗个澡,用酒擦一遍,换上衣服。一个干干净净的老人,闭着眼睛,好像还能看见大家在挖坑。他脸上亮亮的。

有人说:"咱们这里的老人都是亮的,死了也不变色。"

"太阳喜欢咱们这里。"

太阳在一点儿一点儿收降落伞,太阳找到了落脚的地方。

大家都看见了太阳身上那漂亮的伞。

有人说:"这伞是商店丫头的。"

"你怎么知道是她的?"

"她说过她要给太阳安降落伞。"

"你爱上她了吧。"

"她不可爱吗!"

"哈，你也想要降落伞。"

想要降落伞的小伙子出神地望着青戈壁上滚动的太阳，他小声叫起来："多么雄壮的太阳！"儿子走过来，儿子对小伙子说："来，跟我唱，你会得到爱情的……我多么雄壮，青戈壁上滚动着金色的太阳。"

小伙子跟着唱一遍。大家都跟着唱，一遍又一遍地唱着，流着泪唱，哽咽着唱：

"我多么雄壮，

青戈壁上滚动着金色的太阳。"①

---

① 中亚习俗，每个人的出生与死亡，都以歌声迎送。

蚊　子

　　阿尔泰有白桦树，有哈纳斯湖，有额尔齐斯河、大小乌伦古河，草原就更不用说了。美中不足的就是蚊子，不是山上，是山坳洼地里，蚊子多得不得了，伸手可以抓一把。也不用伸手去抓，这样给你讲吧，你想解手你就得点一堆火，火不要太大，烟一定要大，跟催泪弹爆炸一样，让滚滚浓烟把你罩住，你赶快行水火之事吧，要快，一定要赶在烟雾散开之前，即使这样，也会留下蚊子的某种痕迹。

　　那个可怜的家伙骑着马从蚊子的天罗地网里突围出来，已经有好几天了。已经到达荒漠地带了，都是沙丘碱包密布的山前台地、阳光和风，还有砾石沙子与碱土，偶尔有四脚蛇从骆驼刺里窜出来，马就要惊一下。马背上的这家伙一点儿动静都没有，他头上扣着宽边帽子，右边的脸让蚊子咬惨了，都肿起来了，眼睛都看不见了。他整个人让蚊子咬晕了，就是用棒子敲他脑壳子，他都不会有动静。他的半张脸是木的。那种木的感觉还在扩大，整个人都是木的了。马像驮着一根木头。马什么都知道，马在四脚蛇出现的时候惊乍乍地跳一下。马很快就泄气了，主人没反应，主人让蚊子咬惨了，马也好不到哪里去。马有一层结实的皮毛，有尾巴，可马并不是无懈可击，眼角、鼻孔、尾巴底下都是蚊子大显身手的好地方。按理说应该还有嘴巴，嘴巴跟上述地方一样都很娇嫩，蚊子容易下手，可别忘了嘴巴里的舌头。马的尾巴太长了，甩来甩去，只能拍打屁股，蚊子只要钻到尾巴底下，马就惨了，尾巴底下靠近屁股的那块嫩肉，是蚊子们的一道美味，也是蚊子们的藏身之处。牛羊骆驼也一样。马是知道的。马已经放弃奔跑了。荒漠地带，主人跟死人一样让辽阔的寂静卷走了，不存在了，一点儿动静都没有，马唯一的感觉就是迎面扑来的干热风和从天而降的太阳的利箭。都什么年代了，马的记忆里还停留着万箭穿身的感觉，太阳的一支支金箭把大地都射穿了，远古的第一匹马也没有逃脱那锋利的箭矢，这种古老的噩梦总是出现在荒漠深处。这个时候，马总是举步不前，仿佛到了大地的尽头，到了万丈悬崖的顶上；这个时候，主人总是要唱歌的。主人憋太久了，主人的歌声是从胸腔里滚出来的，跟地层下的岩浆一样缓缓地蠕动着，所到之处，烟尘四起……悬崖倾斜出一个坡度，那么辽阔的斜坡，上坡、下坡，马的奔跑是身不由己的，马让汗水渗透了，汗水又被烘干了，马的身躯缩小一大截……马太喜欢那神奇的歌声了，马就养成了冒险的习惯。绝境可以让主人达到生命的极限。马很聪明，连主人自己都不知道他信赖的坐骑有这种折磨人的心理。

阿尔泰山以南，那辽阔的大漠一直到天山才是尽头啊。马是知道的，主人怎么能不知道呢？现在已经过了和什托洛盖，沙丘越来越多，马蹄发出噗噗的响声。准噶尔盆地的深处，平坦而辽阔的黑痂一样的沙丘地带，有一条柏油公路，马驮着主人在细细的黑色路面上奔跑。那是好多年以前的事情了，那时候，主人交往的都是城镇的朋友，跟男人们喝酒，跟女人们调情，这种事情基本每月都有一次，但有时却又两三个月一次。都是晚上，星星和月亮，还有暴风雪，还有狼的袭击，狗的狂叫，被人追击。主人纵马疾驰，后边追的也是人和马，马就兴奋起来了。主人跟马一样兴奋，主人的屁股提起来，主人半蹲在马鞍上，主人与马背之间出现一个空当，飕飕的风就贴上去了，桦木马鞍就薄起来啦。雕花的马鞍，我成长的摇篮。主人已经很狼狈了，可主人的呼吸里显然透出古歌的节奏和旋律。马就有了感应，马就从红柳丛上一跃而过，还有黑乎乎的碱包。马的腾跃完全是按古歌的旋律来进行的。那时主人大概二十多岁吧，还保留着童年记忆，跟大孩子一样在准噶尔大地上纵横飞跃，主人的双腿就像一双翅膀，主人就像一只鹰。从阿尔泰山到天山，跟玩儿似的。我的身躯跟白杨一样，我的青春就像天上的云朵。主人就这么唱歌。闯了无数次祸，谁也抓不住他，主人的爱情故事就这么凶险。马喜欢这种冒险的生活，在追击和逃亡的时候，无论哪一方总是远远离开城镇和大路，顷刻间就到了荒野，大漠波涛滚滚，马奋力向前，马鬃旗子一样高高扬起，马的胸部迎着疾风，还有可怕的速度……终于有一天，主人彻底告别了动荡不安的生活，主人在一个偏远的村子里建了一个家。

　　主人的心收回来了。有女人，还有老人，就差孩子了。这是老头老太太们常常念叨的话题。土坯房，土坯围墙，几棵白杨树，拉水的车子，墙角的玫瑰跟火焰一样亮堂堂的，马棚后边养着羊、鸡。女主人忙出忙进，连马都能感觉到女主人的能干。女主人操劳到半夜，给马加料，给马送来清洁的水。铁皮桶在夜晚也是一闪一闪的，从车子上的大铁皮箱里接的水，多么清洁的水啊，拉水的车子进院门的时候马就闻着了水的清香。女主人饮马之前，自己先喝，那是个铁皮大马勺。女主人累坏了，女主人站在马棚跟前，将一下湿漉漉的头发，咕噜噜喝下一马勺凉水，女主人就散出一股水汽。马太熟悉这种气息了，马在一片寂静中连接了天地间的一呼一吸。马咽下水的时候心脏就突然洞开，水很自由地散开了，那一瞬间，女人刚好把水倒进水槽里，女人的白胳膊与铁皮马勺和木槽连成一线，完成了水的流动，马的腑脏完全是一种美好的延续，是一种敞开，水总是流向开阔的地方。马驮着主人渡过多少河啊，玛纳斯河、古尔图河、奎屯河、白杨河、乌伦古河、额尔齐斯河……马的记忆中一下子出现这么多河，整整一个晚上马都在回味这些大地上的河流。黎明时分，男主人牵上马离开村子，马还沉浸在哗哗的水浪声里。主人果然有了反应，主人在冷飕飕的早晨，缩着脑袋唱起遥远的大海，不是三台海子，不是哈纳斯湖，是遥远的水世界，用主人的话讲就是最后的海洋。

那是马最感动的一天，在戈壁深处，出人意料地碰到两个骑骆驼的人。几天几夜没有见人影子，连鸟儿都见不到，连四脚蛇都碰不到的地方，人就显得可亲可敬，老远就迎上去了。三个陌生人互相问候，围坐在一起。牲畜们脑袋碰脑袋，接着就嗷嗷地叫起来。三个汉子不知谁开了一个玩笑，爆发出地动山摇的大笑，这在戈壁绝域里是一种罕见的事情。三个汉子啃着干馕，举着水壶，咕咕的饮水声那么清晰。一个人饮水的时候，另外两个人停止咀嚼，手捧着黄灿灿的干馕，无限神往地看着远方，苍穹与大地相接的地方蓝汪汪的。第二个人接过水壶，不急着喝水，脖子跟雁一样伸向远方，跟做梦一样喃喃自语——那是最后的海洋，那是个大海子，海子，海子在你手上呢。他们上马上骆驼，他们都有一个下意识的动作，就是坐稳以后摸一下腰间的水壶。骆驼和马方向相反，水在壶里的咣啷声还是那么清晰，那么久远。好几天过去了，很遥远很遥远了，其间还要夜宿荒野，无论主人还是马都沉浸在哗哗的水浪里，跟一条大河一样，水在那么狭窄的壶里也是宽阔自由的。主人仰躺在大石头上，水壶贴着脑袋，星星一闪一闪，忽远忽近，跟鸟群一样，跟雨滴一样。马看见主人的眼睛有多亮，星星点点的亮光从主人的眼瞳里闪射出来，飞向星空，跟星群汇在一起。在主人的歌声里，出现了星星海这样的词，一颗很大的星就落下来了。马差一点儿叫起来，马以为主人会迎上去接住这颗越坠越大的星星，多么壮观多么大的星星！已经不是圆的了，一头大一头小，尖尖的了，还往下坠，下边那头越来越大，跟巨大的孕妇一样了。主人还是没有动静，那巨大的星星就在贴近地面的时候生了她的孩子，一片蓝光中主人的梦境到了极限。主人一下子坐起来，主人头顶一片星光灿烂。星星还在往下坠，全部坠到地平线下边去了。主人看到的不再是梦境，是星光燃烧后的无限辽阔的大漠的黎明。地面黑黑的，天空已经亮了，主人爬上马背，主人也就亮了。亮的地方跟水一样。太阳很快浮出水面。太阳是一点儿一点儿亮起来的。亮起来的太阳顶多也是天上的一壶水，老天爷也离不开水。老天爷到了戈壁大漠上空也会渴死的。

主人好几次濒临死亡。让马感动的是主人宁可把自己渴死，也不会把水喝光。水在壶里晃动的声音比喝下去更有吸引力。主人听着水的晃动，就会走出绝境。

主人的境况越来越糟。最明显的变化就是没有歌声了。在歌声干涸之前，主人就不好好唱了，猛吼两句，戛然而止。有时竟然是半苤子，连调也唱不齐，好像走着走着掉进了陷阱，连呼救都来不及喊。也许压根就不想喊。马太了解主人了。主人一下子就把歌子断了。

那是多么压抑的旅途啊。主人很少出现在热闹的地方。主人偶尔去参加一次草原盛会，也是躲远远的，躺在斜坡上，闭着眼睛倾听几公里外的阿肯弹唱会。草原歌手每年聚会一次，跟羊下羔子一样，献出他们的歌子。四面八方的人都来听啊。地方上的、建设兵团的，什么人都有，连石头沙子也让大风刮起来，听一听大地的歌声。

主人还带着那个水壶。那就意味着主人不会到柏油路上去折磨他的马。去听歌来唱歌的人是远离噪音的。他们穿越戈壁大漠、翻山越岭，带着空旷和寂静，给歌声留下无限的空间。马已经意识到了什么。几天几夜，风餐露宿，主人自己都没有想他会消失在一片寂静中。马亲眼看见主人凝神闭息做好了吟唱的准备。马停下来了，马处于最佳状态，马的后脑勺都睁开眼睛，马看见主人半张着嘴，没有放出胸膛里面的歌声。主人脸都白了。到了阿尔泰，主人远远躲开，躺在长长的斜坡上，听了几天几夜。连马都怀疑主人听进去了没有？记下了没有？动心了没有？有好几次马脑袋伸过去，碰到主人耳朵。耳朵是松软的，充满歌声的耳朵应该跟树叶子一样。树叶子跟鸟儿待在一起，换句话说，是鸟儿的歌声喂养了树叶，从春天到秋天，树叶儿一片一片落到地上，也是那么灿烂，跟铜一样，跟黄金一样。马希望主人的耳朵跟树叶一样。没有松软的树叶。马蹄子踩过的树叶没有松软的。马对着主人的耳朵打一个喷嚏，把主人半个脸都打湿了，主人没有反应。马就驮起主人到洼地里去了。

　　阿尔泰的洼地都是水，水藏在草木深处，蚊子多得要命。马把主人驮到这个地方就停下了。足足有两个时辰，蚊子跟铁钉一样钉得密密实实，每个毛孔都有一根铁钉。主人终于有了动静。主人拉动了缰绳，一紧一松，有了力气，马肚子被夹进去了，马就蹿起来，费了好大劲才冲出蚊子的天罗地网。主人一直保持着他的力量。马扬了扬脑袋，马不想看主人的样子，那张脸肯定很惨。蚊子叮咬过的脸要多惨有多惨。马扬了扬脑袋，马好像在看遥远的地平线，马脑袋后边长眼睛呢。马什么都知道。力气又回到主人身上了，主人不会在意脸上的伤痕。主人有意地向大漠深处挺进。准噶尔的荒野结了一层黑痂，连沙丘都不例外。到了大地的中央，天就弯下来了，天穹盖在田野上，人端坐在马背上，举目远眺，辽阔、寂静、空旷。有虫子在叫，在地层深处。马脑袋后边的眼睛啊，终于看到树叶一样的耳朵，主人的耳朵成了真正的树叶，在谛听着地层下边的虫子的叫声。在地球的另一边，很小的一只虫子的叫声传过来了，怎么听都是一种歌唱。主人就从马背上滚下来，在地上滚了几滚，直挺挺地摊开身体，连马都竖起耳朵。那美好的声音一点儿一点儿近了，贴过来了。主人愣愣地坐起来，跪在地上。马尾巴底下飞出一只蚊子，从阿尔泰的洼地里一直跟着，一直嗡嗡地叫着，到大漠深处，蚊子的声音就嘹亮起来，就悦耳动听起来。主人又躺下了。主人知道蚊子不会离开他的。他身上有汗气。他的脸让蚊子咬惨了，可他还想让蚊子再咬两口，蚊子绕来绕去，蚊子总算找到了一个好地方——主人的下巴底下、胡子的边缘地带。主人又躺下了，下巴翘得高高的。蚊子用了很大的力，一定是把主人弄痒了，主人脸上有了微笑，一个长者的宽厚的微笑，好像蚊子是顽童。蚊子逗了一会儿，蚊子就飞起来了，蚊子飞着嗡嗡地唱着，蚊子大概也意识到自己的歌有多么美妙了。蚊子挤在一起的时候多么混乱多么盲目呀，完全是一些噪音，挤成一团，闹哄哄的。有人或者动物闯进来，大家就一哄而上，饱餐一顿，谁也不在意自己的嗡嗡声。马跟雕像一样一动不动，尾巴也不甩一甩，鬃毛垂下来好像刷子刷过一样。马的主人又坐起来了，手都举起来了。蚊子明白那是什么意思。蚊子就落到手上，蚊子破天荒第一次没有叮咬，跟落在草叶上一样，跟落在树梢上一样，蚊子是不叮咬植物的，蚊子的攻击目标都是动物。蚊子把植物当家园。蚊子自己也不知道，它有歌唱的功夫。蚊子遇到的人或牲畜都是迎战状态，见了蚊子连扑带打。蚊子也是愈战愈勇，一路追杀到荒漠深处。马和人顷刻变成这种样子，任凭蚊子起落叮咬，蚊子咬两下就不动了，蚊子多聪明呀，聪明起来的蚊子听到了自己的声音，也看到了人和马多么虔诚地听自己歌唱。

主人会心地笑了。主人爬上马背，回到家里。老远就下来了，牵着马，一步一步走近土坯院落。大叶杨哗啦啦地唱着。两个老人少了一个，那一个老人已经躺在长满红柳的墓地里了。但又多了一个孩子，跟小狗一样在活着的老人跟前爬来爬去。老人老得一塌糊涂，外人甚至分不清老人的性别。太阳和风把石头都化开了，人算什么呢，这地方的人过了六十岁就分不清男女了。只有他们的亲人、乡亲知道他们是谁。也不是所有的乡亲，有些人外出若干年，再回来的时候就分不清了。地上爬来爬去的孩子，也没有男女的分别，有时候会跟小狗小牛混在一起。

这个落魄的汉子站在土丘上看着自己的家园，他的老娘，他的孩子，他还看到了果园里的女人。女人的红头巾跟火一样。这里风沙大，女人在房子外边就用大红头巾把自己严严实实地包起来，凭房子、院子、树和庄稼可以判断那是谁家的女人。他把果树栽在园子里就没管过。现在，他闻到了果园的芳香，混杂着羊粪的气息。起羊粪是男人干的活，也让女人干了。这就是他在离家二三里的土丘上看到的景象。天高云淡，空气透明度好，可以看清十里以外的东西。还有大叶杨的哗哗声。

力气又回到他身上。他直接去了果园，从另一头干活，到果园深处女人看见他，女人"嗨"喊一声，那是一种惊喜的叫声，没有一丝怨言。女人带着饭来干活，女人的饭量比以前大了一倍，力气活靠饭滋养。干到天黑他也回家。马吃了许多树叶子。

一切都正常了。床上有女人有孩子，月亮升上来的时候，女人孩子都睡熟了。男人还在抽烟。抽完烟，烟头摁灭，烟气被吹得干干净净。女人和孩子的呼吸声越来越清晰。他听了很久。后来他睡着了。月亮跟灯盏一样一直亮晃晃地悬在眼前。天亮后，他告诉女人他出去一趟。女人说快去快回。他骑上马，马知道他要去什么地方。他们赶了一天一夜，到了大地的中央，他轻轻从马上下来，他举着手，他触摸到绸子一样光滑的空气，摸啊摸啊摸了整整一天，太阳落到地平线时，空气变稠了，缩小了，他果然摸到了蚊子。蚊子没有声音，蚊子是从空气里飞出来的，落到他手上，他小心翼翼地捧着。又是一天一夜。马知道他要干什么。马驮着主人和蚊子来到有水的地方。那是戈壁里一个小小的泉眼，藏在红柳丛里，还有几根芦苇。蚊子可以在这里生活了。蚊子唱起来了。他们就离开了。

　　他再也没有唱过歌。他的耳朵跟树叶一样，大叶杨哗哗响动的时候，他的耳朵也在动。

雪，暴风雪

丈夫睡得很死，她使劲掰丈夫的手臂把自己解开。她拉开窗帘，后窗户上全是雪，雪很模糊。玻璃上有一层霜，裂出好看的图案，像画家画上去的。前边的窗户也是一层霜，透些亮光。她拉开门，门口全是雪，门板上也是雪。雪深到膝盖上。她用铁簸箕把门口的雪端进来。雪松软滋润，水分很足，落地上好半天，地只湿一道缝。她扫雪，雪就成黑的；再撒再扫，雪就成灰的。第三次，雪从地板上溜一遍，干干净净出去了，跟贵宾一样。

她盛满盆子雪擦门窗。外层玻璃（新疆窗户都是双层玻璃，平房两层窗户）再擦也上霜了，手移开，霜就出来了，全都是好看的图案，有山有树像手印上去的。手到了内层玻璃上，手就成了医生的手，那简直是神医，一下子除掉了障翳，玻璃明光闪闪，房子也亮堂了。

她自己也亮了许多，她没擦眼睛，那眼睛就是那么亮。那是看雪看的。

她就想让房子里的东西都看看雪。她就端雪，擦桌子擦板凳，一直擦到梳妆台，就像给家具上了一层漆，家具反而阴沉了。她知道贵重的家具都不夸张，都有一种沉默的光泽，平实而沉稳。她擦床头，她想让床也贵重起来。床头就贵重起来了，床头有一种金属的感觉。

这是一张桦木床，是丈夫亲手做的。丈夫指给她看那片桦树林，那里的树都很漂亮都很美。她说："随便砍吧，哪棵树上都是鸟。"丈夫就砍鸟多的那一棵。当然鸟儿都飞了。她躺这张床已经好多年了，往床上一躺就像到了树上。树上落雪也是很好看的。

她一遍一遍擦床头。她擦得很仔细。雪很黏，一捏就是一个疙瘩，雪疙瘩轻轻在床头上滑动。要是没有油漆，直接在木头上擦，那将是一种什么情形？涩巴巴的木头跟柔软的雪擦在一起，就不那么平滑就不那么顺溜，雪会磨损许多。一个雪疙瘩在粗糙的木头上轻轻一擦，就会下去一大半，再一擦就没了。

就这样她看见了丈夫的脸，丈夫睡得很死。丈夫是个毛发旺盛的人。丈夫爱干净，刮胡子刮得很勤，把脸都刮青了，可胡子的根扎在脸上；上嘴唇下嘴唇，下巴和腮都是青生生的胡子根，像打进去的钢筋。丈夫刮胡子就像用钢锉在打磨一个工件，吱啦吱啦很结实地在下巴上嘴唇上腮帮上打磨。丈夫有个结实的下巴，那个下巴顶过她的脸；丈夫有张结实的嘴，那张嘴亲过她的嘴；丈夫有个结实的腮帮，她摸过那个腮帮。她就想让雪去搓磨那些地方。她就捏一个雪疙瘩，在丈夫下巴上擦一下，丈夫呀一声，翻过身。她绕到床那边，放下盆子，一只手抚摸丈夫。睡眠中的丈夫显然很熟悉这只手。另一只手拿着雪疙瘩擦他结实的下巴，他呲呲嘴没动。她擦得很认真，可以听见雪疙瘩的摩擦声，胡子根越擦越清晰，就像水底的植物。她胆子一下大起来，她重新捏一个，擦丈夫的嘴，丈夫猛地坐起来："雪，雪，下雪啦！"丈夫看见她手里的雪叫："你干啥哩？"丈夫摸自己的下巴和嘴，丈夫很生气："你造罪呀你，不让人睡安生觉。"

"我擦桌子擦板凳。"

"我又不是桌子板凳。"

"我想把你擦亮堂。"

"你嫌我不亮堂，"丈夫摸摸下巴，丈夫不生气了，"你嫌我胡子长就吭声么，给我弄一脸雪，我还以为睡野地里了。"

丈夫刷牙洗脸打一脸肥皂沫，仔仔细细刮胡子，可以听见刀片的格铮声。

丈夫洗刷完往屋里一站，啊啊吸几口气，丈夫说："屋里不一样了。"丈夫说："你日能得很，你日能得没边边。"

"我把房子擦了一遍。"

"你把我也擦了一遍。"

丈夫很高兴，丈夫啊喊打个喷嚏，咧嘴笑："他娘个腿，舒服死了。"丈夫拉开门，丈夫可不管雪有多深，丈夫一伸腿就扎在雪里，丈夫说："我也弄雪呀。"

丈夫空着手在雪里折腾。她喊一声，丈夫不理她，丈夫往大门口折腾。丈夫跟凫水一样凫在雪上，看不见腰和腿，肩膀和双臂在扭动。从房子到大门口，丈夫折腾了好半天。

院子很大。前边是土块房和堆干草的架子，西边是马厩和羊圈，西边的空地种菜。雪把它们压住了，院子显得很空旷。

她喊丈夫，丈夫举一下铁锹，铁锹很亮。

昨天丈夫还用这把铁锹起羊圈。这把锹没闲过，闲不住的锹都是雪亮雪亮的。锹就立在大门后边，明晃晃像装了一面玻璃。那时快吃晚饭了，天蓝汪汪的，她不知道天为啥这么蓝，蓝得都要渗水了。她就往地上看一眼，她看见这把雪亮的锹，她心里就紧一下。她就掂上扫帚，把院子仔仔细细扫一通。

丈夫说："天黑了扫院子给谁看？"

"不给谁看。"

"不给谁看扫它干啥呀？"

"你这猪你不扫院你还要哼哼。"

"不说了不说了跟女人说不成。"

丈夫没生气，丈夫从来不跟她生气。

她把院子扫得干干净净，像用抹布擦了一遍。

丈夫说："跟你舔了一遍一样。"

女人说："我就是想舔。"

女人把扫帚立在铁锹跟前。女人蹲下摸铁锹，铁锹很亮，铁锹上有股羊粪味。她手上也有了羊粪味。她还是把羊粪味很浓的铁锹摸一遍。这么亮的一把锹，用手一摸就柔和了。

丈夫说："你要喜欢就把它放在屋里。"丈夫要去拿，女人说："就让它蹲在大门口。"

"它又不是秦琼敬德。"

"秦琼敬德也没有这么个宝贝。"

"到你手里啥都是宝贝，铁锹都是宝贝。"

"种田人不把铁锹当宝贝把啥当宝贝呀。"

丈夫朝她举一下亮晃晃的铁锹，丈夫开始铲雪，那团亮光就落到雪地里，雪就飞起来，一大块一大块地飞。

她记得雪是一片一片落下来的。她刚扫了院，雪就落下来，雪片宽大松软，落在地上就像人叹气。

那时房子已经有了灯火。小两口靠着火墙吃饭，吃揪片子，羊肉炒皮芽子（皮芽子即洋葱），加几个西红柿，吃得吸吼吸吼脸上冒汗。她突然放下碗，她说："你听。"丈夫停一下，丈夫说："我啥都不想听，我就吃揪片子。"丈夫筷子一搅，吸吼吸吼，满房子都是吸吼声。

她拉开门，天上的雪花噗儿噗儿落地上房上。她跑到院子里，她身上脸上也有了噗儿噗儿的声音。她仰起头，天上全是雪。一片雪飞过来，往她眼睛里飞，她竟然没眨眼，那片雪就飞进来落在眼瞳里，雪花啊了一下，院子里全是啊啊声。院子是她扫过的，扫得很干净，干干净净的大院子是睁着眼睛看天上下雪的，雪就落在院子的大眼睛里，那双眼睛一直睁着，白天黑夜都睁着，落满了雪它还睁着，雪就攒在一起，雪跟雪攒起来的就不再啊啊叹气，就噗儿噗儿吹气，像冒白烟。

女人回到屋里，丈夫吸吼够了，丈夫在吸一支烟，丈夫说："你眼睛是白的。"

"你管我是啥的。"

"又成黑的了。"

"奇怪吗？"

"你哭了。"

她摸一下眼睛，眼睛是湿的。她用手巾擦，手巾把脸和头发都擦干了，就是擦不干眼睛。她干脆不擦了，就让眼睛这么湿着。丈夫噙着烟，丈夫说："咱也让雪润润眼睛。"

丈夫到院子里，眼睛睁大大的，雪全落到胡子上。雪靠近那张脸时，雪抖一下就落到腮上嘴上下巴上，雪喜欢粗糙的地方。丈夫湿淋淋进来，丈夫说："他娘个腿，咱是狼眼睛，雪不进来。"女人就说："你抓一个放进去么。""这是个好办法。"丈夫又跑到院子里。丈夫那双手是抓过烈马长鬃的手，雪花落在他手里就没影儿了。丈夫扑个狗吞屎，粘一身雪，就是没抓住一个。丈夫干脆抓地上的雪，抓一个雪疙瘩，塞进嘴里咕噜咽下去。丈夫像吞吃一只大鸟，丈夫张着嘴，眼睛发呆，像是噎住了，噎半天，那个雪疙瘩慢慢滑落，落到胃里就不见了。丈夫说："我的胃都把它没抓住，它是个鬼。"鬼满天飞就是抓不住。丈夫咧嘴笑："男人就是笨，嘴笨手也笨。"

男人拿上家伙就不笨了，笨手能让手里的家伙变灵巧。

男人就把铁锹变成一团飘忽不定的亮光，往雪里扎，雪就飞起来。不是一片一片飞，一飞就是一大块。从大门到屋子，到马厩到羊圈，铲出战壕一样的甬道，用铁锹把翻起来的雪拍实拍平整，又光一遍。

太阳就出来了。

太阳一出来就看见明净的雪光。雪光把太阳光逼到天上，逼到太阳自己的圆圈圈里。天蓝汪汪的，蓝汪汪的天上也是明净的雪光。太阳跟兔一样。兔在草地上就是这么一扑一扑。冬天的太阳就是一只兔。天显得很大很深邃。

男人身上有些发热。男人就点一根烟，一口哑下去大半截，鼻孔就喷出长长的烟柱子，把空气也染成了青的。男人两口把烟哑完。

男人到土坯房上。墙根有一张木梯，让雪捂住，像个雪梯子，男人哐哐哐往上走，就能听见梯子是木头的。铁锹在房顶上闪动，雪哗哗全落下去，男人一直铲到草垛跟前。草垛上盖着厚雪，男人从顶上抽两捆干草丢在院子里。

男人就下来了。

男人把铁锹插在雪里，拎上草捆往马厩里走。马厩里有些暗，男人眼睛让雪弄模糊了，男人在门口站一会儿，里边慢慢不黑了，马脑袋也亮起来。马脑袋上有一双细长的眼睛有细长的睫毛。男人摸一下马眼睛，眼睛是湿的，睫毛也是湿的。男人说："马呀马，你明明是个公的，你他娘的也长这么一个湿眼睛你不是气我吗你。"男人狠劲捏一下马眼睛，马挺着脖子让他捏，马喜欢让他捏。他还不解馋。他就捏马耳朵，马耳朵很小却很结实。他使劲捏，连带揪，马就偏着脑袋让他捏让他揪。马认得他的手，马一下把他的手咬住了，马牙很整齐，两排牙齿夹住他的手夹得很舒服，他手上的筋肉骨节麻丝丝地疼，他叫起来："马呀马，你长这么一双湿眼睛我就是满足了，权当长在我的眼窝里。"马就把他的手松开了。他摸他的眼睛，他的眼睛是湿的。他又惊又喜，再摸一下，确实是湿的，手指上有湿印，是从眼睛上沾下来的。他嘿嘿笑两下。

他蹲在铡刀跟前，用腿压住草捆。干草很新鲜。铡刀咔嚓切下去，从细碎的草末子里升腾起甜丝丝的气味。一般都是两个人铡草，他一个人就能干这活。

细草和豆粉拌在一起，倒在木槽里。马吃草的声音跟锄草一样，那是很结实的嚓嚓声。他往槽里倒半桶水，马喝得吱吱响。

他用刮子刮马身上。马很干净，只刮出几片草屑。他仔仔细细刮一遍。这是一匹毛色纯正的伊犁马，全身金黄，鬃毛一根一根像用黄铜抽出来的，光滑粗实清晰可见。刮子往马身上一放就猛地一沉，像走进深草区，刮子发出沉稳而结实的唰唰声。几乎是金属般的刷磨声，就像刷一丛铜线。这把铁刮子被磨得很亮。它就像马身上长出来的一只小动物，就像一只松鼠，你简直难以想象，这样一只刮子一天不到马身上溜一溜会怎么样？他把刮子举到眼睛跟前，像要把刮子塞到眼瞳里，眼瞳一下子大了，眼瞳再大也塞不下铁刮子，铁刮子有去的地方。铁刮子往上一窜就窜到他头上，刮他的头发。他是个毛发旺盛的人，他的头发不长却很茂密，刮子往头发里一扎刮子就变沉了，就发出沉稳而结实的唰唰声。

他很熟悉这种声音。

这匹马陪伴他好多年了，比他老婆还早。它是一匹儿马的时候就离开马群，跟主人来到准噶尔北部。那时主人是个少年，少年骑一匹儿马是很有意思的。那时他就这么精心地给马铡草，给马刮身子，他就听到了刮子发出沉稳而结实的唰唰声。

刮子在他脑袋上刮出这种声音，他很高兴，他就在下巴上刮了一下。显然把那里刮疼了，他捂着下巴蹲在地上，蹲好半天。

刮子还拿在手里。他喜欢这种疼痛，他把刮子放在窗台上放好。

他到院子里装一桶雪提回来。他捏雪疙瘩擦马身上，轻轻一擦，马身上的肉就跳一下，只跳了一下就不跳了。马毛吃雪很厉害，擦过的地方吱吱冒白气，热气腾腾，越擦越热。马喜欢吃铡碎的干草，马毛里升腾起干草的甜味，很提神。他越擦劲头越大。马也越来越结实。马让草料和清水揎起来了。

女人喊他吃饭。女人听不到回答，女人就过来了。女人在白雪的甬道里拐个弯就看见马厩里的马。丈夫一手抻着马鬃一手捏着雪疙瘩，丈夫一下一下打磨马鬃。女人站在外边。丈夫出来时，女人还看他。丈夫说："饭好了。"

"饭好了。"

"好了咱就吃。"

"我先看看马。"

丈夫让她好好看，她只看了一眼，她搂搂马脖子她就出来了，她身上有干草的甜味儿，她"咦"叫起来："就像我吃了草。"

丈夫说："草好吃么。"

"草肯定好吃，雪把灰尘舔个精光，草都是鲜的。"

"土也是鲜的。"

他们就看墙上的小土块。围墙和牲畜圈全是土块垒的，压上雪，墙像洗了脸显得很精神。围墙很矮，外边的原野无边无际，要不是林带挡一下，原野就会冲到院子里。原野上全是雪，树上也是，只有天是蓝的。天那么蓝全都是雪擦出来的，太阳也是雪擦出来的。太阳长一身好毛，毛色纯正，雪轻轻一擦太阳就亮了。太阳和蓝天离雪很近，几乎要贴到雪上。

女人小声说："太阳落到雪里咋办呀。"

"要落就让它落么。"

"早饭还没吃哩就落太阳呀。"

女人伸出手，落到手上的阳光跟冰一样，女人说："太阳是冰的，冰太阳想卧在地上盖厚厚的雪被子。"男人张着嘴巴看女人。女人有一张乖嘴嘴，女人的乖嘴嘴就是会说，说出的话就是那么中听。男人就张着一张大嘴，男人就像要吃女人的话，女人就说："咱们房子也盖了，被子毯子毡子也有了，就让雪捂上一冬，美美地捂上一冬。"男人啊啊两声，男人说不出话，男人的大嘴巴只能呵出巨大的呼吸，男人雄壮的气息扑到女人脸上，女人吓一跳："神经病你吃我呀！"

"我饿。"

"光顾说，把肚子忘了，怪我都怪我。"

"不怪你怪肚子。"

"咦，嘴这么乖。"

女人摸一下男人的大嘴，男人就笑一下："我的嘴不乖，你的乖。"

"男人嘴不敢乖，男人嘴一乖心就瞎了。"

男人的嘴巴就恢复到老样子，女人使劲摸，从下巴到嘴唇跟石头凿出来的一样。女人放心了。

锅坐在炉子上，一团温火舔着锅底。炉门只开一道窄缝，炉门开大，火就变硬，硬火一囫囵就能把锅舔干。女人有一双灵巧的手，女人把火调理得不温不猛，轻轻地舔锅底，锅里的汤饭咕嘟咕嘟响。

女人给丈夫倒一杯茶，茶很烫，男人噗噗吹两口。女人揭开锅盖，热气扑轰冲到屋顶，跟原子弹的蘑菇云一样升腾散开，辐射强烈的羊肉味和皮芽子味，还夹杂着西红柿的芳香。女人显然让热气熏醉了，女人说："这么香的味道都叫房子吃了。"

房子是女人用雪擦过的，地板门窗家具把升腾的热气全咽下去。锅还在咕嘟咕嘟响，锅在呼吸，羊肉汤煮揪片子，煮得再猛也不会把面片煮老，肉汤很纯，面片被焖软焖光了，光滑滋润像一群活鱼。

小两口一人一碗。碗对着他们呼吸，呼出的都是粮食的气息都是羊的气息皮芽子和西红柿的气息。男人"啊"一声："饭是活的。"男人的脑袋就埋到碗里，吸吼吸吼响起来，好像碗是大地裂开的洞，男人拼命往里头钻。女人也钻进去了。碗跟个大海子一样深得没底，他们抬起头时，脸上湿淋淋，他们以为从另一个地方钻出来了，一脸惊喜和兴奋，女人又盛上，盛满，他们又把脑袋埋进去，吸吼吸吼响。

他们终于从碗里钻出来。他们去看锅，铁锅空荡荡黑洞洞深不见底。女人把锅端到厨房，洗净擦干，放在灶上放好。灶是丈夫用砖砌的，起灶时在地上挖个坑，砖头从地底下砌上来，锅灶就像从地里长出来的。

女人说："是你砌的还是地里长的？"

男人说："是地里长的。"

女人说："房子也是地里长的。"

男人说："连人也是地里长的。"

女人叫起来："我的爷爷，我还以为我是乖嘴嘴，你他娘的才是乖嘴嘴，你不说则罢，一说就说个话王。"

"是我说的吗？"

"是你说的，还在我耳朵里装着。"

男人摸女人的耳朵，绵茸茸像兔耳朵，男人摸到了他说的那句话。男人为那句话而高兴，女人也很高兴。

马厩里的马也叫起来。

男人把马牵出来，马在院子里不老实，不停刨蹄子。

男人说："马要出去。"

女人说:"马喜欢雪。"

雪光一闪一闪,把马弄得很兴奋。

男人穿上皮大衣,备好鞍子,腿一骗就上去了。男人说:"枪,我的枪。"女人跑回屋子把枪拿出来,女人说:"不要跑远。"男人说:"我在河道下了套,说不定能夹住猞猁。"

女人拉开大门。外边的街道跟原野连在一起,平坦丰饶的雪原一望无际伸向远方。雪下边有麦田、有休耕地、有水渠土塄,也有荒漠和干涸的河道。河道总是在洼地里,原野慢慢降下去,在大地某个潮湿的地方落下一条河道,那里长满蒿草和苇子,水就潜伏在那里,猞猁野狐也躲在那里,夏天那里有许多野鸭子和野天鹅。

丈夫和他的马就到那片洼地去。马扑到深雪里,马在雪里袅过去,雪浪翻起就不再跌落,风一刮就消失了。丈夫和他的马变成黑点,晃几下就不见了。

女人在门口站了很久。

女人上到房顶撕几捆干草。

女人把干草抱到羊圈里,羊"咩——"叫起来。女人让羊叫,就是给羊不吃草。圈里落一层新鲜羊粪。女人清理羊粪。后墙有个窗户,用木板堵着。女人拉开木板,羊圈一下子亮了。女人用铁锹铲羊粪,从窗户里丢出去。

不时有羊粪疙瘩落下来,落到她身上,跳开,跟下冰雹似的。有几颗羊粪疙瘩灌到领子里,她就不动了。她弯过手臂去掏,羊粪疙瘩跟玻璃球一样滚下去,她耸起脚尖,扭扭身子,也不见它落下来,它就绕着她的腰转,转到她的肚脐上。她有一个又圆又深的肚脐,刚好钻一颗羊粪疙瘩,她骂这鬼东西真会挑地方。她撩起衣服用手抓,原来在衬衫下边,衬衫扎在腰带里。她摸到肚脐上的那一颗,另一颗从裤脚里溜下去。抓在手里的那一颗潮润润的，又光又硬，墨绿色，看着看着就不想扔了。

　　她不铲羊粪了，她给羊喂草。羊啃着干草，羊眼睛黑丢丢，又圆又黑，她手心里的羊粪也是黑丢丢的，又圆又黑。她放到鼻子底下，鼻翼跟鸟儿翅膀一样扑扇扑扇动起来。她就想把它戴在耳朵上。她的耳坠厚而美。丈夫给她买了一对耳环，她把眼儿打好了，就是不想戴。她就想把这墨绿色的宝贝戴在耳朵上。她见过哈萨克丫头戴骆驼粪疙瘩，跟燧石一样，碰到风也能闪射耀眼的火花。她摸一下自己的耳朵。

　　她听见羊叫唤，羊叫唤就跟淌水一样。那只叫唤的羊肯定知道她的心思。那只羊耳朵上挂着两颗羊粪疙瘩，左边一个右边一个。那是只小羊羔，在羊妈妈怀里睡觉时，把羊妈妈的粪疙瘩也粘走了。她奔过去，抱住那只小羊羔，那两颗羊粪疙瘩果然又大又饱满，小羊羔就像一位尊贵的公主。她伸了几次手，手很兴奋，在羊脑袋上绕来绕去，像一只盘旋的鹰。她手里有一颗，她很满足。

　　她走到院子里，院子那么大，让雪一盖显得更大。

　　她手里攥着羊粪疙瘩，她耳朵里全是羊吃干草的嚓嚓声。

　　她看见墙上的红辣子，红辣子一串一串。她看见墙上的苞谷棒，金黄的苞谷棒一摞一摞。这些宝贝挂在墙上，房子就显得气度不凡。老天爷又落下这么大的雪，老天爷很讲究，地上房上厚一些，红辣子金苞谷上薄一些，院子就有了风景。

　　她就往风景里走。

　　她吱溜一声把门推开，画面就成另一番景象，好像有一双眼睛在津津有味地欣赏这一切。她看她的炉子，她看她的门窗家具，她看她的灶台案板和碗筷。墙角有几个瓷坛子，里边有雪里蕻，有绿辣子，有西红柿，有甘南泡苹果。这是俄罗斯菜，是连里那个二转子媳妇教她的。她把田野里的鲜货全都装在坛子里，它们安安静静，跟宝石一样放出光芒。

她继续往里边走，那种美妙的画面出现新的景象。那是她的卧室，被子叠好放在柜子上，大木床上铺着图案优美的花毡。墙上还有一张壁毯，上边有草原美丽的花卉，还有丈夫浓烈的汗味。

这是个雪天。雪天的毛毯是很有意思的。雪会让它们亮起来。女人抱起毡毯的时候一下子陷入迷幻状态。

她知道这不是梦。

她记不清是哪一年冬天，丈夫跟连里的人去打猎。寒流越过阿尔泰荒原闯入准噶尔，可以听见树枝的断裂声，窗户上的玻璃格铮铮一下子绷紧了。

她一个人待在家里，她吓坏了，她拉开所有的灯，打开电视，她还在发抖。她听见炉子里轰轰的火焰声，她奔到火墙跟前，拉开炉门，大块大块往里边添煤，就像往炮膛里塞炮弹，火墙都烧透了，辐射出猛烈的热浪，她汗都出来了。她钻进被窝。她不敢穿衣服，连衬衫都不要，皮肤贴在纯毛的花毡上，她才安静下来。身体开始发热。这就是动物绒毛的好处，躺得越久热量越大。她感到有个威风凛凛的兽蹲在她跟前，她可以放心地睡觉了。

那是一个大雪之夜，雪花在严寒中一下盛开了，开满整个准噶尔。雪花也飘入她的梦中，她的头发她的脸捂在白雪里，她就像雪下边的麦苗一样，一下子挺拔起来。

她一下子感觉到丈夫的冰身子。

丈夫神不知鬼不觉地回来了，丈夫浑身发抖，身上像结了冰。她叫起来："你去烤火呀，烤热了再上床。"丈夫一声不吭，紧紧抱着她。她咬他。丈夫说："我挣不开，你使劲咬，兴许能咬开。"她就使劲咬，她能咬开绳子上的死疙瘩，就是咬不开丈夫的手臂，她呜一声哭了。一哭反而舒服了，她就不咬了。

她有一身好肉，白晃晃的雪花肉，滚烫炽烈，沸腾不已，在丈夫坚硬冰凉的手臂里沸腾。她的眼睛就花了，白花花一片……大雪一下子迅急起来，势如奔马，一泻千里。她吓坏了，吓得发抖："……雪，暴风雪。"丈夫紧紧搂着她，丈夫也说："暴风雪。"丈夫毕竟是个男人，丈夫小声说："趴着别动。"他们就趴着一动不动。

风突然停了，准噶尔一片寂静。在如此辽阔的寂静中，雪垂直而落，雪光涌进窗户。玻璃外边大雪蜂拥，雪很快爬上窗台，爬上玻璃，白雪把房子围墙和大地全都盖住了，雪落满了准噶尔。

她俯在丈夫胸上，这回不是丈夫抱她，是她贴在丈夫胸上，她那么白皙那么丰饶，这是她没有想到的。就像白雪覆盖大地，她覆盖她的丈夫，她亲他，咬牙切齿地亲他，她嘴里喃喃自语："雪，大雪。"丈夫嘴上挂着微笑，丈夫不说话，丈夫那么结实地摊开身体，那么辽阔地躺着。雪越落越多，雪越过窗户越过房顶越过无边无际的旷野，雪发出大海般的叹息……雪就静下来了，那种平坦而松软的平静中升起神圣的生命之光。

她沉浸在清爽而芬芳的雪光里，她细心地刷着毡毯。新疆就有这好处，可以用雪刷洗毛料制品，纯毛的最好。雪在毡毯上发出轻快的唰唰声，就像风雪掠过草原。

女人铺好床，烧一大盆水，天就黑了。

女人不再害怕黑夜。夜空蓝汪汪，大地白茫茫。女人不拉灯，没有灯光的房子，黑夜就可以进来。黑夜就进去了。女人悄悄钻进被窝。女人是光着身子钻进去的，毡毯发一声叹息，毡毯就热起来。女人睡着了。

女人在梦中听见大门开了，丈夫和马回来了。丈夫和马汗气蒸腾。丈夫先去马厩。丈夫肯定先去马厩。新疆男人就这德行，他们喜欢马，他们总是把马侍候好再照顾自己的女人。女人在梦中咬紧嘴唇。喜欢马的男人就这么折磨着女人。女人感到伤心，女人就流下泪，泪流到嘴里，泪甜丝丝，女人就不伤心了。

　　丈夫这时候走进来，丈夫看见火墙跟前的洗澡盆，里边盛着热水，丈夫不想照顾自己，丈夫嘟囔一声："我已经洗过澡啦老婆，我让雪埋了整整一天，我都成冰块啦。"这个巨大而坚硬的冰块毫不客气揭开被子——吱喽一声滑到女人身上，被窝里升腾起一团白汽，仿佛原子弹的蘑菇云升向苍穹之顶。

青 色 草 原

　　他带妻子回博尔塔拉。那是他们新婚的日子，他很随便叫声老婆，妻子就流下眼泪，让他发誓，不许叫老婆。他就很庄重地起誓，有生之年绝不叫她老婆。妻子这才松口气，答应跟他过日子。

　　妻子喜欢听他说话，他很能说，从乌鲁木齐说到博尔塔拉，说到那栋小房子。妻子跟他形影不离、笑眯眯的，笑容里有一种淡淡的忧悒，跟雾一样。他说："你怎么还这样啊，我都发过誓啦。"他在妻子脸上摸一下，好像抓住了那团雾气。

　　妻子赶快去照镜子，镜子的光溅落到墙上，墙壁在动。镜子把她淹没了，房子里到处是镜子，镜子到了窗外，在太阳底下晃动，把天空都照进去了，蓝色天空跟盘子一样飞旋，越旋越圆，咣一下跟太阳碰在一起，一团强光，太阳消失在强光里……那圆光又出现在草原上，青色草原也被照进去了……妻子趴在窗台上喊："快！快！"他说："镜子在这儿。"镜子跟他站在一起。那是个大镜子，镶在衣柜上。他抓住衣柜的门，门和镜子颤动着，在收那些散开的光。妻子叫起来："镜子回来啦！""你让开！"妻子绷着脚尖不敢动。大团大团的亮光从外边回到镜子里，玻璃跟冰一样化开一个洞，一条冰凉的大河涌出来。

　　"你摸一下。"

　　"我不敢。"

　　妻子往后退，他给妻子鼓劲，妻子还是不敢："你光会骗我，我再也不相信你了，我再相信你我就不是人。"他把镜子的光打到妻子身上，妻子成了玻璃人，妻子捂住脸："干什么呀，你快挪开。"镜子的光不屈不挠掰妻子的手掰妻子的眼睛，妻子突然不叫了，直愣愣看着他，他叫起来："你的眼睛！"妻子的眼睫毛在湿润的泪光里跟羽毛一样展开，羽毛动一下，他就抖一下。

妻子常常用羽毛捉弄他。他睡觉很死，天崩地裂都醒不了。妻子喊他起床根本喊不动，妻子用鸡毛掸抽他跟抽石头一样，妻子都哭了，妻子哭得很难受，手里的鸡毛掸一抖一抖抖到他脸上。他噢哟噢哟大叫着跳起来跟挨刀子一样。他是不怕刀子的。他左肋上有块刀疤，明明是打架打的，却对妻子说是虫子咬的。他警告妻子不许用羽毛碰他，他给她马鞭子："用这个，用这个抽。"他宁可挨鞭子也不让羽毛碰他。

比鸡毛更轻柔的羽毛扑上来了，在他脸上扫一下，"你的眼睛！"他跳起来，他的样子很吓人，妻子被吓坏了，妻子摸自己的眼睛，一群毛茸茸的东西在手底下突突跳。

"什么东西？"

"什么东西？"

妻子的恐惧明显超过他，他就不怕了。关键是可怕的羽毛捂在妻子的手底下，妻子手忙脚乱。他不是个狠心的人，他干吗要折磨妻子呢？他把镜子挪开，妻子的眼睫毛不跳了，妻子还在哆嗦。

"这有什么可怕的。"

"我从来没摸过我的眼睫毛。"

"可你天天在洗脸在化妆。"

"你见我用手洗过脸吗？我用毛巾，化妆用笔。"

他愣住了。

"你就这样做丈夫。"

他脸红起来，他咳嗽。妻子给他水喝，他呛了一下。妻子说："慢慢喝，没人逼你。"他的泪都呛出来了，喝水不顶用。他说："让我抽烟吧。"妻子眼睛瞪好大。他不管这些，他摸出烟盒敲一下，里边跳出一根白晃晃的香烟，跟伸出来的小拇指一样，他把香喷喷的小拇指噙在嘴里，吧唧吧唧两下，小拇指就红起来，红得冒火。

妻子说："你干什么？"

"我顺顺气。"

他不咳了，不呛了，脸也不红了，他恢复了男人的镇静和自信，他告诉妻子："现在你可以摸镜子了。"

"你还不放过我呀。"

"摸一下，摸一下你就知道了。"

"我不想知道。"

"女人不知道镜子算什么女人。"

妻子的脸一下红起来。他给妻子让烟："抽一下，抽一下就不紧张了。""少给我来这一套。"妻子打开他的手。他把烟装起来。

"那你就摸镜子。"

"我不上你的当。"

"男人的刀子女人的镜子，我怕过刀子吗？我到 80 岁都不会怕刀子的。"他嘴角钻出一条小虫子，小虫子笑眯眯的，发出很小很小的声音，"好女人是不怕镜子的。"

"你让开。"

女人一下成了豹子。

他退到窗户跟前，他把桌子上的小圆镜斜一下，屋外的大草原就进来了，天空和天空上的太阳也进来了，牧草和阳光扑轰扑轰燃烧起来。妻子出手很快，一下子抓住火，妻子叫起来："是凉的，跟冰一样。"镜子里的冰河被妻子拎在手里，晶光闪射，妻子在那光里看到自己："我是这样的吗？"妻子摸自己的脸摸自己的鼻子、眼睛和嘴巴："我怎么成这样子了？"

"这样子不好吗？"

"不好。"

妻子往后退着，妻子全被照进去了，从镜子化开的洞里闪射出青色的光芒，跟飞碟一样掠过窗口消失在茫茫草原上。妻子趴在窗台上。妻子小声说："我又成丫头了。"

"咱们离婚吧。"

"你不要酸溜溜的，我只是喜欢我自己。"

"离婚你就是真正的丫头了。"

"我不上你的当，我要做不离婚的丫头，气死你。"

妻子开始找衣服，皮箱里全是妻子的衣物。妻子挑出棕褐色毛布套裙，妻子买下这套裙子一直没穿。他手紧，妻子唠叨没衣服时他就说你穿这套裙子嘛。离开乌鲁木齐时，他告诉妻子草原天凉带些厚衣服。妻子犹犹豫豫拿不定主意。他一把把裙子塞进皮箱锁上，妻子也就认了。那些真丝裙、钻石绒裙都不适合大草原。

大草原就在屋外，无边无际，牧场就像汪洋里的小鸟。妻子换上毛布套裙就想出去。他们走到牧场的尖角，妻子还要走。他落到妻子的后边。他能赶上，但他没法赶，他一赶妻子就拼命往前窜。妻子出气很粗，妻子劲头也很足，他就紧紧跟上，跟撵贼一样。

牧场消失了，只能看见青杨树的尖顶。有一条长坡潜伏在牧草下边，一点儿一点儿升起来。在草原的远方，有一团宝石般的光芒在闪耀。妻子小声说："那就是我要找的影子。"

"那是镜子。"

"明明是影子，我在房子里看见的。"

"那还不是镜子照出来的。"

在远方，地平线是明亮的。

"它为什么这么亮？"

"草原连着草原，草能看见草，草就亮起来。"

"我就要去那里。"

草原大道跟马一样从草丛里飞蹿而来，奔到他们脚下。那是两道车印子，结结实实地在草原上勒，一下勒出这么两条印子。

"顺着印子走，要不我们就回不去了。"

妻子踩着车印子，妻子的脚就到了地底下，妻子矮了一截。"快拉我上来。"妻子叫起来。

"不要怕，这不是沼泽地。"

"我要沉下去了，快来救我。"

他跟拔萝卜一样把妻子拔出来。"太可怕了，太可怕了，"妻子还在抖，妻子的脸很红，眼睛很亮，妻子说，"它咬住我的脚往下吞，它能把人吞下去，太可怕了。"妻子趴在他肩膀上，拧过头看一眼车印子，好像那是一只猛兽："它嘴那么大，它会把我们吃了。"

"那是车印子，那不是嘴。"

"它没咬你，你不知道它的厉害。"

"那我就掰掉它的嘴。"

他凶巴巴冲过去，掰住大地的嘴唇，那么坚硬的一道土塄，他心里一惊，他也坚硬起来，他的手他的胳膊他的肩膀和脑袋全都硬起来，就像车轮碾过他的身体；车轮压在草上，草也会挺这么一下。妻子喊他，他没听见。妻子拉他，他说："我的手被轧进去了。"

整个胳膊噙在大地的嘴里。

"你怎么这样！你怎么这样！"

妻子急得团团转。

他劝妻子不要急，他一只手在大地嘴里，另一只手在妻子背上不停地摸，妻子的背热乎乎地散发出甜蜜的气息，跟果子的气味一样。他们喜欢这种气味，很快就安静下来。

"你真的不害怕？"

"这又不是头一回。"

那是好多年前，他很小，爬到马背上很快就被摔下来。孩子总有孩子的办法。他望着草原大道，他爬上土墩，爬上房顶，爬到青杨树上，在远方，在蓝天下，草原大道闪闪发亮。

"就像飞碟旋过你的头顶，脑子里嗡儿嗡儿响。"

一大早，牧场静悄悄，他驾上车子，拐几个弯驰上草原大道。铁轨一样的车印子闪出地面，时间就消失了，他朝那蓝色的光团冲过去，很久以后又从蓝光中苏醒。那是远离牧场的一个陌生地方，围着一圈陌生人。人家是在一条土沟里发现他的。"我的车我的马。"人家面面相觑。他说我是驾车出来的，谁也不相信他的话。人家发现他的时候，他躺在土沟里，跟旱獭一样，人家说："我们以为你是从旱獭洞里钻出来的。"人家问他是什么地方人，他说博尔塔拉。这就是博尔塔拉，博尔塔拉顶欧洲一个国家，孩子你仔细想想。他说出他们团的番号，人家就明白他是兵团牧场的孩子。人家打电话，两天后，他见到亲人。回家的路很漫长，走了很久，他看见那条草原大道。他的马和车被这条大道吞下去了。大人们说："不要再乱跑啦，马都吃呢吃个孩子跟嚼豆子一样。"

他再也没乱跑过，后来他去乌鲁木齐上学，才有机会离开牧场。

"我还记得你刚来乌鲁木齐的样子，呆头呆脑。"

"那是我感到新奇。"

"是害怕，你被吓傻了。"

"我刀子都不怕，我怕乌鲁木齐？乌鲁木齐算什么鸟地方。"

"你拼刀子说明你心虚呀。"

"我拼给你看。"

他的手"嘭"一声从车印子里拔出来，高高举起，就像举着一把真正的刀，不知要杀谁，就"咚"一声戳在地上。地上没有响声，地让草裹起来跟裹着厚毯子一样。他不停地戳着地。妻子蹲在他跟前："戳吧戳个洞，你就能钻到乌鲁木齐。"

"我是考大学考到乌鲁木齐的。"

他不戳了，他收起手气狠狠地瞪着妻子。妻子很得意。

草浪从远方滚滚而来，大地跟充了气一样胀蓬蓬的。妻子尖叫着从草地逃出来，跑进屋里。房子轻轻晃着，跟汪洋里的小船一样。妻子说："草浪涌到床上怎么办？"

"我们就在草浪上睡觉。"

"我可不是那种随便的女人，在什么地方都能睡。"

窗户成了绿的，镜子也闪出绿光。妻子关上窗户。草浪跟暴雨一样随时都能把窗玻璃挤破。

"你不要招惹它们。"

"没有啊。"

"你在草丛里蹲着我看见了。"

妻子蹲在草丛里就像个牛娃子。妻子穿着棕褐色毛布套裙，牛娃子也是这么一身棕褐色外套。草地上有这么几头牛娃子，草浪把它们吞下去吐出来。

"我没惹它们。"

"它们把你当朋友你却逃了，你真不够意思。"

"我又不是畜生，我能跟它们在一起吗？"

"它们跟你穿一样的衣服。"

妻子的眼睛瞪好大。妻子眼睛本来就大，妻子眼睛大起来几乎看不清东西，妻子就把眼睛眯起来，眯成一道缝跟猫一样。妻子当初就是这么眯着缝缝眼看他的。她的大眼睛迷惑了许多男人，那双带着孩子气的惊讶的大眼睛总是让男人们想入非非，可谁也想不到那正是她目中无人的时候，穿着棕褐色外套的牛娃子就这样在妻子眼睛里清晰起来："它们跟我的衣服一样。"妻子冲动起来。"你就不怕草浪把你吞了。""我不怕。"妻子冲动起来很厉害，他尝过那种滋味。他跟在妻子后边，妻子就吼他："你把我当小孩，你滚开！"

他不滚，他原地莫动，他站在小房子跟前看妻子。灰白的土房子跟他差不多一样高，就像他的兄弟。他掏出烟点上，青色的烟团飘旋着，就像牧草攀到房顶。

妻子拎着裙摆走得很快，小腿跟白鱼一样被草浪吞下去又吐出来。妻子奔到牛娃子跟前，又往后退几步，看看自己的裙子，又看看牛娃子，跟猫一样，眼睛眯了又睁，睁了又眯。妻子对他只眯过一次啊，他心里酸溜溜的。幸亏是牛娃子，要是个男人他早就冲动起来啦。妻子还在往后退，裙摆突然张起来。妻子蹲在地上，裙子就成了一个圆庐。牛娃子学妻子的样子，也卧在草地上，变成一个好看的圆庐。草浪把圆庐吞下去，吐出来，草浪闪出一道道金光。草浪扑打着结实的圆庐，扑一下亮一下，越扑越亮，草浪就成了金子。

他就这样冲动起来，土房子也冲动起来。这不是男人的冲动，是博尔塔拉，是整个青色草原的一种神圣的力量，从大地深处从苍穹之顶从他这位心心相印的土房子兄弟身上爆发出来……他在房子跟前打转转，他这位好兄弟就张开双臂把他揽进怀里，重重地拍他的背，他们的肩膀碰在一起，可以听见彼此骨头的响声。他趴在窗台上，他跟个孩子一样，他的眼睛清澈起来，他看见青色草原无边无际的爱慕与狂喜.他手忙脚乱，像个下蛋的鸡。鸡总能找到地方下那赤热无比的蛋。

他从皮箱里取出照相机，是那种带长镜头的机子。他端着机子，对准妻子对准牛娃子，来自大地和苍穹的神力一下子把那美景推向极致。再好的相机也无能为力。相机很知趣，不等他动手就自个溜进箱子。

他的眼睛只能清澈这么一会儿。

他听见妻子的脚步声，他心里一紧，妻子进来了，妻子说："我喜欢这身衣服。"

"你就不能多待一会儿。"

"我不想跟牛娃子待，我想跟你待。"

夜幕降临，他们躺在床上。草浪与他们一墙之隔。妻子说："我们躺在草浪上啦。"妻子紧紧搂住他。妻子的身体跟草浪融在一起，小房子和床颠晃起来。妻子吓了一跳，可妻子不怕，妻子一个劲儿问他："我怎么会这样？我怎么会这样？"没有灯，妻子的眼睛很亮，在那闪亮的眸子里，他看见自己的眼睛跟蝌蚪一样晃动着，慢慢清晰起来，他知道这是一种永恒的清澈。房子和床熊熊燃烧，夜寂静而冰凉。旷野也是如此。可房子和床注定要喷出火焰。当妻子再次问他"我怎么会这样"时，他告诉妻子："你攀上了女人的顶峰，别的女人需要几年或者几十年才能达到这个高度。"

"我们比他们多出了几年或几十年。"

聪明的妻子跟算算术一样算出他们富余的幸福时光。

他的眼睛闪出蓝色的火焰。

妻子说："你是狼眼睛，我们刚认识我就看见你的狼眼睛了。"

"把你吓坏了。"

"你跟在人家屁股后边一个巷子接一个巷子，一个维吾尔族女人在窗户里喊：丫头你的幸福来了。"

"你肯定吓坏了。"

"我出了一身汗，衬衣湿透了，我去洗澡，我发现我那么瘦。"

"你不瘦啊。"

"我把镜子擦亮，我仔细看我的身体，我的肉太少啦，从那天起我胃口大开。"

"你本来就是一个丰满结实的丫头。"

"可我还要吃。"

"吃吧，吃好才有劲儿。"

哗啦一声，玻璃碎了，草浪涌进来涌到床上，他们就不见了，房子和床也不见了，草浪涌到天上，把月亮都淹没了，月亮跟鱼一样在草浪里翻滚。

马群涌向草原，马群亮晃晃的，那种棕褐色亮光让人分不清白天黑夜。她就起来了，她坐在镜子前梳她的长发，月亮蹲在窗台上，就像窗户新装了一块玻璃。他告诉妻子："这块玻璃很结实。""是啊！"妻子连身都没转，"今晚它照样碎。"

妻子已经习惯一个人走动，牧场的人都认识她，狗也认识她。她第一次碰到狗吓坏了，喊不出声，狗冲过来舔她的脚，她就不害怕了。狗跟男人一样喜欢漂亮女人，狗老远能闻到她的气味。那些天，牧场吠声不断，声调悠扬嘹亮简直能比上骏马的嘶鸣。草原深处的狼不知发生了什么事，尖尖的耳朵竖起来，狼已经领悟出狗的叫声所包含的诚挚之情。有人看见狼发呆。狼跟石头一样蹲在地上，苦思冥想。

妻子胆子越来越大。妻子竟然敢学牧场女人的样子，蹲在草丛里解手。妻子以为他不知道。他看见过好几回他没吭气。妻子把这个秘密告诉他，他显得很吃惊，妻子又紧张又兴奋："我再也不上茅房了。"他警告妻子："到乌鲁木齐可不许这样。"

"我喜欢这样子嘛。"

"那你就穿开裆裤吧。"

"我就穿开裆裤。"妻子撩起裙子，裙子的开衩比开裆裤大好几倍，"我一直穿开裆裤你没想到吧。"他眼睛瞪好大，他想缩都来不及了，妻子已经跟牧场的人混熟了，妻子就用牧场人的口气回敬他："瞪什么瞪，一对牛卵子。"他那双牛卵子眼睛又白又大，摆在脸上要多难看有多难看。妻子提醒他："去撒一泡尿，撒一泡尿肚子就不胀啦。"妻子嘘嘘吹口哨，他就憋不住了。他跑出去，拐到房子后边踏踏踏放水，尿水亮晃晃，引来了一大群阳光，跟蜜蜂一样扑过来。他赶紧背过身，太阳拐个弯，跟灯笼一样挂在尿把子上，他躲都没法子躲。妻子趴在窗户上看热闹，嘴里不停地嘘嘘嘘，他的尿把子就跟水泵一样踏踏踏踏没完没了，大地张开大嘴跟喝啤酒一样喝得有滋有味，地上留一堆白沫子。他在白沫子上踩一脚，"吱——"一声。

妻子踩毡。他妈给他们擀一张厚毡，铺在院子里，妻子连蹦带跳，没有声音，妻子和大地全被毡捂住了，妻子很着急。妈妈笑："石头砸上边也不会有声音。"马群在草原上涌动，马群跟无声电影一样，厚厚的牧草把马蹄子捂住了。妻子蹬上马靴，踢踏踢踏奔向草地。妈妈说："小心狼。"妈妈能听见狼的脚步声。

他提上枪，远远地跟在妻子后边，狼也跟在妻子后边。狼让这个漂亮女人迷住了，压根就感觉不到他和他的枪。他要攥狼尾巴狼都感觉不到。他把枪收起来。那是一支老式步枪，打一下拉一下枪栓。顶上膛的那颗子弹跟狗一样发出恶狠狠的呜呜声。他怕他管不住自己的手，他就把保险关上。子弹气狠狠的。狼近在咫尺清清楚楚。子弹出气很粗，他听见那种金属的出气声。他拍一下枪托，像拍一个顽童的屁股，他警告这个小顽童不许调皮。

狼一跃而起，轻轻地落入草丛。那是一坨子好草。狼看中那里，妻子也看中那里，狼赶在妻子前边窜了进去。

妻子不知道草丛里的危险，妻子也进去了。妻子将着草叶跟自己的毛布裙子作比较，牧草很容易就把裙子比下去了。妻子有点伤心，妻子一动不动，裙子拖到地上跟褐色岩石一样，岩石上长着一张绚丽的面孔。这么好的面孔肯定有一身好衣裳。妻子眼睛一亮，就伸胳膊把牧草搂到怀里。女人对她们喜欢的衣裳就往怀里搂，狠劲地搂，等她们有了小宝宝，她就这么疯狂地搂小宝宝。妻子把草往怀里一搂就知道搂对了。

妻子就穿上这种华美无比的衣裳。

大地轻轻抖起来，跟绸子一样。可以看见牧草的图案，可以看见花和阳光；在花和阳光重合的地方，卧着那只色彩斑斓的狼。狼喜欢这图案。狼的一身好皮好毛好筋骨全绣上去了，那只神采奕奕的眼睛也绣上去了，绣在大地的胸口，靠近脖颈的地方；那也是锁扣子的地方，青湛湛的狼眼睛就锁在那里。狼很高兴做一颗扣子，好衣服就要这扣子。

妻子不停地摸扣子。

那么圆润的扣子，妻子想到玉，肯定是玉的，狼就认定它是玉的。扣子很猛烈地闪一下，在天幕上拉一道白印子，妻子就想到蓝宝石，只有宝石才能划破天空。

妻子的胸脯开始起伏。

草浪很辽阔地涌向远方……胸脯乳房以及草木茂密的地方最终奔涌出生命的波浪……她呼一下被波浪推起来，她的眼睛细眯眯的跟猫一样，她从来没有这么看过大地，她的眼睛也从来没有这么清晰过，一双清晰的眼睛在青色草原上肯定是悲伤的，它能看见远方，可它到不了远方。她的心猛烈地跳起来。"出来呀出来呀！"她喊起来，她相信她的心比眼睛跑得快比眼睛跑得远。心是个飞毛腿。她大声提醒她的心："你是个飞毛腿，你出来，你快出来赶快！"她的心跟狗一样呜儿一声奔出来，把铁链子都绷断了。她手里攥着两截碎铁链子，她猛跑几步栽倒在地上，她啊啊叫着起不来，她就不起来，她撑起半截身子，伸长脖子看那狂奔的狗。那是她的狗，又凶又猛！她咬着牙给她的狗鼓劲。"哈，我的狗，我的狗跟狼一样。"她攥拳头，狠劲一攥，她的狗就成了狼。一只真正的草原狼，跳跃着，奔腾着，疯狂地扑向蓝色的远方……

妻子在地上喊叫，像被狼咬了。

他跳起来，端枪瞄准。瞄一下就泄气了。他拉开枪栓，看那颗子弹，那么小一颗子弹，跟娃娃尿一样，在无边无际的草原上，娃娃尿啥也弄不成。他把指头塞进去，一推枪栓他的牙就龇开了，跟锯子锯了一下似的，他的嘴巴牙牙茬茬。他大声呻唤：他把枪撩了，他把娃娃尿一样的子弹也撩了，他要撩他的手，手疼得不得了，想撩也撩不了，他就呼儿呼儿吹，好像手起了火。

他心疼他的手，他把手端起来。

他看见那只凶猛的狼，跟箭一样嗖嗖飞蹿，越蹿越远。草原缓缓地沉下去。那是狼到了远方。那么遥远的地方，远远超出他的想象。

他就想象着。

他的眼睛蓝起来，跟海子里的水一样。

他看见他亲爱的老婆。不能叫老婆，他发过誓不叫她老婆。一个美丽的女人在青色草原上就是一个美丽的女人。那个美丽的女人已经平静下来了，很从容地从地上爬起来，草原很辽阔地拖在她的身后，太阳在她头顶上闪一下，眼睫毛就落到地上，跟草叶落在一起。他跟小孩一样捉那青色的影子。

"干什么呀？"

"捉虫子。"

妻子就笑。妻子一笑，虫子就钻到眼睛里去了。他摸到毛茸茸的东西就发抖，他不停地抖，全身都抖起来了。他赶紧蹲下，蹲下就不抖了。

草地上的月亮

1

他本来就有点迷糊，人家狠灌他他也不在乎，好心人劝也劝不住，他就这样把脑袋喝大了，他还觉得挺威风。他扯嗓子大叫，要吃解馋的玩意儿。人家给他端一盘马胸脯肉，肥腻腻的跟白棉花一样的马胸脯肉，他吸溜溜吃完了，他还嫌不解馋。人家就给做一盆淫羊藿，他吃得很香，吃完就再不嚷嚷了，只闷头喝酒。后来他的脚手也大起来。

他听见连长说：谁送他回去？连长喊了几声，有人就过来了，把他架起来。这人劲儿真大。他知道自己喝醉是什么德行，跟头牛差不多，竟然有人愿意搬这头死牛。

这是个女拖拉机手。他就笑了，他醉醺醺地笑："好啊好啊，就要这样的拖拉机。"女拖拉机手在他下巴上打一下，他就不吭气了。下巴烧乎乎的，他在心里咆哮，可他的嘴巴跟石头一样。

女拖拉机手摸他的嘴巴。

女拖拉机手把他搀到自己家里，用热水一擦，他就醒了。他躺在里边的小屋里。他老爹老娘和兄弟会餐去了，闹到天亮才回来。客厅和院里的灯全拉灭了，她只开着小房子里的台灯。他们就像待在洞穴里。女拖拉机手问他为什么爱吃羊那东西，他说："那是羊身上最值钱的东西，可以制中药。"

"你有病？"

"我好好的。"

"你说过那东西是中药。"

"可以入中药也可以补人。"

"你是虚人？"

"你还没出嫁我不想给你说粗话。"

"你说吧这里就咱俩。"

"男人的粗话很厉害。"

"有刀子厉害吗？"

"差不多吧。"

"你知道我看上你哪一点儿？"他有点发呆，女拖拉机手说，"你的嘴巴你懂吗，你的嘴巴太能吃了。那么肥的马肉呀，白乎乎的跟棉花一样。"

"那是马胸脯肉？"

"是马胸脯肉。"

"马胸脯可真白呀。"

"那是剥了皮。"

"当然剥了皮。"

"你怎么老顺我的嘴。"

"你的嘴多好，你这么一说，好像你吃了马胸脯，我没吃。"

"我没说是我吃。"

"就是么，这得搞清楚，是我吃。"

女拖拉机手就不吭声了，拿眼睛看他的嘴巴。他嘴巴动了一下："我的嘴又不是马胸脯。"女拖拉机手还是那么看他，看他的嘴巴，嘴巴就大张着往外喷浓烈的酒气。女拖拉机手很快就被这张大嘴熏醉了。整个人突突突跳得很厉害，跟拖拉机一样。后来他也跳动起来。他们一起跳。他们还互相看了一眼，他们都知道在干什么事情。女拖拉机手很激动，脸上渗出汗，鼻尖和下巴上的汗珠啪嗒啪嗒滴在胳膊上。

"我要娶你做老婆。"

"我不信，你有老婆。"

"我老婆跟人跑了，好多女人想嫁给我，你才是我要找的女人。"

"睡觉可以，当老婆不行。"

"刚才我感觉到了，你不是丫头，我不在乎这个。"

"我也不在乎，也正因为这个，我不能给任何人做老婆。"

"这又为什么？"

"他像一棵树，栽在我心里了。"

"都什么年代了，你有必要守节吗？"

"你不知道当一个人像树一样栽在你心里是什么感觉。"

他不喊叫了，听女拖拉机手讲她那棵树。刚开始不可能是树，是个柯尔克孜小伙子。那是她在克孜苏工作时的一段情缘。他们已经准备婚礼了，小伙子必须赶到帕米尔高原去见双亲，途中遭风暴袭击，跌入山崖。三天后她调回北疆父母身边。过喀什时，塔里木河发大水冲了公路，三年后才通车。

她待在喀什噶尔。她和柯尔克孜小伙子曾在这里置办过结婚用品，她的皮箱里就有一套未婚夫亲自挑选的婚礼服装。她返回旅馆，换上这套新衣。她完全成了柯尔克孜姑娘。她走遍喀什噶尔大街小巷，一直走到郊野，直到那棵帝王般的百年核桃树出现在眼前，她才意识到未婚夫已经像树一样在她身上长起来了。

回到父母身边，她跟父母介绍的男朋友相处不到一个月就分手了。

"你还没男朋友？"

"我只能跟男人有那种关系，却不能给他们做老婆。"

"你太看重第一次了，我承认柯尔克孜人很棒，特别是帕米尔高原上下来的山区汉子，两腿一夹，能把烈马压瘪了。"

"这不是棒不棒的问题，我去过他家里，那种古朴宁静的感觉好像使人回到人类之初，那时的男人肯定都是树的形象，跟女人接触一次就把他们的根扎进去了。我是个幸运的女人，上天给了我这种机会。世界上不会再有这种男人了，大街小巷晃荡的都是无根男人，他们不可能扎进女人的灵魂，让自己长起来。"

"我可不是大街小巷里晃荡的无根男人。"

"你老婆不是跟人跑了吗，你的根在哪？"

他张大嘴巴，里边空荡荡没有声音。

"你只知道吃淫羊藿。"

"我还能吃马胸脯。"他嘴巴里有了声音，他一下子来了劲，他告诉女拖拉机手，当年老婆就是看见他吃一大盆淫羊藿才对他动心的。

"那也是一个秋末的日子，我给她们连宰羊，她给我上菜，我头也不抬一口气吃光一盆淫羊藿连汤都不剩。喝酒太多，她把我搀到她家，她就喜欢上我啦。"

"后来呢？"

"结婚呀。"

"再后来呢？"

"过日子么。"

"没别的了？"

"她种棉花我杀生。"

"应该说吃淫羊藿吃马鞭牛鞭。"

"这些东西不好听，可它们都是牲畜身上值钱的东西，特别是淫羊藿，人一吃就浑身发烧。"

"一个只知道吃淫羊藿的男人，老婆跟人私奔是应该的。"

"你看我热闹。"

"你本来就是个热闹人。"

"我一点儿也不热闹。"

"你那么能吃，你还说你不热闹。"

"我不热闹我才那么吃。"

"能吃能睡就是福。"

"我偏偏能吃不能睡。"

"那你咋消化呀？"

"让眼睛消化。"

"让眼睛消化？"

"眼睛瞪圆，把星星都能吃了。"

"你吃过星星？"

"天天晚上吃。"

"怪不得你有一双狼眼睛。"

2

他有一身好力气，有一身好手艺，不但老婆喜欢他，女人们都喜欢他，尤其是漂亮女人。她们一喜欢他，他就把握不住自己，腹中的淫羊藿就像烈性炸药，发出冲天巨响。他屁事没有，却把老婆给毁了。

老婆没脸待在家里，便去奎屯打工。老婆在那里有了外遇，风声传到他耳朵里，他的耳朵跟兔子耳朵一样动了几下，那是个陌生地方，他只能任其自然。半年前老婆再也没消息了，那里的人告诉他，老婆跟一个年轻人去了乌鲁木齐。他一直相信老婆在乌鲁木齐。乌鲁木齐是个大地方么，连羊都知道走向青草地，乌鲁木齐就是老婆的青草地，老婆这样俊俏的女人应该待在乌鲁木齐。

他不急于找老婆，找到也没用。这回他没迷糊，他的脑袋清晰得像只表。他越过天山达坂铁门关，直到塔克拉玛干，沙子迎面扑来，许多古老的部落消失在风沙里……喀什噶尔奇迹般出现在大地上，沙漠终于被遏制住了，被那些粗大的榆树红柳所击溃，大地开始出现生命的气息，开始出现绿草。

他在郊外下车，来不及擦洗，满身灰尘，行色匆匆，就像古代云游四方的托钵僧。他看到了那棵大树，比女拖拉机手所描述的更震撼人心。在喀什噶尔的高原上，它粗壮的树干撑起一个巨大的黑乎乎的树冠。这才是真正笼盖四野的穹庐。他慢慢走过去，他能感觉到松软的土层里那轮辐般的根须，从轴心伸向四面八方，泥土才变得那么松软。

树荫里有个摆摊卖馕的维吾尔老人。他饿坏了，老人给他倒奶茶，让他慢慢吃。吃饱喝足，他告诉老人他老婆跟人跑了。他知道维吾尔人讨厌眼泪，他还是哭了。老人并不讨厌他的眼泪，不停地给他倒奶茶。奶茶很烫，他都冒汗了，又是汗又是泪，跟灰尘搅在一起弄得他面目全非。老人说："越是悲伤越要讲究整洁。"老人招呼他的巴郎子打来一壶水，他洗了半天才洗出一个人样儿。

他懂维吾尔语，他有不少维吾尔族朋友。

在维吾尔人的传说里，两棵紧靠一起的树是他们的祖先，一棵是云杉，一棵是白桦。云杉和白桦生长了数百年，超越了岁月赋予它们的极限，树液像奶水一样冲开树干汩汩流淌，在汁液结痂的地方诞生了维吾尔人最早的汗王，树成为神物。记载这个神圣传说的经典叫《那木》。维吾尔人，尤其是男人，心里都有这种根深蒂固的观念：要像树那样雄壮有力，抓住大地和女人的心。

他不止一次听过这个传说，现在他来到这个伟大传说的源头，跟维吾尔老人讲述他的不幸，讲述那棵象征生命原始力量的树。老人告诉他：那棵树确实很美很威风，当美成为一种象征，为大家所接受时，高贵的人应该避开它，另辟蹊径。"重要的不是你妻子缺少高贵和美，而是你缺少高贵和美。你不要以为你来到喀什噶尔是补救你妻子破碎的心，你是在补救你自己，你本身就是破碎的。"

"她跟人跑了。"

"带她跑的人就是树，那人已经扎在她心里了。"

"我呢，我怎么办？"

"美已经诞生了，面对美和高贵你应该膜拜。"

他瘫倒在地，就像砍了脑袋的羊，一把无形的利刃在他身上唰唰飞蹿，把他全剥光了，树也发出喧响，完全是为了应和他身上的音乐，才发出气势磅礴的回声。

3

老婆的情人就这样跟那棵帝王般的大树一起出现在大地上，他不能不抬起头去仰望这个巨大的存在。跟所有面临此类问题的丈夫一样，他来到老婆情人待过的地方，就是天山北麓那个叫奎屯的城市。他常去奎屯，却没想到那里有那么多树，到处都是树！榆树柏蜡白杨，高楼大厦就像拴在树上的动物，连市政大厦和农七师师部大楼也显得那么温顺。树落尽了叶子，树皮底下树液的流动声凝重汹涌，势不可当。老婆的爱情故事就是这样发生的，那么雄壮的树很容易在她身上长起来。

老婆是个相当肥沃的女人。

在奎屯人的传说里，老婆很破，有许多男朋友，后来她离开那些不三不四的男人，开始结识有钱有势的人，老婆便进入女人一生最辉煌的时期。

从古至今，有钱有势的人都喜欢附庸风雅。他们中有那么一个人，突然心血来潮，携情妇，也就是他的老婆去参加艺术馆的剪彩仪式。各路头面人物都来了，电视台的记者跑来跑去，摄像机把所有的人都扫描了一遍。他老婆很激动，她知道她要上电视了，全垦区的人都要看到她了，包括她的臭丈夫。

她终于混出了个样儿。

她情绪饱满，情夫附着耳朵告诉她：今天的饭局档次是很高，她竟然无动于衷，连她自己也吃了一惊，她会对盛大的酒宴不感兴趣。她天性中某种陌生的东西开始苏醒。她随人群往展厅里走，里边是什么谁也不知道，大家关心的显然不是展厅里的东西，而是饭局。既然是艺术展，就得做做样子在展厅里走一圈，再回到门口的车子里，直奔宾馆。

女人从大家的神情里感受到了这种直奔主题的意味。这么多年来，她一直是这样生活的，男人和她，她和男人都是这种直奔关系。她的不安和羞愧达到极点，人群里的脚步手势话语眼神所表达的全是她厌恶至极的直奔主题。她一下子把情夫抛到后边，在人群里挤来挤去，像是逃命。大家不但不怪她，反而从她身上得到一种鼓励。直奔主题的强烈愿望便从隐秘状态一下子公开了，大家顾不上体面和身份，原形毕露，争先恐后，呼啸而出，但谁也比不过她，她始终处于领先位置，像一支大军的统帅。大家紧随其后，士气旺盛，准备跟着她去大干一场。她猛然停在门口的拐弯处，停在一幅画跟前。那是一枝墨荷，枝叶破碎，残缺不齐，从暗淡的裂缝里可以看到一颗破碎的灵魂，破得那么彻底，从枝叶直到大地深处。

她目瞪口呆，双手攥在一起，像站在大风里，全然不顾身边人群的大呼小叫，好像真有一场飓风冲天而起。大家连滚带爬涌出大厅，窜入汽车，不停地催司机：快点快点。几十辆车子奔上大街，依然保持争先恐后的阵势。街上的人以为进行汽车拉力赛，不妙的是，好多车子冲入林带，互相碰撞，展厅门口就翻了好几辆。保安人员以为遭了劫匪，举着枪往里冲。这些年，劫匪的目标一直是银行，全世界都一样，画展有什么可抢的？保安和他们的枪都迷惑不解，轻手轻脚冲进去，风暴的源头站着一个漂亮女人和一幅画，十几步外还有一个男人，那是画家本人，头发蓬乱，面孔黧黑，一副没睡醒的样子。

画家说："这是美的冲击波，跟原子弹一样，'轰！'一下，大家被蘑菇云卷走了。"

女人和画之间确实有一股强劲的力量。

保安人员收起枪，悄悄撤离现场。大厅里剩下女人和画家，他们的故事就这样开始了。

他这才知道刚开始的时候画家根本不是树，甚至连一棵草都不是。画家单位的人告诉他："这小子整天画残荷，从来不画新鲜东西，像朱自清先生《荷塘月色》里的那种荷花他从来不画。"他说："也可能不会画。"他知道情敌不是树也不是草，他希望情敌什么都不是。那人说："你是外行你不懂，他的画在海外都有影响，他专攻八大山人，画残荷死鱼没根的兰草，绝了。"

"八大山人是谁？"

"朱元璋你知道吧，朱元璋的后代，做不成皇帝做了画家，专画残荷死鱼没根的兰草。"

他是个粗人，认的字儿不多，但朱元璋他还是知道的，再没文化，也不能不知道皇帝。渺小和虚弱重新笼罩了他。情敌很不简单，竟然拜皇亲国戚为师还是个八大山人。他稍一抬头就看见了南边的天山，天山、昆仑山里自古就有不少高人。

他老婆跟他一样把画家视为不同寻常的高人，女人在残荷中看到了自己的影子，女人便离开那些有钱有势的男人，专心致志于画家一人。

跟许多艺术家一样，画家从来不缺女人，比他老婆年轻漂亮的女人多的是。他老婆只念过初中，跟画家众多的情人没法比，那些女人大都受过高等教育，气质高雅，谈吐不凡，他的老婆只能静静地看着画家，那出神的样子令画家感动，用画家的话来说就是"人类的眼睛已经退化了，不可能再有这么质朴的目光"。

那幅墨荷所显示的残缺之美只能用纯净的目光去欣赏。画面中有一根黄金线把女人的心和眼睛拉直了。画家说："这叫永恒黄金线，柯德尔数学定理，帕格利尼小提琴曲和拉斐尔的画中就有这种黄金线。"画家亲她一下，仔细看她的眼睛，她的黑眼瞳里有一个光点，画家说："那就是你的心灵，你的眼睛太美了。"

"眼睛是人心灵的窗户。"

"哈哈，谁告诉你的？"

"我老师讲的。"

"老师跟书一样都是蒙人的玩意儿，都什么年月了，你甭想爬到别人的眼睛上去窥探人家的心灵，眼睛早不是什么窗户了。是他妈真真一个陷阱。"

女人心里猛抽一下，那个给她讲过眼睛是心灵窗户的老师，给她上了青春期第一课，毫不客气地开垦了她的处女地。她正好15岁，月经期刚满一年，老师就把她的庄稼收割得干干净净。她回到连里，当了一名农工，浇地种棉花，身子猛然大了几圈，她成了一个丰满结实的女人。连长叫她去食堂帮忙，连里的干部陪一个壮汉吃饭。壮汉吃一种令人奇怪的肉，满满一大盆淫羊藿，油汪汪的，她小心翼翼端上去，她很好奇，站在不远处看那个粗壮的汉子，稀里糊涂把一大盆淫羊藿吃个精光。她身体里铮响一下，这一瞬间她才意识到她不再是少女了，就像一个突然失明的人看到了黑暗，她忍不住掩面而泣，哭得那么伤心那么凄惨。大家都愣了，不知发生了什么事，壮汉说："没事没事，大姑娘哭鼻子该挨刀子了。"大家骂壮汉缺德。

壮汉说："我不缺德缺老婆，我要娶这个丫头做老婆，你们给咱保个媒。"大家面面相觑，壮汉正儿八经："全团18个连队我都去过，她是我见到的最漂亮的丫头。"壮汉问她愿意不愿意嫁给他，有人想阻拦，没想到她一字一顿告诉大家："我愿意。"壮汉"噢"一声叫起来："我太幸福了，我牵走了你们青草地最肥美的羊羔，你们后悔也来不及了。"

她做了壮汉的老婆，变得容光焕发，神采飞扬。她穿过林带和田野，到青草地去。那里有一群细毛羊，毛儿细长，洁白如云，色泽光亮，脑袋两边盘着螺旋形大角，脖子像围着厚厚的围脖，草叶唰唰，美妙如歌，她一下子感到了女人的自豪。

丈夫给她的幸福太短暂了，让他动心的羔羊不是老婆一个而是一大群。她用尽各种办法让丈夫收心，甚至用了最笨拙的办法刺激丈夫，故意公开跟男人调情；还没让丈夫察觉，她就被人家拖下水，湿了个透。她就这样给毁了。她来到奎屯，已经伤痕累累。这座城市无法医治她的创伤，只能把伤口扯得更大，一切都无所谓了。

"我只知道我是个坏女人，可我一点儿也不知道我是破碎的，你为什么喜欢破碎的女人？"

"你还能感受到自己的破碎，她们连这种感受能力都没有了，她们画画不是画本身，她们跟时装首饰搭配起来才有那么一点儿光彩，她们是一群失去魅力的女人。"

"你这么绝望，你喜欢我就因为这个？"

"你的破碎流露出女人天性中那种原始魅力。"

"你画残荷死鱼和没根的兰草就为欣赏女人的美？"

"不是欣赏，是拯救，救我自己。"

"你病了？"

"你看我像新疆人吗？"

"你是口里（新疆人把嘉峪关以内的中原地区称口里）来的大学生，怪不得我们新疆女人都喜欢你。"

"新疆女人豪爽泼辣，就喜欢我这种阴柔的男人。"

"你确实很迷人，这么多女人喜欢你，你担心什么呢？"

"这是一种危险的魅力，是一种病。我缺少的是西域男人的大丈夫气概。在草原人的意识里，西域是一个新大陆，在美丽的喀什噶尔，那些百年老树依然保持着古朴的帝王般的威严，我的画笔跟麻雀一样，连飞过去的勇气都没有，能在它的枝丫上栖息一会儿，我都心满意足了。"

"你不画墨荷兰草了，那些东西很美。"

"美缺乏力度，只有毁灭，我要恢复我的男身，就必须找到这种生命的力量。"

4

画家带着他的情人来到喀什噶尔，来到帝王般的核桃树下，沉浸在维吾尔人伟大的传说里。许多民族的先祖都是上帝或神用泥土捏成的，这个民族的祖先却源于参天大树。维吾尔老人告诉画家：最强悍的是山里放牧的厄鲁特蒙古人、哈萨克人和柯尔克孜人，他们的祖先肯定是种比人猿更凶猛的动物。

树撑起苍穹，狼开拓大地，然后万马奔腾牛羊浮动，这就是新疆。

画家和女人仰起脑袋，张大嘴巴，承受着美的风暴。

令人不安的是女人发现了她的丈夫，丈夫从长途汽车上下来。丈夫追杀过来了。女人恐慌不安，画家问她怎么啦，她说身体不舒服。他们匆匆离开喀什，回到奎屯。画家联想到女人的坎坷和不幸，画家一定要她说出最初受伤害的地方。女人只是哭，哭够了，才告诉他：那是奎屯河下游的一片青草地，在那里她第一次感受到女人的幸福、高贵和美。

"我变得那么温顺，就像草丛里的羊羔，我感到自己那么纯洁，我甚至听见了身体里有唰唰的牧草声。就在当天夜里，我也发现了丈夫跟别的女人在一起鬼混。我就这么完了。"

"从你的伤口里爬出来吧，那里也是你死而复生的地方。"

他们坐汽车回到 124 团。女人好多年没有露面了，如今变得气度不凡，神采飞扬。团部所在的小镇相当繁华，几个凶巴巴的汉子认出眼前这个漂亮女人就是当年跟他们交往过的壮汉的老婆。他们不由自主地跟上去，一直跟到郊野，到河边的青草地上。

那正好是春天，牧草返青，旷野柔软而清香。画家和女人坐在那里，一直坐到天黑。

跟踪而来的不止他们，壮汉也来了。壮汉从另一个方向走过来，他坐在陡峭的河岸底下，脚边是哗哗的流水，头顶的开阔地带长满绿草，草丛里躺着老婆和她的情人。牧草正从土层里一节一节往外窜，老婆和她的情人也往对方的身体里窜。绿色火焰腾空而起，大地一下子亮了。月亮也出来了，月亮就像刚落地的羊羔，带着浓浓的胎液，湿漉漉走进青草地。画家和女人也是湿漉漉的。

树和树的根扎进女人破碎的灵魂，女人的苦难结束了。

壮汉泪流满面，手里的石子也捏碎了，他不想哭出声。树根刚扎下去，不能受惊不能摇晃，否则树就长不活长不高。老婆那么肥沃，应该长出一棵帝王般威风凛凛的大树。

树在女人身上疯长！

壮汉悄悄走开。刚走不远，就碰到一群凶巴巴的汉子从榆树林里窜出来，壮汉问："你们干什么？"

"少管闲事，爷儿们去废那小子。"

壮汉亮出一把库车腰刀，那帮人也昏了头，亮出刀子一哄而上。他们的刀子比壮汉的差远了，他们很快发出牲口似的号叫，然后咚咚倒地，消失在尘埃里。

月亮从草地上升起来。

草　垛

那座桥一直蹲在城外，女的好像第一次看见这座桥，男的也看见了。那座铁桥蹲在树林里，看不见河也听不见河的流动，铁桥黑乎乎像一只弓着背的熊。车辆和行人在黑熊背上穿行，就像从野外飞来的小虫子，全被收进这座城里。黑熊把它们都吃了。

女的把她的发现告诉男的，男的说她有想象力，它们确实像小虫子。女的说："咱们也是小虫子，咱们要去看通宵电影，咱们就被粘在银幕上了。"

他们走到桥上，女的趴在栏杆上看桥下风景。河水在郊野闪动，那里是草地，河在那里很宽阔很宁静。河一直潜伏到桥下，从桥另一头钻出来，在桥那边要宽一些，让人感到这更像一条河，再远一点儿又被树林遮住了。

女的自己没感觉到她在干什么，她走进树林时，男的在桥上叫一声，她说："我消失一会儿都不行吗？"

男的只好让她消失一会儿。

男的手里有一包吃的，是为看通宵电影准备的。男的开始吃东西，是一根香肠，还有啤酒。上边的标签是乌苏啤酒。男的把空酒瓶扔下去，水面咕噜一下，嘟嘟嘟冒一串气泡，酒瓶就消失了。

女的消失那么久，他有点急。他拎着包到桥下去。那是个斜坡，可以看见压出的草印，女的是从这里溜下去的，男的也溜下去，就像孩子坐滑梯。男的在地上打个滚，拍打拍打，自己给自己笑，身体也圆溜了，屁股上也起了笑容。他拍打屁股时感到屁

131

股在笑。女的刚才肯定也有这感觉。他往树林里跑时在草地滑一下，便很夸张地跌倒。他没拍打，他知道他在夸张自己，身上的草屑就是最好的修辞。

这个季节，所有的植物都绿中透黄，透出金子一样的灿烂之光。

他小时候听过一个故事。一个贪心的人到宝地拣金子，乌鸦给他挡烈日。那人心太贪，乌鸦飞走了他还不走，被太阳晒死在金山上。他记得那人提着一个大口袋，他赶快丢下手里的袋子。他四下张望，树林遮着他，树比乌鸦翅膀大多了。我又没弄金子，干吗这么紧张呀！他跌跌撞撞，让树撞了一下，他大喊女的名字。

名字是三个字，被他拆开了。他发现拆女人的名字很有意思，就像展开她们的身体。女人站着跟展开完全不一样。让女人展开是个伤脑筋的问题，也是男人们最重视的问题。他们在一起的时候，他只能以正常的习惯性的叫法称呼她。在树林里，他的呼叫声一下子有了韵味。声音有一种飞翔感。声音绕过一棵棵树，穿过密叶在远方回响。每棵树替他喊一遍。他张大嘴巴，看那些树。树也看他，等他喊，它们就跟着喊。他显然是领唱，它们是合唱队员。树叶跟乐谱一样在风中翻动。他的鼻子在动，他的耳朵在动，他的舌头和嘴唇也在动，它们在应和树叶和树。

他看见鸟。鸟一身金黄，跟飞翔的金箔一样，翅膀不动，斜着身子，像从树上长出来的一样。飞鸟有一种落叶的感觉。鸟擦着他的脑袋飞过去，一只，又一只。他站住，他把自己当成一棵树，鸟儿果然朝他飞过来。他心跳得很厉害，咚咚咚，像啄木鸟发出的声音。鸟儿显然听见了心脏的咚咚声。鸟的小眼睛又圆又亮，胸脯又圆又高，准是个母鸟。母鸟喜欢心脏的咚咚声。他的心跳这么有力这么美好。这是他从来没有感觉到的。他的呼吸也有一种妙不可言的节律。母鸟喜欢他的呼吸。母鸟已经飞到他的呼吸里。他快要窒息了，他的眼皮跳一下，再跳一下。

鸟儿落在旁边一棵树上。

他感觉到的心跳和呼吸是这棵树的。

他看这棵树，默默地走过去，清爽的气息扑到脸上。果瓜被打开时就有这种气息。他听见树液的汩汩声，顺着树干和枝杈流到叶子里，叶子就像一块块条田，闪出灿烂而沉静的光芒。条田里的庄稼就有这种光芒。树叶圆润起来，跟成熟的粮食一样，他的脸被树叶碰一下，就像两颗麦粒相撞，发出一种妙不可言的声响。

他抹一下脸，上边有泪，确实有泪。他的眼睛圆润起来。跟成熟的粮食一样，眼睛有了光芒有了飞翔，眼睛就分泌出这种美好的东西，滚动在他脸上，像麦粒或者豆子。

他的嘴巴就这么张开了。

他喊女的名字。这是一种成熟的声音，来自心底，有一种滑润和沉重。

他喊第二遍时，女的应了一声，女的就像从地里钻出来的一样，出现在他面前。

他们走出树林。外边是无边无际的旷野，黄草起伏，草穗在远方进入天空，跟浮云一样。女的说："我实在走不动了。"女的脸上有泪痕。男的便说了一声粮食。女的说："不会再有这种粮食了。"

"你可以再流泪呀，你是女的。"

"感动的时候眼泪才能成为粮食，把女人比作大地，女人怎么能跟大地相比呢？地年年都在感动自己，年年都能长出粮食，女人只能生长眼泪。"

"我们可以到那个小镇去。"

"住在那里也不行。"

"那你要怎么样？"

"我也不知道。"

"原想出来散散心，反而更紧张，"男的踢飞一块石头，"直接到电影院就不会有这么多事，你怎么会跑到这里来？"

女的望着河流消失的远方："这些树这些草，它们有衣服，我没有衣服。"

男的不吭气，男的抽烟。

女的蹲在地上撕黄草。

男的没动，男的一根接一根抽烟。

女的很快就到了牧草深处，只能看见一个黑影在草丛里动，弄出唰唰的响声，像一个兽，不断有黄草倒下去。

男的撕一把黄草，差点叫起来。这个季节的牧草跟牛筋一样，坚韧锋利。男的喊一声："你拔草干什么？"男的奔过去。女的拔那么多草，一大块空地出来了，草堆比人高。

"拔这么多草，用草编衣服吗？"

"你以为我发病是不是？"

"差不多吧。"

"你在草垛里过过夜吗？"

"我不明白你的意思。"

"草原是属于秋天的，草垛是草原上的群山。"

女的告诉他：在县城北边 200 公里以外的草原上，只有到秋末，割草的季节，大地才出现高度。我们站在屋顶，看着草垛包围小镇。其实草垛跟房子大小差不多，我们还是喜欢站在房子上看它们。我们从小就喜欢到房顶上看草垛。我们是看草垛长大的。那些牧工用叉子一拨，草捆就摞成了山。

"那个人好像是牧工。"

"他是牧工。"

"我知道是怎么回事了。"

我看见他割草，然后看见他一捆一捆打垛，他被遮住了，只能看见叉子在晃动。后来连叉子也看不见了，那里只有一个大草垛，草垛底下有一只脚，他算在那里休息，我只能看见那只在休息的脚。

"那只脚真幸运，女人喜欢男人往往从一丁点小事上开始。"

那时我是个小丫头，我才16岁。我很好奇，就顺着梯子下来，朝野外走去。看着近，走起来好长一段路。走到草垛跟前时，月亮都上来了。我平常胆子很小，那天我竟然没感到害怕。我看见那只脚，也看见了另一只，两只脚就像草垛里长出来的一样。他坐在草垛底下，望着月亮，眼睛充满梦幻。我走到他跟前，他眼睛亮一下，我说：我可以看草垛了，你给我守夜吧。他拿上叉子，跟在我后边，我们绕着草垛走了好几圈，又走到月光地里，从远处看。后来他告诉我，他堆草垛时就感到有人要来，他不让人家拉，别的草垛全让车拉走了，只剩下他的。他也不想回去。他已经爬上车了，突然发现草垛在动，草垛跟着车子走。他就跳下车，人家喊他，他说草垛在找人。大家停车来拉他，拉不动，他让人家看走动的草垛像不像一件衣裳，在黄昏的草原上寻找要穿它的人。衣裳在找人？人家骂他是苶子（新疆把疯子叫苶子），就撇下他走了。他说我也是苶子，小丫头晚上敢出来不是苶子是什么？我告诉他，我可不是来找衣裳的，我们家什么都不缺，我有许多漂亮衣裳，都是我爸出差从乌鲁木齐从北京上海带回来的，我是镇上最让人羡慕的丫头，我喜欢草垛是因为草垛像山。他感到很惊奇。我告诉他：镇上的人都把草垛当大山。他说："恐怕都是你们这些小丫头吧。""男的也喜欢。""都是些毛孩子。""你也是毛孩子么。"他基本上是个娃娃，他爸喝醉酒让马踩死了，他中学没毕业就顶替父亲到牧场上班。他很了不起。他大喊：人家说我是苕子，我说是苕子。我跟着大喊：我也是苕子。

　　两个苕子在月光下奔跑，一直奔到高草深处，那么多虫子在叫。我们趴下，俯在草根上听虫子叫，有低吟的，有嘹亮的。我们也成了虫子，贴着草根又摸到草垛跟前。我们坐一会儿，冻得发抖。他把外套让给我，我还在发抖。我撑不住了，嚷嚷着还要衣服。他说有啦。他趴下用脚蹬草垛，很快蹬出一个洞，外面只露个脑袋。他钻出来，浑身冒汗，他说快进去吧，这是最暖的衣服。"你怎么办？""这么大草垛你一个人穿不完。""我怎么能跟你穿一件衣服？"我钻进草洞，躺一会儿就暖和了。他问我："感觉怎么样？"我感到自己像个小老鼠，我没说，我说谢谢你的衣裳，你也穿上吧。他在我旁边打洞。我们相隔二米多远。整个草垛都在动，像人在拉你衣服。我想起夏天穿裙子的时候，风把裙子一下子吹胀，跟气球一样，让人兴奋害怕。现在我们只剩下两个脑袋，就像草原上长出来的两颗蘑菇。他说躺着它是被子，他翻个身，趴下它就是大氅。我躺一会儿，卧一会儿，感觉确实不错。后来也不知道躺着还是趴着，就迷糊了。

　　"你没睡着？"

　　迷迷糊糊，我听见草在响，我知道是风在牧草里走动，我还是迷糊着，后来听见响声从草垛里传出来，我就醒了。我以为他冷，我说咱们换一下吧。他不明白我的意思，他说你要是害怕就钻进去。我听见狼嚎，我赶快钻进去，我竟然往深里蹬了一大截。他出来用一捆草堵住洞口，连月光也看不见了。草垛穿在我身上，真暖和，我就睡着了。

　　"他没动静？"

　　"他肯定也睡了，他那么累。"

"没别的动静？"

"梦中还能听到草的索索声。"

"他肯定没睡，那种情况下男的不会睡。"

他没睡好，天亮我发现他眼睛是红的，他告诉我，再过几天草垛就没了。我大叫为什么，他说要拉到牧场去。我急出了泪。他让我不要急，想看大草垛可以到他们牧场去。

"你去了？"

"我去了，我们好上了，就这么简单。"

"你还爱着他。"

"这话已经没意思了，那么华贵的衣裳不再属于我，说什么都是多余的了。"

树 叶 裙

1

那是秋天最后的日子，行吟诗人来到四棵树，他带一把六弦琴，模样像个汉人，可他不是汉人。他用的是西洋乐器，说话怪声怪气。大家都说他是个二转子，身上的血液很混杂。

他在酒馆里摆弄乐器，吟唱爱情。

行吟诗人的头衔是他自己说的。四棵树的土著诗人不是哈萨克的阿肯，就是维吾尔人瓦西来甫。他什么都不是，可他有一副怪怪的嗓子。他说他是数着沙子走天下的。看来他去过不少地方。他会唱《玛纳斯》，会唱《江格尔》，会唱《十二木卡姆》，新疆的民歌差不多都会唱。更让人惊奇的是他吟诵诗歌的本领。那时，琴弦就哑然无声了，他的声调低沉而清晰。听众中有个俄罗斯人流下热泪："这是普希金的诗《致恰达耶夫》，我的上帝，他知道普希金。"后来，他突然吟诵了一段古老的《伊利亚特》，只有短短几句。那是他为米琪吟唱的。米琪是四棵树最漂亮的丫头，他把米琪比作美人海伦，为那美艳绝伦的美人，男人们不惜发动战争，去毁灭一座繁华的城市。

米琪提起裙摆，气哼哼走了。

男人们都笑：她可不想让男人们流血。

诗人伸长脖子，一直看着米琪消失在灰暗的土街上。"她不该穿那种裙子，这里灰尘太多。"

男人们说："米琪不吃这一套，你没这个。"

有人去翻诗人的背囊，里边除了几册书什么都没有。诗人蹲地上整理他的破烂玩意儿，还一个劲儿问大家："你们要找什么？"有人恶作剧，把皮带上的刀子拉到大腿根，从那里亮出刀刃："你没这个，明白吗？"诗人说："我不需要它。"

　　"那你找女人干什么？"

　　"我去爱她们，又不去杀她们。"

　　这种回答弄得人莫名其妙。四棵树有史以来还没这种古怪的说法。

　　行吟诗人的坐骑是头驴子。骑驴子的人差不多都在天山以南，也差不多都是老人和小孩。四棵树的男人女人都在马上。行吟诗人和他的小毛驴穿过大街小巷，也不用向谁打听，就把米琪找到了。

　　米琪正在院子里烤馕，火和裙子都是红的。米琪听见毛驴的唉唉声，米琪不看诗人，只跟毛驴儿说话："你怎么找到我的，驴子？"驴子摇摇头，脖子上的铜铃丁零当啷，诗人说："它的鼻子跟狗一样，顺着你的芳香就会找到你。"

　　"没带刀子的男人不找女人，你找我干什么，想让我蒙羞吗？"米琪的腰上有把漂亮的刀子。米琪不用拔出刀刃，米琪把刀鞘贴在驴子耳朵上，驴子惊得直跳："你真好意思，驴子跟着你也变成蔫驴了。"

　　"我走遍天山南北，连俄罗斯都去了。"

　　"俄罗斯人用手风琴，你怎么用六弦琴？"

　　"用什么并不重要，能吟唱诗歌就行。"

　　"我们听惯了阿肯的弹唱，听不惯你的怪调调，再说你连刀子都没有，怎么能让女人动心呢！"

　　"你绝不是那种让男人拼死拼活的女人。"

　　"我不信。"

"我把你比作特洛伊战争的海伦，你的小脸就发白了。"

"那你可太蠢了，我生气是因为你把我比作外国人，四棵树就是四棵树，干吗跟洋鬼子扯在一起。"

"可四棵树一棵树都没有，全是石头和灰尘。"

"说这话你可要小心，没人敢这么放肆。"

"我想让荒凉的地方有点绿色。"

"用你这把破琴，还有你那公鸭嗓子？"

"裙子，女人的裙子能改变一个地方的风景。"

米琪不再用刻薄话挖苦可怜的诗人。她的裙子是红的，四棵树女人的裙子都是红的。老妇人穿黑裙子。诗人所描述的那种裙子一下攫住了米琪的心，米琪带上奶酪和干馕，跟家里人打声招呼就走了。老母亲赶到街口跌跌撞撞问女儿去干什么，女儿拉过马大声说："我去买衣服。"

老母亲放心了，大家都放心了，喝酒的继续喝酒，谁也没在意米琪的举动；买衣服是桩小事情，是女人们的事情。

2

米琪是一个礼拜后回来的，人们看见马背上有个漂亮女人，谁也没想到那是米琪。米琪变了，变得让人头晕目眩，睁不开双眼。红马窜来窜去，红马上的女人穿一件碧绿的树叶裙子，女人在马背上喊大家的名字，喊得很准，全是在场人的名字。可大家还是不敢相信，直到米琪的老妈妈高举双手去拥抱女儿时，大家才敢相信眼前发生的奇迹。

女人们围上去，触摸米琪的细腰，裙子卡在那儿，从腰际往臀部一下子张开直到两条修长的腿上，女人们摸到的全是绿叶的光滑柔嫩和冰凉。女人们问米琪去过什么地方，米琪也说不大清楚。在米琪的描述里，那是一座很大的城市，她在那里逛了好几天也没逛到头，那里的巴扎大得要命，全是稀罕物件，要不是丈夫提醒她，都把买衣服的事给忘了。

"你丈夫，谁是你丈夫？"

"带我走的那个人啊。"

"你们走的时候，可没称他是丈夫。"

"他给我买裙子，我就给他做老婆。"

米琪的妈妈心花怒放，捧住女儿的脸亲了好几下："真是我的乖女儿。"

女人们全都沉默了，女人们的羡慕之情和嫉妒心达到极限就会哑口无言，眼睛变得深不可测。

"你男人没陪你回来。"

"他是个穷小子，他挣够钱就来接我。"

"挣钱可不是件容易事情。"

"有这件裙子就够了。"

米琪一手牵马，一手扶着妈妈往家里走，灰黄的土街和土块房子全遮在绿荫里，米琪就像一棵树，她走过的地方景色全都鲜亮起来，姑娘们傻乎乎看不出名堂，结过婚的女人就不一样了，她们从米琪身上看出了某种危险的讯号。那绝不是一般意义的勾魂摄魄。

男人全都规规矩矩地待在老地方，不管他们的眼睛多么惊讶，他们的手还是老实的。男人不老实的时候，手会变成翅膀，连他们自己都管不住。他们看米琪的眼神很开朗，目光在米琪的后背上，眼瞳显得特别大，完全是一种孩童的目光。

米琪就这样成为荒原上的风景，她本人是知道这点的。她每天晚上都要洗裙子，然后用洗衣服的水洗澡。这样的衣服比身体更重要。衣服晾在院子的木架上，木架的横杆用抹布擦过。米琪的妈妈出来晾衣服，米琪躲在屋里。

她完全可以换一件别的衣服，可她偏不，她宁可光身子，也绝不委屈自己。当然屋里有昏黄的烛光，蜡烛是自己用羊油制作的，有一股焦煳的膻腥味。米琪是在羊油蜡烛中长大的，羊油味道熏不坏她，她从窗户可以看到院里的衣服。

风从院外吹过来，衣服哗啦哗啦响，那全是树叶的声音。后来月光落下来，裙子就亮了，月光碎成许多碎片，明暗不一，上下浮动，好像裙子里有人，不是空的。

屋里的米琪也是这样想，裙子不可能空起来。人不穿它的时候，风就会乘虚而入。即使没有风，空气也会进去的。米琪急不可待，站在地上，白色的蜡烛是另一种月亮，它们照耀女人的裸体，女人的肌肤跟羊油一样细腻滑润，而且可以燃烧。白蜡用自己的光洞悉了米琪身上的光润。连米琪自己也觉察到了，她摸到了一层绒绒的细光，那么纤秀，长在她的皮肤上，跟绒毛一样，柔韧绵软，令人惊叹。她整个人就是一团生命的火焰，跟白蜡一样，有一团摇曳明亮的光。米琪本人只不过是一支大蜡烛罢了。米琪对蜡烛顿生怜惜之情，用剪刀剪去灯花，以减慢蜡烛的燃烧速度。

妈妈说："女人剪灯花的时候就开始珍惜自己啦，我真为你高兴。"

米琪的眼睛湿湿的，妈妈给她擦泪并纠正她：这不是泪是灰。

米琪叫起来："他给我裙子，就为这个呀！"

妈妈说："所有的东西都有光，沙子都有光哩，聚光的沙子长草，不聚光的沙子长尘土。"

"裙子是女人的光！"

"不是所有的裙子，是树叶儿裙。"

米琪光溜溜像水里的鱼，夜里很凉，妈妈裹在毛毯里，她不裹毛毯，她身上有蜡烛的光，蜡烛烧完了有月亮的光。

她的两只小鼻孔轻轻响起来，草根就是这样呼吸的。

四棵树没有树，草却很多，春天冰雪消融，草根就从湿土里钻出来，先在地皮上钻两个洞，地底下的热气就冒出来，就跟米琪睡觉时的鼻孔一样翕然出气。

她妈没想到自己养了这么个女儿，跟河里的白鱼一样，跟草原上的绿草一样，出去转一圈就出落成一棵树了。她妈很小心地在女儿身上摸一下，确实跟树叶儿一样光滑柔嫩冰凉，像她生的又不完全像，毕竟有树的样子么。她妈心疼得不得了，趁女儿翻身的工夫，用毛毯裹住女儿。夜气很凉，凉气全是从月亮里吹出来的，月亮就像个大冰块，比山上的冰川还要大，夏天进出得穿皮袄，夏天的夜里，月亮轻轻一晃，人就得躲在毯子里。

女儿不怕月亮的寒气，女儿是四棵树的第一棵树。

3

妈妈把衣服收进来，上边还有夜晚的凉气，妈妈说那都是月亮给照的，"月亮有啥了不起，还有太阳呐，让太阳好好照照"。说话工夫，太阳已经冲到她们家院子了。米琪感到莫名其妙的兴奋，神不知鬼不觉裙子就落到她身上，天衣无缝，米琪叫起来："妈妈，它简直就像我的皮肤。"妈妈说："女人一生只一件合身的衣服，那唯一的一件衣服比皮肤重要，跟人的生命一样。"

太阳爬在米琪身上，米琪显得比平时高，因为裙摆上全是树叶，阳光在树叶间窜来窜去，像一群金黄的鱼儿，米琪从来没有感受过的阳光。

米琪来到街上，老人们说："这是四棵树最古老的树。"米琪走到小镇的路口时，老人们说："最早的树就长在那地方。"

米琪站在那儿不走了，她相信老人们说的话，无论从哪方面说，这里都是树的最佳位置。人们从米琪美妙的裙子想到她杰出的丈夫，人们说："你丈夫真了不起，他到咱们这儿只来一次，就把梦想变成了现实。"

米琪很谦虚："那不过是一件衣服。"

大家说："总算让我们看到了树。"

老人们说："四棵树其实从来没有过树，那是祖先的一个梦。"

山上的雪水流到安达，最多长些牧草，草不够吃才开荒种庄稼，庄稼的个头很像树，可它们过不了秋天。它们其实也是一种草。草这东西到秋天都要割掉，树就不一样了，什么时候都站着。树长在地上不是为干别的，它们是给日月落脚的。我们的祖先在山上，在其他遥远的地方见过树，他们千方百计做过各种尝试，就是栽不活一棵树。人在绝望的时候总得给自己找一点儿安慰，他们就拿树做自己的故乡，四棵树，就是四面八方都有树的意思。

米琪总要离开家乡的，女人从来就不属于家乡。大家想到米琪总有一天会被丈夫带走就难受得不得了。米琪知道大家的心思，大家给她讲这些，就是不忍心她匆匆离开。米琪对四棵树显得那么重要。米琪甚至想让丈夫挣不到钱，穷光蛋丈夫是不可能带走老婆的。

米琪给丈夫写信，劝丈夫不要那么心急，求钱心切反而误了身体，先把自己照顾好，有没有钱米琪都是你的。

邮差一个月来一次，米琪等了整整一个月，把信交给邮差。大家都看到了这个场面。女人们说：这是新疆不是内地，新疆女人结了婚心就变硬了，没想到你心还这么软，你要吃亏的。米琪说："女人温柔一点儿有什么错？"

"傻瓜才这么想，女人的温柔是给丈夫和孩子的，女人在丈夫孩子跟前是青草地，是海子里的水；在别人跟前是戈壁，是戈壁上的大石头。"

女人们猜想米琪一定没跟丈夫同房，诗人都是些神经分分的家伙，他们能轻而易举把女人哄上床，也能跟女人厮守一夜什么都不干，大谈玄而又玄的废话。女人们很含蓄地对米琪提出了这一点儿：你还像一个未嫁人的姑娘，姑娘总是柔和的，她们没动过荤，都是素的，跟草一样。

米琪只好离开四棵树，去找她的丈夫。米琪和她的小红马跑了七天七夜赶到那座莫名其妙的城市。那里有许多行吟诗人，可用六弦琴的只有她丈夫一个。

米琪很快就找到了丈夫。丈夫坐在墙角的方石头上，帽子朝天丢在脚边，闭着眼睛在唱一支伤心的爱情歌曲，丈夫的手指是那么细那么干，跟树丫一样在琴弦上乱抖。只有五六个听众，他们听完诗人的弹唱，往帽子里扔硬币。诗人闭着眼睛开始考虑下一个节目，根本不看人家给多少钱。

米琪一下子感动了。

诗人行乞也是高贵的，诗人让钱币体体面面落下来，诗人绝不睁开他睿智的眼睛，也绝不伸出高贵的双手。诗人的手和眼睛是为歌而存在的。

米琪不准备打扰丈夫，她走到几十米以外的小店里，给丈夫买些干馕和酒，还买了一只牛蹄子。就在她付钱的时候，丈夫来了，丈夫把帽子往维吾尔老头怀里一扣，问老头够不够，不等人家回答就把米琪揽在怀里往外走。

丈夫兴致很高，谈他的伟大计划，许多有钱人请他，他都没答应，为了他们的小家庭，只答应晚上去给两家富商演奏节目，自己是属于自己的。

诗人把白天看得很重要。一个尊贵的人千万不要把自己卖给别人，白天应该和太阳待在一起，太阳让牧草变绿，让花变出许多颜色，让马群滚滚向前，太阳给人的东西绝不会比它们少。白天我是自由的。

米琪小声说："女人属于黑夜，我白天找你怎么办？"

诗人哈哈大笑："我的自由就是你的空气，你呼吸吧。"

诗人的大嘴巴一下子盖住了米琪，米琪像被绳索勒住了脖子，发出难受的呜呜声。后来那些呜呜声变成泪水，泪水那么烫，带着一缕缕热气，跟雾一样，飘游在空气里。他们大汗淋漓像洗土耳其浴。米琪活蹦乱跳像水里的活鱼。

丈夫的腿正往裤子里伸，腿停在裤管里："你遇到什么麻烦事了？"

"没有呀，四棵树的男女老少把我当神仙，我会有什么麻烦事。"

米琪走的时候，丈夫还是那么一副心事重重的样子，米琪抓他的腮帮子："人家大老远来找你还不开心呀。"

米琪和她的小红马一晃就不见了，荒漠和牧草交替出现。离开城市很远了，米琪还能听到诗人的琴声。

那天晚上，诗人哪也不去，在郊外的戈壁上唱了一夜。

4

那天，四棵树的人都感到发生了什么事情，米琪和她的小红马出现的时候，街上的人翘首以待。辽远的荒漠变成了帷幕，慢慢拉开，现出最辉煌的人物米琪。

那种仪式把米琪震撼了，不好意思待在马背上，她跳下来让马跟在身后，她问大家发生了什么事。大家都说："我们在等你，等了七天七夜，今天是第八天。"女人们说："找到你男人啦？"

"他应该跟你一起回来。"

"他挣够钱就来接我。"

"挣钱可不容易啦。"

男人们已经看出来米琪的破绽，他们都是结过婚的男人，他们知道米琪脸上的红光不是太阳照的，而是她男人给的。

当女人倾心于一个男人时，这个男人就会成为天上的太阳。男人们开始谈天上的太阳，太阳就在他们眼皮跟前吊着，晃来晃去跟牛奶头一样。他们都齐声叫好，都说太阳红红的，胀鼓鼓的像牛奶头，看起来是红的，里边的汁却是白的，看起来不咋的，喝起来是甜的。不怀好意的人就说太阳啥都不是，太阳是天上的洞洞，不知是谁戳破的。反正不是你，你的锤子抡不到天上，天上的坑坑窝窝洞洞眼眼都是玉皇大帝独个戳下的，玉皇大帝最大的功劳就是太阳，端端正正戳在交弦处。

这些话明显是说给米琪听的，好像米琪真的挨了那么一下。他们说得跟真的一样，米琪挨了那么一下，血糊淋拉害怕得很，你没看见她骑的马都是红的，她明明骑一匹白马出去，回来时马都变成红的了。那都是米琪受的伤。

受了伤的米琪这么漂亮，小脸蛋一天比一天亮。丫头们问米琪：你吃了仙丹？米琪如实相告："我只买了两个馍和一个牛蹄子。"

"你全吃了？"

"我留给他了，我专程去看他，算我送他的礼物。"

"他送你什么，不总是歌吧？"

米琪毫不客气，让她们看她的脸，跟你们一样不一样？肯定不一样，只有我丈夫能给我这种亮光，跟天上的雷电一样，女人被击中是幸福的。你们这些丫头片子什么都不懂，等你们有了男人你们就开窍啦。

5

不可思议的事情发生了。米琪去戈壁滩上捡柴火，两个男人也在那里捡柴火，他们帮米琪捡了一车，用皮绳捆好。他们叫米琪不要忙着走，商量商量该怎么谢他们俩。米琪跳上车，把柴火全掀下来，连她自己捡的也卸光了。全拿去吧，就这么谢，明白吗？

俩男人笑嘻嘻，指给她看周围，那全是没有尽头的荒漠，插翅难逃。男人在这种地方可以随心所欲。他们用劲一拉，就把米琪的衫子扯下来。米琪干活时不穿那件树叶裙，也不骑那匹剽悍的小红马。她被男人剥光衣裳，光身子在太阳底下发抖，她怕得要命，尖叫一声连一声，越叫他们劲头越足，米琪的光身子上全是他们肮脏的手印，米琪的双臂死死捂着胸脯，米琪已经骂不出声了，开始哀求这两个邪火炽烈的男人。她根本扑不灭他们身上的邪火。

他们一定要干那件要命的事情，要跟她丈夫一样在她身上打个洞，跟天上的太阳一样，给他们哥俩破一回。他们的手跟鹰一样又准又狠，抓在米琪的胸口，米琪穿裙子的时候，胸口处正贴着裙子上的两片树叶，米琪一下子感觉到碧绿的叶片被揉碎，从她的灵魂深处发出一声悠长的惨叫，搏斗的双方都吓一跳，愣住了。米琪惊恐万状，却也魅力无穷，她根本意识不到女人的惊恐会产生惊心动魄的妩媚。两个男人受到某种鼓励，又冲上来了，米琪的手被抓住了，米琪"呸"吐他一脸："畜生你不配，你这老鼠眼你不配。"

老鼠眼男人乐了："我就是老鼠，我就是畜生，等我钻进去，你就不说我配不配了。"话刚出口，他就抱住肚子在地上直跳，后来蹲地上不动了，吭吭吭像在拉干硬屎似的。拉出来的不是屎，是一只大老鼠，神气活现，跟主人一模一样。

另一个瘦高个男人还揪着米琪不放，米琪啐他一脸："你这只臭虫。"瘦高个就变成了臭虫。

在他们厮打的地方，出现一片树林，米琪被撕烂的衣服也落在她身上，她可以遮羞了。从男人身上跑出来的小动物，按米琪的指点回到那片树林，两个男人一前一后追他们的魂儿去了。

米琪跳动的乳房在告诉她：树叶裙是女人的皮肤，他们罪恶的手抓痛了女人的皮肤，树叶就显示出它的力量，用海市蜃楼的幻景引出男人身上的野兽。要知道，树林既是人类的故乡又是动物们的家园。

几天以后，那俩男人从海市蜃楼的幻景里走出来，他们变成了谦谦君子，他们找米琪道歉。米琪问他们老鼠和臭虫的下落，他们说：那是我们的灵魂，灵魂回家去了。米琪大笑：你们灵魂里有老鼠臭虫？他们说男人身上都有野兽，四棵树没有树它们就四处乱跑，你整出一片树林，他们就乱了。他们向米琪鞠躬，叫她小心：你是这里唯一的树，要撞那么多野兽，够危险的。

他们回家去照看牲口，到草原上割草，到戈壁上捡梭梭柴，有时也光顾酒店，跟女人们开玩笑，但他们从不胡闹，像长大了20岁。他们年老的父母和年轻的妻子感到吃惊。

吃惊之后才恍然大悟，到了这种年龄，早该如此了。

米琪的灾难还远没有结束，四棵树有多少男人啊，结过婚的没结婚的，都想撩起她的裙子。好像这是她的工作，是她的某种使命，每次凶险，都会从男人的身上跑出一头动物，包罗万象应有尽有，米琪的周围简直成了天然动物园。不要说四棵树，就是整个安达、整个天山也没有这么多的动物。

那都是隐藏在人们身上的兽性，它们只在米琪跟前显露外形，米琪给别人说，别人都当她是疯子。

只有那些白胡子老人相信她说的话，老人们正在入土，双腿已经融入大地的深处，天地的某些真相已经出现在他们的灵魂中。他们相信人的生命与动物是相连的，他们甚至看到史前人类的景象，那时人的面孔模糊不清，从肉体到灵魂与野兽混淆在一起，后来人高贵起来，祖先把自己的面孔从动物那里分出来。那些消失了面孔的动物就这样灭绝了，而这些最早灭绝的动物恰恰就是最早进入文明的人类。今天那些依然奔驰于群山草原的兽类，都是些冥顽不化的铁杆分子，它们宁肯受难，也不跨越那屈辱的壕堑迈入卑琐的人类。

老人们说："它们都是内心和形体和谐的生命，人死后又要回到那里去，人死的时候都要吼叫一声，有些人学牛叫，我们草原人学马叫。那是我们人类最真实的时刻，那种时刻就要到了。"

老人们谈论死亡就像谈自己最珍贵的收藏，他们连自己的墓地都选好了。四棵树人世世代代埋在地势平缓的草地上，荒漠地带的草原不能跟伊犁河阿尔泰的深草相比，也不能跟山里的草场相比，荒漠里的草原长不出高草，牧草就像人身上的汗毛，稀稀拉拉，散落在沙石的缝隙里。老人们就埋在这里，哈萨克人蒙古人维吾尔人不用棺材，直接入土，草很容易长上来；汉人要堆起坟墓，好几年以后，牧草才能爬到坟顶。

那是我们汇入大海的地方。

老人们说：从那里我们又变成动物。

最早从人群里消失的人，也是最早进入生命真境的部分。被米琪牵走兽性的人，在他们有生之年就得到了几十年后才能得到的东西，他们如释重负。

最危险的往往是最残暴的人，他们身上跑出来的不是老虎就是豹子，还有野猪和狼。对付这些猛兽让人提心吊胆，它们个头大，米琪根本弄不清它们从何而来，它们往往摇身一变直接从人变成动物，大活人还站在原处，骇得人目瞪口呆，防不胜防，简直就像《西游记》里的妖魔鬼怪。天山北麓正好是唐僧当年取经的必由之路，也是他们师徒几个吃尽苦头的地方。

　　米琪的紧箍咒不在嘴上在裙子上，每当猛兽现形，她非但不能躲开，还要摇身迎上，扭动腰肢，让裙子上的树叶哗哗啦啦响起来，弄得好像个淫荡女人。危险、劳累，但也兴奋。

　　米琪的魅力与日俱增，就像险象环生的群山，令人望而生畏，又令人向往之至。

　　粗野的男人本身就引人入胜。米琪混入其间，如鱼得水。

　　女人们嫉妒，忍气吞声："米琪米琪，不怕他们强暴了你。"米琪吓一跳，停止欢闹，女人们说得头头是道、有根有据，他们会搞大女人的肚子。他们还爬人家窗户，趁女人熟睡就把事情做了。米琪不信："女人又不是纸做的，女人有刀子有马，女人就不能反抗吗？"

　　"反抗？我的老天爷呀，凶悍的男人身上有老虎有豹子你又不是不知道，没到你跟前你就软了，由他摆布，完了还跟你跳舞，就跟鬼魂一样。"

　　倾诉者深有同感，米琪从她的神态里看出来，她不止一次遭遇过这种事情，叫米琪吃惊的是，倾诉者的口气是悲惨的，而神态是昂奋的，她们意识不到她们此时此刻的风采。

　　米琪相信人会违背自己的意愿，干出蠢事，尽管这蠢事带有某种神秘。米琪不知不觉陷入那种奇妙的氛围，米琪问她们：遭人强暴的感觉如何？女人们满脸愤慨："这什么话呀！那种事还有感觉，屁感觉！"米琪决心把玩笑开到底："他们干坏事一般在没人的地方，远离男人的女人常常遭到不测。"女人们"呸呸"吐唾沫："她反倒教训我们，小妖精，骚货。"她们的嘴像机枪，米琪消失了，她们还在射击。然后又羡慕起男人来：男人可以把身上的兽交给米琪，我们女人怎么办，谁来关心我们。另一些女人笑，关心我们的都是那些坏男人，米琪把他们的兽领走了，他们变乖了，不坏了，这才是我们女人的悲哀。米琪又成了女人的靶子，她们的机枪嘴又开始扫射。

6

　　诗人来信了，告诉米琪：他找到稳定的工作，很快就会来接她。诗人太高兴了，在信的末尾来了这么一句："你很快就会看到你的丈夫和他的毛驴出现在四棵树的大街上。"

　　米琪的喜悦一下子被丈夫的小毛驴给破坏了，她喜欢丈夫的六弦琴，喜欢丈夫充满激情的大脑门和他的风度，可一个走天下的男人骑毛驴是大煞风景的，除非他是幽默大师阿凡提。丈夫显然不足以和阿凡提相比。丈夫的行吟诗人角色是微不足道的，丈夫属于那种演奏别人作品的歌手，目前还看不出他能写出自己的作品。其实，丈夫是有作品的，流传不广罢了，米琪后来才知道这些情况。给一个穷汉当老婆就得这样，凡事都得忍着点。关键是米琪要让四棵树的人对丈夫刮目相看，就像丈夫带来的树叶裙一样震撼人心。

　　米琪给丈夫的回信中特别强调这一点儿：一匹马，最好是伊犁马。米琪写到这里，停顿一下，想了好久，又写道：骑一匹矮小的蒙古马也行，蒙古马小是小点儿，可它们结实威风。

　　丈夫收到信一定要迟疑半天，筹划半天。买一匹马没有一年工夫是买不到的。米琪很难受，她怎么能随便放弃跟丈夫见面的机会呢？可一想到丈夫的裙子，那简直是四棵树的奇迹，创造这个奇迹的人一定得骑一匹马，至少也得骑一匹蒙古马。米琪长长出一口气。

米琪就像个猎手，把男人们身上的野兽消除得干干净净。那正好是邮差离开四棵树后的一个礼拜，事情就完结了。米琪有些不相信，她走遍了四棵树，确实如此，那些最凶残的男人，也是四棵树最顽固、最让人头疼的家伙，也是最后缴械投降的。

四棵树平平静静。

米琪后悔不该给丈夫写那种信，她需要丈夫。

她骑上小红马，穿上树叶裙，连夜赶到丈夫身边，丈夫已经把钱支出去了，让山里的哈萨克人代牧一匹伊犁马。

丈夫显然意识到男人的尊严，非骑一匹骏马不可。哈萨克人的阿肯歌手都是骑大白马走南闯北，只有他们这些行吟诗人，花两块钱从维吾尔农民手里买一头小毛驴，在一块绿洲一待就是好几年，他没敢告诉米琪，四棵树是他去的最遥远的地方，树叶裙是他唯一的杰作。女人膜拜你，你就得硬撑，她们根本就不去想一头毛驴的脚力。

7

米琪第三天才恋恋不舍离开丈夫。回到四棵树，米琪突然感到一种莫名其妙的恐慌，男人走到跟前她会惊叫起来，搞得人家很狼狈，不明真相的人还以为他对米琪非礼。

妈妈问她这么惊乍乍为啥呀，米琪带着哭腔告诉妈妈：她感到她要失身。妈妈怎么能相信呢！女儿的丈夫不是一般人，除非女儿遭到不幸被人强暴。妈妈上了年纪，以一个老女人的经验告诉米琪：他们是坏人的时候强暴不了你，女人失身是因为碰到的尽是好人，打动了她的心，女人的心都是软的，一颗柔软的心总是要落到坏人手里。

确实没有人强迫她，一切都是自愿的。也没有预兆，但她知道会有这么一天，丈夫以外的某个男人毫不费力地进来。她恐慌不安，成了惊弓之鸟，甚至盼望这一天早早到来，就像一个死囚，乞求刽子手早早行刑，拖延比刑罚本身更可怕。

事情就这样不可避免地发生了。还是在老地方，在戈壁滩上捡梭梭柴，那个男人很有大丈夫的气概，包揽了她的活儿，却没有非分之想。人家已经走远了，她喊住人家，喝口水总可以吧，她把水罐递过去，那人看见了她裙领下雪白丰满的胸脯，他毕竟是血肉之躯，那团比太阳更锐利的白光直入他灵魂，使他的血液沸腾轰响。米琪听到一声悠扬雄壮的青铜的响声，米琪的手松开了，那人在一片惊慌中失手，水罐碎在石头滩上，跟暴风击落的花瓣一样。那人吓坏了，蹲在地上捡那些碎裂的陶片，很小心地擦上边的尘土，把衣服全都弄脏了，米琪劝他不要这样，碎了就碎了，碎了的陶罐跟石头一样不要捡了。那人一声不吭，捡得干干净净，也擦得干干净净，包在他的衫子里。

米琪说："你这是何必呢，它们又变不成个完整的水罐。"

那人笑："是你米琪的水罐，你用过的东西就是稀罕，平常都得不到哩，今天福星高照叫我遇上了。"

米琪已经无法自制了，她被一股强劲的力量攫去了。这股狂飙般的神力既不是那个男人的也不是米琪本人的，而是男人和女人之间那块过渡地带旋起的风暴，一下子把俩人推倒在地。交欢是在搏斗和挣扎中进行的，俩人齐心协力与那股神秘的风暴相对抗，他们自身的喜悦反而处于无意识状态。等一切平息以后，他们也不感到诧异，很自然地穿好衣服，说说笑笑往回走。

那些最早跟米琪发生关系的男人，都是最后一批失去兽性的人，不像那些胆小鬼，他们身上才不会有什么蟋蟀螳螂臭虫蜥蜴之类；他们强悍，他们就成为虎豹野猪和熊。米琪唤走野兽，他们敬重她，他们以大丈夫的气概跟她交往，跟她发生浪漫故事。

米琪的肚子不可避免地大起来。米琪生了个娃娃，既不像爸爸也不像妈妈，连俊丑也说不上.米琪很无奈，就把娃娃养下来。

米琪去看望丈夫，把娃娃的事情讲给丈夫听，丈夫很吃惊："娃娃，我怎么会有娃娃？"

"我们结婚好几年了，不该有娃娃吗？"

丈夫就不感到奇怪了。

娃娃刚过周岁，米琪的肚子又大起来。米琪已经习惯了，女人总是要生娃娃的。肚子就像无边无际的草原，草绿了又黄了，可米琪的肚子比草原更神奇。一起一伏，一个小生命就产生了。好在男人们对她另眼相待，每次都带许多东西来，米琪和孩子们用不完。米琪又是个能干的女人，牲口喂得壮壮的，小小院落，有马嘶牛鸣娃娃闹羊羔咩咩叫。

谁也不会相信米琪会老。米琪还是那么年轻，那么漂亮，红润润的。别的女人生两个娃娃肚子就瘪了，奶头就松了；米琪的肚子紧绷绷的，双乳颤巍巍直挺挺，跟没结婚的丫头一样。这就是米琪，完全超越了芸芸众生，成为不同凡响的人物。

除过冬天，她一直穿那件树叶裙，这就是她独特的地方，这是多好的事情。大家就这么敬仰地看着米琪，感慨万千。米琪知道树是怎么一回事。

8

　　诗人总是挣不够钱，最后他才明白，诗人是养不活老婆的，能让自己活下来，已经很了不起了。

　　他代牧在哈萨克人那里的伊犁马已经长大了，哈萨克骑手敬重歌者，送给他一副好鞍子，马镫是黄铜的，擦得很亮，上边照着黑黝黝的草影。

　　诗人爬上马背，溜了一圈，又把马转手卖掉了，卖了个好价钱。用这笔钱他可以办好多事情，他给米琪买了一盒化妆品，给他众多的孩子买一大包糖果，后来他来到服装市场，有印度丝绸，有伊朗阿富汗的地毯，还有绿色的树叶裙，跟他当初送给米琪的一模一样，老板说这种裙子销路不好，新疆女人喜欢红的黄的热烈奔放的。老板要削价处理，诗人摸摸口袋，里边很瘪，老板不会白送他一条裙子。

9

　　诗人的坐骑还是一头小毛驴，跟好多年以前一样，那也是个秋天，大地一片金黄，牧草和树几乎跟黄沙没有什么两样，灰色的驴子反而显得很鲜亮。诗人坐在驴背上，问路边的老人，这是四棵树吗？老人家说新疆有几个四棵树，你找哪个四棵树。"有个叫米琪的女人住在那里。""这正是你要找的四棵树。"老人家大手一挥到处都是树。老人家说："这都是米琪生的。"诗人就笑："我是她丈夫，她能生巴郎子，树她可生不成。"老人家说："四棵树的男人都说他是米琪的丈夫。"诗人就沉默了。诗人叹口气："这不能怪米琪，我没买到那件裙子，她就编故事气我。"

诗人脑子一片混乱，可驴子头脑清晰，还记得回家的路。孩子们听到驴子的叫声都跑出来了。米琪是最后出来的。米琪身边围一大群孩子，米琪双臂一揽，就像揽草原上高高的牧草，米琪满脸幸福的喜悦："这都是我生的。"

　　诗人说："这些树也是你生的。"

　　"我生一个娃娃，地上就长一棵树，它们都是给我长的。"诗人已经看过那些树了，诗人又看一遍，房前屋后全是白杨树和榆树，听说还有许许多多奇奇怪怪的树，品种很杂。他问米琪："你从哪搞的树种？"

　　"地里出来的，你问地吧。"

　　米琪虽然是树的妈妈，可米琪也是孩子们的妈妈，米琪"嗨"喊他一声，米琪就让孩子们叫爸爸，孩子们叽叽喳喳乱叫一气，"爸爸"两个字发出不同的声响，让诗人大开眼界。米琪说："怎么样，不比你的六弦琴差吧！"诗人很惭愧："我行吟半辈子，吟的都是人家的作品。"米琪很骄傲地仰起头："他们可都是我生的，都是我的作品。"

　　米琪开始低语她的作品，开始他还能记住，后来就记不清了，他只记得两个：男孩和女孩。总之，很多，院子里全是娃娃，就像个小学校。

　　米琪说："咱们齐心协力养活他们吧。"

不带家具的房子

非常简单，一张大床一张桌子一把椅子。她每次来就坐这把椅子，他坐床边。

他们趴桌子上吃饭，像两个孩子。树荫移到窗户上，他们的影子就从玻璃里边渗出来。她都看呆了。他说："快吃快吃，饭都凉了。"她没动，她还在看，树荫移到房顶上，窗户哗一下亮了，像被捅破了。外边有一排钻天杨，离钻天杨不远是高高的风标。气象站的院子是铁栅围起来的，可以看见辽阔空寂的荒原。一股旋风消失在荒原上。

他们的影子一掠而过，被旋风带走了。

他给她换一碗饭，很烫，她叫一声，就乖乖吃起来。饭跟房子一样简单，是本地人常吃的揪片子。知道她要来，他赶50多里路到牧场去弄一块羊肉，食堂老王给他几个皮芽子，就这么简单。有时运气好，能弄到羊肋巴，吃手抓羊肉。她就会叫起来，好像赶这么远的路是为了来吃手抓羊肉。新疆这地方，哪儿弄不到手抓羊肉呢。她这么惊惊乍乍，是累出来的。从奎屯到这鬼地方，要走七八个小时呢。

接到电话他身上就热起来，手变得特别大。他点烟点不着，他走到院子里，风标在空中呜呜叫起来像一只铁鸟。那排钻天杨跟大地深处喷出来的水柱一样闪闪发亮，直贯苍穹。他从钻天杨跟前走过去，他在刷着白漆的铁栅栏上碰了一下，他就到了外边。

地势慢慢高起来，他走上斜坡时，站长喊他，站长骑着摩托问他要不要。他摆摆手。他经常用站长的摩托。这回他不要。他可以走到牧场。天不是太晚他就不要摩托，也不要马。站上有两匹好马。他用过马，这回他不用，他用他的腿。他喜欢他的腿，也信任他的腿，一个大男人让腿带着，走上一面斜坡又下到坡底下，大地就像个簸箕轻轻地簸你，把你簸出去又把你接住，那些说不清的尘尘渣渣就被簸掉了，留下来的都是干净东西，肠肠肚肚像被淘了一遍。他就像一把饱满结实的种子，他不知道大地要把他簸到什么地方，把你簸干净就是为了把你撒出去。难道气象站不是他待的地方？每次从野地里回来，他都要在外边看半天，像走错了地方。

气象站越来越远，却很清晰，比钻天杨还要高的风标像只大鸟，走到哪它跟到哪。他不用看就知道气象站的样子。他回头看时，已经在几十里路以外了，看不见气象站了。眼前是云块和云块底下的太阳，太阳呜呜响着，风很大，地面感觉不到，太阳绝对能感觉到风，风速、风向和风力非常清楚。他要给站长说一下，把风标做成圆的，做成一个铜盘悬在杆子上，收在铜盘里风就会显出真形。他想看看风的真形，搞气象的人都有这种愿望。大风吹了他们一辈子要把他们吹老，跟吹草原上的草一样，把青草吹绿吹黄吹枯吹进地层变成一条根。风也这样子吹人。气象站的人首当其冲。气象站的人比别人更想看清风的真形，这个想法太好了。

他想法特别多，乱七八糟什么想法都有，把脑子想糊涂了。脑壳里发出稠糊糊的咕嘟声，脑浆沸腾了，冒泡泡哩。他一脸热汗。他不敢胡思乱想了，再这么想下去，非把脑袋弄炸不可。他赶紧码一根烟，地面上没风可就是打不出火。他蹲下打，他狗蹲着，脑袋贴地上，石头遮住脸，像原始人在取火，石头冒青烟，把烟喂到他嘴里跟喂娃娃一样。女人就这么给娃娃喂奶，用奶瓶或者自己的奶头，不管羊奶牛奶马奶人奶还是骆驼奶，奶都是白的。细细的一道白线喷到娃娃嘴里，娃娃要多乖有多乖。大人不吃奶，大人吃烟，把烟弄得白白净净秀秀气气香喷喷的，就像个乖女子，纸烟莫管好坏纸烟都是乖的。大人吃烟就跟娃娃吃奶一样。大人娃娃没啥区别。烟盒里又跳出一根纸烟，夹在手上，半天不想对火，他放鼻子上闻闻，带着苦丁味的香气，跟丁香一样，没对火的纸烟就像一个处女，闻它的味道是一种福气。他小心翼翼地把烟放进烟盒，西装衬里的棕色羽纱上有个口袋，烟就装在那里。羽纱特别光滑。他走在坚硬的大地上，他怀里的纸烟那么苗条那么白净，软软和和香喷喷的，这么好的东西离心脏这么近，就紧贴着心脏。他发誓他再不抽烟了。后来他把这个想法告诉妻子，妻子从被窝里挺出光身子大叫："你太无耻了，你咋把我跟烟比。"妻子白净苗条的光身子拥着被子就是一根半插在烟盒里的红雪莲。妻子冷静下来看红雪莲时妻子也喜欢上红雪莲。一个生活在大漠深处的男人，有这么好的东西带在身上就会产生这种奇特的想法。"你的话有道理。"妻子不抽烟妻子喜欢上烟，妻子把烟给他："你抽吧，不抽烟怎么行呢，就像女人的化妆品。"在妻子的坤包里，有一个小盒子，妻子很喜欢这个盒子，盒子都空了她还留着。妻子显然受了他的影响。那半包烟一直留着。他在荒原上走了多少次，只有这一次，从纸烟上体会出一种罕见的柔情。淡淡的轻烟似的柔情，白净而清醇，纸烟就是这么奇妙的东西。

淡淡的轻烟飘在地平线上。

他的眼睛眯成一道线。在空旷辽远的大野上，眯着眼才能看得远。他来这里不久，眼睛就小起来。是她发现的。

"你咋成了眯缝眼？"

"这里风大。"

"刮风你躲房子里呀，刮风你也乱跑。"

不久，她的眼睛也眯起来了。她要赶几百公里的路，一望无际的大荒漠，平坦坦的，连一丝皱纹都没有，永恒的处女地，车子超出速度之外，处于静止状态。她凝注着前方，没有颠荡没有遮拦的凝注，跟入定一般。车上的人都睡了，甚至打呼噜。司机怕这呼噜，司机打开音乐，是赛里木之夏乐队的音乐，歌手反复唱着旷野的长风，风进入准噶尔就变成一股狂飙，连绵起伏，从西往东，从北经南，永无尽头。她的眼睛在音乐里变成一片草叶，眉毛眼睫毛都成了草叶，头发也成了草叶。她在自己的草丛里向远方发射光芒，那光射得很远很远。走进气象站大院，她还在凝视遥远的远方。她给她描述那种奇异的感觉。风标和钻天杨在这种凝视中成为奇异的感觉。风标和钻天杨在这种凝视中成为心灵的宗教，她在皈依一种遥远而神秘的情感，大地变成一道线，她就要这道线，就一道；圆月变成一小瓣，她就要这一小瓣，小瓣的月亮是新月。她喜欢这种细长而深邃的眼神。

晴朗的日子，她就坐在门口看那排钻天杨。鸟儿从荒漠里飞出来，冬天的树光秃秃的，鸟儿打着旋琢磨着该不该下去。树也太光堂了，空荡荡什么都没有，没有鸟落脚的地方啊。她丢下半截毛衣奔过去，鸟儿哗一下升到高空。她跟孩子一样仰起脑袋，她的眼睛就眯起来了，跟戈壁上的海子一样闪出一道狭窄而深邃的亮光。她的嘴巴在动，听不见她说什么，她自己也不知道她在说什么，反正鸟儿听到了，鸟儿全落到树上，一只不少，羽毛在阳光里烁亮无比；她的眼睛越眯越细，那些鸟儿全成了金黄的树叶，秋天才有这么好的树叶。

"看到没有看到没有，树上有叶子啦！"

她抓住他的手，压根就不要他回答。那是个晴天，太阳很大，在空旷的荒原上显得很壮观，像一座高大建筑很辉煌地矗立在她身边。她半天静不下来。他提醒她："外边冷，小心冻坏了。"

"我还不如鸟儿吗，你这傻瓜！"

她用手套打他，手套落他怀里，她撩一下头发，她的手在额头上透出红光，她真不怕冷。快要感到冷的时候到了房子里，房子里热啊，她站在火墙跟前训他。

"我不是小孩，你少给我来这一套，单位人都看着呢，人家还以为你多了不起，跟大爷似的，听见没有！"

"我怕冻着你。"

"我身上都冒汗，能冻着我吗？"

火墙跟皮大衣似的贴着她，她以为整个冬天都这么热乎乎。

他怀念那个热乎乎的冬天。

五月，冰雪消融，阴坡和石头的背面还藏有残雪，都是沙子一样的干雪。地上没有灰尘，空气里却有土腥味。

春天是不容置疑的。

他拔出刀子，掘开地面，地皮坚硬，剖开那层硬痂，露出鲜肉一样的沙土。沙土里的草根是软和的，又凉又软，上半截有绿色的影子，对着太阳能看见清澈的汁液，它马上要奔腾出绿色温暖的大河。他掩上沙土。大地依然那么坚硬。在大地坚硬的胸口紧紧贴着苗条而饱满的草根。软软和和的草根啊，大地轻轻吸一口就燃烧起来啦。

回到气象站天快黑了。那是穆斯林圣洁的时刻，路边有人在做晚祷。他站在苍茫的暮色里，他听不懂经文，他喜欢那含糊而清晰的声音，在空旷与广漠中如同上天的耳语。他的耳朵跟兔子耳朵一样动起来，夕阳把他的耳朵照透了，把他手里的肉和骨头也照透了。他把肉和骨头举起来，它们跟琥珀一样珍贵无比。那一定是上天的礼物。他花了钱赶了路，他得到了一份圣餐。他心满意足，走进气象站大院。食堂老王给他两个皮芽子和一撮香菜。

"女同志爱吃这个，就是太少啦。"

绿菜在这个季节太难得了。他把肉洗净炖上。肉香飘起来，墙壁屋顶门窗到处都是亮闪闪的肉香，像金箔也像蛾子。有一只叮在他的后脖子上。他忍住没用手摸。他收拾房子，其实房子很干净。她一月来一次，他有很多很多的空闲，房子又是那么简单，一张床一张桌子一把椅子加上门窗地板，他能舔一遍。门后边有个小壁橱，两层，炊具占一层，洗衣粉、肥皂和牙刷缸子占一层，镜子镶在门板上，不到十分钟就收拾完了。他给皮鞋打上油，把脏衣服泡在盆子里。衣服不能洗，这是她的专利，她洗这些脏衣服脏袜子脏手绢是一种享受。有时他手痒痒洗上几件，会被她发现的，她知道他有几件脏衣服。干净衣服装在皮箱里，蹲在桌子与墙之间，不留心看不见。

他父亲来过一回。老汉很伤心，老汉说："我供你娃上学不容易，你就这么过日子吗？"他是从团场考出去的，在乌鲁木齐上学，毕业分到这里。城里人看不上这份差事，父亲很满意，他也满意。"你把家弄好嘛，过日子要像过日子的样子。"老汉不坐不喝水，老汉跟牛一样在手片大的地板上犁圈圈，"箱箱呀柜柜呀得有么。"老汉小声提醒儿子："就不怕你媳妇生六指。"他急出一身汗。老汉就等他这一身汗。"你念过书见过世面，你慢慢思量。"老汉就走了。

脑袋咕咚咕咚冒泡泡，到院子里吹吹冷风，院子没人。人都躲在房子里。他想把头插进冰里，冰上又光又滑，差点摔倒。站长叫他，大家都叫他，他回到大家跟前围着炉子看电视。只能收两个台，奎屯台和中央一台。

他们好好谈了一次。她静静地听着，她怕伤他的自尊尽量说委婉一点儿。

"这些玩意儿买来搁哪？拉到大荒漠上，在这过一辈子？"

他结巴开了。她让他喝水给他点烟，尽量让他平静。他们默默地坐着，那是他们结婚以来的大空白，好几个小时不出声。风刮过荒原，荒原很大；风刮过屋顶，屋子很小。那奔突迅猛的旷野之歌经久不息，它们到底要唱多久？肚子咕咕叫。她去做饭。揪片子不一定那么仔细，她那股认真劲儿让人吃惊。头发罩下来，她用手背撩开，手上有油。肉汤絮絮叨叨，像一把沙哑的老乐器。火焰捧着这把老乐器瓮声瓮气地弹奏着，很耐心地弹奏着。那么大的耐心让人难以理解。他们同时抬起头流露出这种惊讶，看来耐心是确实存在的。那顿饭菜很少，皮芽子洋芽和几根香菜。他们吃得很好，吃出一身汗。冬天里的汗挂在脸上，跟金箔一样。

他们早早上床。她的耳朵贴在他的肚子上，好像他是孕妇，她说："我听见我做的饭了。"汤汤水水在肠胃里蠕动着，跟一只手似的。她的手真的爬上来了，跟蚯蚓一样一屈一伸，他摆开身体让蚯蚓宽宽敞敞往前赶。后来他迷糊了。在梦中，蚯蚓还在镂他的身体，快要把他镂空了。从镂开的地方照进一缕缕晨光，冷飕飕的，掠过辽阔的荒原，挟带着草腥味和沙土干爽的气息。

他们开始购置房中用品，电视机、洗衣机和冰箱一次购齐，放在她娘家的空房子里。一年后，又是一次大采购。那是一套仿红木家具。那简直是一次大发现。他们未来的家就是这套仿红木家具。真正的红木家具不是他们可以想象的。仿制品就足够了。奎屯是一座边陲小城，两条大街他们乐此不疲。她的单位在东区，住宅楼快要竣工了，他们交了集资款，这不是空中楼阁。他们在工地上待到天黑，回到她娘家，还在讨论各种方案。荒原上那个简陋的房子已经不存在了。

他赶回气象站，话特别多，跟大家打招呼发烟，跟钻天杨都想说两句。谈到他的新房子，同事们高兴啊，都说他熬出来了。大家聊好长时间，该午休了，他回到房子里，躺到大床上，鞋都没脱，就这么睡了一个囫囵觉，迷迷糊糊去上班。

迷糊到月底，是他们相会的日子，他开始收拾房子。地板是砖铺的，扫一遍就可以了，擦洗门窗不到十分钟。这房子怎么收拾都是三两下，都是窗明几净一尘不染。他深深吸一口气，长长吐出来，窗玻璃闪一下，他的呼吸触动了窗户。他听见车子声，他没动。往常他都要到外边去接，到十几里以外。这回他没动，从窗户里可以看到由远而近的车子，车子拐进来时他看见她的面孔，她很快就进来了。他兴奋地张着嘴，嘴里没有声音全是呼吸，她明白了他要看着她走进这间房子。

晚上没有月亮，可房子是亮的。他小声告诉她："真不可想象没有月亮的夜晚房子这么亮。"可以看见鼻子、眼睛、耳朵和嘴巴，可以看见桌子和桌子上的碗，碗刚洗过，水滴还没干。这一切都是那么清晰。他小声告诉她："你就像灯一样。"她没吭声，她在笑，她的肩膀一抖一抖，泪光跟银子一样。没有月亮的夜晚房子确实很亮。很久以后她问他："我不在的时候，你能想起我吗？"他说能。这种回答太简单了。她说："你哄小孩吗？"

"这里有你的气味。"

他让她看洗过的被单衣服和袜子手绢。

她还真成了小孩，乖乖走过去坐在小板凳上，央求他："你说呀说呀，我喜欢听你说话。"他就说出了连他自己都感到吃惊的话。

"这里变成残垣断壁，你的气息也不会消失。"

"你怎么会有这种怪想法？"

"荒漠上的残垣断壁还少吗，那都曾经是温暖的家。"

有一次，他们在荒野散步，一只土拨鼠正往洞里搬干草。冬天快要到了。她放声大哭。他吓坏了。

"我们回去吧。"

"我不回去，我就待这儿。"

她的肩膀跟石头一样，扳不动。她的脑瓜也跟石头一样，听不进一句话。他唠叨半天，口干舌燥，他身上蹿起一股邪劲，他想捶她一顿，他都冲过去了，她突然笑起来。他目瞪口呆，他简直不敢相信眼前的景象，她蹲在鼠洞前，清理洞口的细土。"我来帮你。"土拨鼠正在干活呢，不断有新土涌出来，她帮它们清理那些细土。那些土跟面粉一样细腻，偶尔会出来几粒石子，她捧到手里拨弄来拨弄去像在珠宝店里挑选宝石。她真把它们当宝贝了，擦一擦包在手绢里。柔软芳香的胸脯紧贴几粒坚硬的石子，这才是女人的胸脯。她手上有他买的戒指，她生气时就摔戒指，戒指在地上蹦跳像上了发条。他脸色很不好看，太阳就蹭他那张阴沉的脸，太阳就像一个有耐心的工匠，非把这张难看的脸打磨出风景不可。他脑袋上出现一道光圈，跟圣徒一样。

她叫他，他就乖乖过去了。鼠洞的位置很好，辽阔大地上一个脸盆大的凹地，她把土全清出来了，土拨鼠有一个宽敞干净的院子。她仰起脸等着他夸奖，她的脸波光潋滟，太阳沐浴在水里了。

"雪会埋住它。"

"埋在雪里跟埋在土里不一样呀。"

雪落下来会把整个荒原埋掉，气象站也会压在雪底下。清早起来，常常推不开门，值班室的人挖一条坑道把房子里的人放出来，大家一起清理积雪。

太阳一闪一闪，太阳是个手艺高明的工匠，太阳硬是从他脸上打磨出巨大的喜悦，他一下子甜蜜起来，他要逗逗妻子，他说:"下大雪我就给你打电话。""干吗?""救土拨鼠哇。""你耍我。"她抓一把土塞他领子里,土拨鼠扒的土又细又滑跟面粉一样。

那是荒原的黄昏,沙丘上的骆驼刺渗出血光。他们一直走到高冈上,坐在那里,一动不动地看着天上的火烧云,天火把大地都烧着了,火焰利刺从骆驼刺上伸出来,他不止一次让骆驼刺扎过。他想她想得火烧火燎的时候就跑进荒野跑到骆驼刺丛里,它跟铁丝网一样拼命地拦他。

"就像医生打针,打青霉素。"

"我再也不让你打青霉素了。"

"打青霉素就这样子。"

他给她学那令人难堪的样子,一拐一瘸像一只受伤的老狼在荒原上踽踽而行。

她不顾他的百般劝阻,拎起裙摆奔向高冈。在通往高冈的路上,长着大片大片的血红的骆驼刺,她的白腿在里边闪动,在枪刺般尖利的骆驼刺丛里闪动,面孔潮红,嘴里吸吼吸吼像吃了许多辣椒,她这么激动。她从来没有这么激动过。

黄昏,高冈上的炽热和绚丽,非人力所能为,大地猛然耸起,如此迅猛,超出人的想象。在想象之外,她美丽的面孔才是真实的。

他常常迷失在荒原深处……

那个日子终于到了。他浑身发抖。他不敢相信他脑袋里会有这么一个念头,她脑袋里也有同样的念头,他们怎么会有这么一个念头?他们祈盼多年的东西这么难以让他们接受。

他听见她的声音,她在那边给他打电话,她那么兴奋,到底是女人啊!她告诉他:她拿到钥匙啦,弟弟帮忙把家具全搬上去了，姐妹们帮她收拾屋子，暖气都包起来了。"跟洞房一样。"她压低声音，她把喜悦压在肚子里。女人肚子里有许多许多宝贝，她们乐意在那温暖的地方收藏宝贝。她打完电话就上路了，她来接他，还有荒原上这个家。

他收拾东西，炊具一个纸箱就装下了。皮箱里装衣服，被褥捆起来，床板一下子空旷起来跟戈壁滩一样，他坐上边抽烟。太阳被窗户切成方块，烤他的背。地板干干净净，门板上的大镜子一闪一闪跟海子里的水一样，他的面孔忽隐忽现，他就像个溺水的人。他拼命抽烟，那包贴在胸口的苗条白净的红雪莲全都抽了，就像拆掉了一排骨头，他不敢动，他看着最后一缕青烟升上屋顶，飘到窗外，直直上升，高过了钻天杨，在白云深处一晃就不见了。天就黑了。

车子开进大院。小舅子开一辆大卡车来接他。他们喊他半天他才从床板上下来。"你睡觉了。"她拉开灯。小舅子笑了："这么点东西，兔子搬家呀。"

同事们来帮忙，跟没帮一样，那么一点儿东西不经帮就到了车上，车厢空荡荡。站长招呼大家吃饭，说了好多话。

天空吊一个大月亮，荒原上的月亮跟大车轮子一样，他们连夜赶回去。荒原无边无际。

我老以为这里有很多东西。

那是你的想象。

想象我们的新房子吧，跟洞房似的。

他睡着了。她使劲摇他。呼噜声影响弟弟开车。弟弟说："让他睡吧，他怕你的想象。"

窗　帘

　　她撩拨我们的心弦，使我们癫狂，使我们的血液发出轰响，绝不是因为她的风骚或者别的什么，甚至不是她独居的那栋房子。任何装有女人的房子都会使男人想入非非浮想联翩。我们从那栋房子前边走了许多年，竟然在她青春将逝的时候愣住了。

　　我们当中某一个人去推那房门。

　　他鬼使神差停在那栋房子前边，窗帘紧悬，阿尔泰的阳光犹如江河汹涌而来，竟然被这道窗帘堵住了，稠嘟嘟的阳光无声无息流向别处。利斧劈开的白桦树就是这样流淌树液的。他喝过清凉的树液，桦树的、杨树的，他都喝过。他走出大草原，又在森林里走了一天一夜，阳光和树液把他渗透了，他来到荒漠上的小镇时感到一种强烈的晕眩，无边无际的空旷使人感到失重。他的心静悄悄的，他听见窸窸窣窣的衣服摆动声，接着是喘息和呻吟，还有无边无际的温热。他辨不清这是想象还是现实。他的耳朵变得尖利无比。他依然不失草原骑手的风度，手指蹿上去，赶在想象的前边，推开那栋房子的门。

　　黑暗迎面扑来，发出扑棱棱的响声。他在黑暗中摸索着。黑暗长着很宽大很柔和的翅膀，那完全是为了麻痹他的感觉。他的手停在女人身上时手指已经疲惫不堪，就像戈壁上的野兔，累得连气都没有了，只剩下心脏的跳动。

　　女人划一根火柴，火柴棒在火焰中显得很清晰，好像火焰的筋，火焰好像燃到了她的手指，手指竟然变成了一根白蜡。羊油蜡烛跟她的手指一样光滑细腻，很容易让人产生幻觉。她的脸和头发分割在烛光和黑暗里。

她不是小镇最漂亮的女人，他却摸进来了。他对女人说了实话：他怀疑里边有男人，大白天拉窗帘，差不多都是掩饰那种事。女人说："我的窗帘一直拉着。"

"我指的是白天。"

"我说的就是白天，我晚上才开窗户。"

女人端起蜡烛，从床下照到墙角，最后把蜡烛立在他跟前。屋里没有别人，唯一的男人是他自己。女人说："不用说那个男人就是你，你想进来就编些下流故事，男人的诡计我全知道。"他有口难辩。女人在他肩上摁一下，他就像秋天的果子，很成熟地落在椅子上。蜡烛刚好燃了一半，火焰挺拔，亮光洒落在厚厚的黑暗里，墙壁显得相当遥远。女人就坐在他的对面，生命的任何缝隙都可能发出凌厉的啸音，手脚原本是人的翅膀，在他犹豫的工夫，它们一下子恢复了本性，扑到女人身上，扑打飞跃，就像兀鹰到了草原。他完全认同了故事的情节，女人脸上有了笑意，喉咙里也有了呻吟，接着是他的喘息。

这都是他在屋外听到的。

世界已经没有想象了，一切都是真实的，他不再怀疑这栋房子。就像在阿尔泰幽暗的森林里，他干渴难忍，拔出蒙古刀，刨开树皮，用嘴巴狠狠地咂，树干摇晃战栗纤弱无比。女人跟那些汁液丰沛的树没什么两样，可他拔出来的不是蒙古刀，而是男人身上顶硬顶丑陋的家伙，它势如猛兽气势汹汹，从双腿间呜儿一声窜出来，把女人的魂都吓飞了。任何男人在黑暗里都控制不了它，它要出来谁也拦不住，由它的性子去吧，男人都是这样放纵自己的，可谁也放不了这么远。他快要迷路了。

实际上他已经迷路了，女人不停地教他，把他以前的经验全改变了。收场很久了，他还沉迷不醒，直到音乐响起来，他才一件一件穿衣服。还没有哪个女人让他使出这么大的劲儿，这也是他的极限了。

好多年来，那股子劲儿一直潜伏着，弄得他憔悴不堪。他相信歌手们的预言：二十岁没有的癫狂，那一定在老年时出现。他的心早早地平静下来，他整日骑着大灰马，在草原群山之间游荡。谁都看得出，这种平静仅仅在脸上，他骑马的姿势骗不了人。不等他人出现，从那遥远的烟尘就可以断定，他的灵魂有多么不安！还要熬多少年才能到预言中的时刻？

那神秘而令人不安的日子就这样出现了，比歌手们的预言早了十多年。

女人告诉他："我一直待在八间户。"他有点生气："你为什么不喊我，你又不是黄毛丫头。"女人鼻子里笑，给他一个高不可攀的侧影。她的丰满与壮实已经告诉了一切：只有精悍的男人才能把女人的胸脯夯得这么瓷实。他的雄性之力究竟给这个女人增添多少景致？还是那根蜡烛，光焰挺拔，直入黑暗。在窗帘那边，辽阔的阿尔泰上空有一颗顶大顶亮的太阳。女人把太阳堵在屋外，独守她自己的光亮。他拍拍女人的屁股，表示他还要来。女人说："你没法不来。"

这句话他没多想他就出来了。太阳跟老朋友似的站在八间户的大街上，目光霍霍盯着他，他脸红心跳，大白天睡女人是很害臊的。男人的阳物只有在太阳睡着时才能露面，阳物也是一颗小太阳啊。

他摘下帽子，给太阳鞠躬。太阳不屑于瞧他，沉到云朵里去了。太阳的光芒还在，蚊蝇一般弥漫街巷。要命的是这些细碎的阳光全是黑色，无论他的目光移到哪，那种飘忽的阴影总是不散，行人和畜群全都隐在暗影里。

暗影是从女人的房子里出来的，紧跟着他，所到之处，犹如大火焚烧过一样，黑魃魃的。后来他碰到一些熟人，他们跟他打招呼做手势，像在演皮影戏。连他的马也消隐在一道看不见的屏幕里。多少年来，马一直陪伴着他，与他浑然一体。骑手从诞生那天起就选择了马背，马是远远超越女人之爱的，骑手流在马背上的汗水远远超过他对女人的激情。

问题就出在那个女人身上。

窗帘依然故我，他贴耳细听，里边毫无动静。他开始相信那女人的话：故事很早就开始了，她很可能是他无数次艳遇中的一个。阿尔泰是辽阔而遥远的，可骑手还是会碰上昔日的女人。她们算不上情人，她们跟草叶上的露珠一样只能打湿骑手的靴子。他一下子有了自信和力量，而屋里的女人却平静异常，呼啸的涡流就这样停在洼地成为静静的海子。

在他开口之前，女人已经开始讲述阿尔泰最剽悍的骑手了。那是个雷电般响亮的名字，死亡攫取他的躯体后，那赫赫威名犹如苍鹰依然高悬于草原群山上空，人们谈到他，都要仰起脑袋，向苍穹遥望。那是属于人们遥望的人物。她如此清晰地讲述那个人的身体特征，眼睛里竟然没有那种心旌摇荡的神采。她很不以为然，对他来说那是年代久远的浪漫故事了。他一直侧耳倾听，他忍不住叫起来："你多大了？"

"你真好意思拷问女人的年龄？"

他连问三遍，女人还是那句话，瞧他暴跳如雷的样儿，干脆提醒他："你扳指头算么，看我是你妈还是你奶。"他成了学校的娃娃，扳指头算那英雄的年代，刚开个头就愣住了。传说里的草原骑手是超越年代的，跟阿尔泰的群山河流一样，没有过去也没有未来，只有现在，现在的时钟敲在哪儿，他的名字响在哪儿。你可以想象我的年龄有多神奇！

女人就这样把她与瑰丽的草原和青色的河流连在一起，那是多么遥远而辽阔的景象啊，白桦和苦艾所弥漫的巨大空间，一下子散发出女人的蓬勃气息。这就是你悬挂窗帘的原因？把一切陷入回忆，拒绝现实，甚至拒绝阳光？女人完全停顿在他的疑问里，她明白无误地告诉他："你的问题纯属谣言。"女人已经没兴趣和他纠缠了。他又气又急，束手无策。女人说："又不是我请你来的，想回去很容易，找个女人睡一觉就行了。"男人神圣的阳具在她的嘴里成了操纵杆，可前可后。女人告诉他："那样可以恢复你的回忆，你给她脱裤子就等于揭掉那道窗帘，世界还是欢迎你的，你不要难过也不要害怕。"

他默默走出去，一直走出八间户镇，走到阿尔泰大峡谷。大灰马吃草的声音又潮又脆，后来他和马在深草里奔跑起来，草叶的唰唰声跟衣服在女人皮肤上发出的声音一样美妙绝伦，草尖燃烧的全是骏马和骑手的情火，那些绿色火焰才是阿尔泰不朽的太阳。很难分辨天上的太阳与草原的太阳哪个更好，草原的绿太阳毕竟是骑手们自己创造出来的，是奔马与牧草的集体创作。

房子里的女人守护的就是这样的骑手。她是为那遥远的传说而存在的。

他感觉到了那道窗帘的危险，他和他的马在窗外走了很久，最后停在八间户的大街上。

我们都知道他的艳遇，让一个不甚漂亮的女人弄得神魂颠倒是很丢人的。我们大家把他围在中间，放肆地大笑，有人还抓他的裤裆，他都没还手。他至今不明白自己中了什么邪。

那是一个孤僻的女人，我们很少注意她，她的屋子和那道神秘的窗帘也不会让我们感兴趣。因为她太一般了，谁会理睬这样一个女人和她古怪的行为呢？事实证明：这样的女人往往具有无法估量的魔力，那是漂亮娘儿们无法比拟的。自从那个赫赫有名的草原骑手出现以来，故事就没有停过。他死去好多年了，能记起他的人早被岁月的大手揪光了，与他有染的女人竟然还活着，把我们中间这个家伙拉扯进去，他上了她的床，上了她的身。女人的身体包罗万象，他竟然在那里找到了金光闪闪的阿尔泰山和奔腾湍急的额尔齐斯河。他对我们说："我把她睡了，她竟然没动静，难道她那地方也挂帘子？"世界上确实有无动于衷的女人，她们的心是冰凉的，男人的激情流到那里会冷却。我们有理由认为她是为过去的情人守节，她借用传说中的草原骑手，仅仅是为情人打掩护。至于上床睡觉嘛，完全是为了检验自己坚贞的程度。他无法接受这种现实："六个多小时呢，地球都穿透了，还穿不透女人的心吗？她的心顶多一个鸡蛋那么大。"我们理解他的愤怒，可女人就是这样难以猜测，动身不动心的角色到处都有。

他很不甘心就这么完了，可故事本身很早就结束了。在女人未挂窗帘之前，天空是清纯的，窗户是常开的，风和阳光出出进进很宽敞，后来窗户挂上了帘子，女人把风和阳光挡在外边，把她和那个男人的故事留在里边。她固守的就是这样一个地方。你怎么能闯进那种地方呢？在故事结尾的时候去凑热闹一点儿意思也没有。

邻居告诉我们：女人没有桃色新闻，根本就没有男人来找她。我们把那个家伙推出来，对他们说，他跟她睡过觉，睡过好多次。邻居们都笑："那是她讲过的故事，她经常给我们讲这些无聊的故事，说的不做，做的不说，她什么也没做过。"我们全都愣住了，竟然有不为男人而存在的女人？我们的好奇心一下子被激起来了。邻居们劝我们：息心吧小伙子们，这是个追求宁静的女人，她挂窗帘是为了安静。我们相信她是个超越时空的女巫，而不是一般的女人，风骚和漂亮已经让人厌腻了。

办法很简单，敲敲门她就出来了，她的脸白得吓人，邻居说得不错，她是在夜晚长大的。对女人我们怎么好意思动粗呢，吓唬一下就行了。你要不同意我们也不为难你，只为难你的窗帘。一只粗壮的手已经在扯窗帘了。她扑上去抓住那只手，她什么都肯答应。

故事又重新开始。

女人忍气吞声答应了那只手的主人，主人嗅了嗅自己的手，喝了一大杯酒，不禁啊一声，我们很识相地走开了。

那些日子，男人们注意的焦点就是窗帘里的女人。令人吃惊的是大家都变了脾气，坐到酒桌边只谈一句话："我去找她了。""我上了她的床。"说法不同，句型都一样。说完后就喝酒，神色灰暗，像遭了冰霜。只有开头那个家伙是冷静的，他滴酒未沾，却神不知鬼不觉得到了酒的感觉。那是液体的酒无法比拟的。大家喝着喝着把酒喝成了凉水，酒香无踪无影。没有人怨恨他，他有这么高深的功夫恨也没用，反而让大家见识了酒的真谛。

大家情不自禁拍拍他的肩膀，悄悄走开。酒就这样被他征服了，酒是血液以外最珍贵的东西。他相信他还会有好运气，有了这么个念头，他就漫不经心啦，整天懒洋洋的，干什么都三心二意。女人偏偏喜欢这种样子。他喝得再醉也能摸到她们的家，有时是她们到路上接他，他醉卧冰雪，全身都僵了，只有张开的嘴巴在冒热气。有时大雪把他全埋了，埋得严严实实，她们也能找到他。她们的目光穿过厚厚的冰雪落在酒香四溢的男人身上，她们情不自禁扑上去，扒开冰雪，拥抱那冰凉而芳香的躯体。烈酒和严冬所编织的寒冷之梦是多么遥远，但他的感觉还在，他的手指还能触摸柔软的女人，女人用胸脯暖他，用嘴吮他。男人的手复活了，手指飞动，迅猛异常，跟秋天的兀鹰一样，沿着女人的娇躯猛烈飞翔，女人啊啊的叫声响彻四野。

他总是在醉酒的时候在冰雪中给女人以快乐，酒醒后就再也记不起来了。女人暗示他，提醒他，他也弄不清是怎么回事，醉卧冰雪是很危险的事情，他发誓再不冒这个险了。可那双腿还是把他带到旷野，把他交给阳光、风和冰雪。他慢慢醒来，四野无声，苍穹高远，牧草一动不动，他究竟身居何处？没等他弄清楚这些，舌头和喉咙已经跟着歌声走了。那是一首忧伤的草原民歌，骑手只要走进草原，舌头和喉咙就不再属于自己。骑手常常要躲避那种灾难，纵马疾驰，但最终还是被歌声俘获，与那亘古不变的忧伤相融合。

　　女人们吃惊地望着他，他的眼睛对女人的美丽无动于衷。

　　男人们被他丢魂落魄的样子打动了，待他很宽容，尽量不招惹他。他疯疯癫癫，径直走到那栋房子跟前。那栋土块房子毫不起眼，唯一让人注意的就是大白天悬挂窗帘。他的手开始痉挛，可耳朵赶到手前边，提前进入屋子，他再次走神，听到了不该听的声音。那种娇喘和呻吟是女人身上最美妙的乐曲，出色的男人才能弹奏它。

　　他认定那个男人就是他自己，就是自己走失的神灵。他毫不犹豫冲进去，在无边无际的黑暗里摸索，那道窗帘所掩遮的跟旷野一样遥远一样荒凉，他的手上下抓挠，疲惫不堪，最艰难的长途跋涉也顶不上这一瞬间的劳累。疲倦的手掌终于停在女人身上。那时，他一点儿也没感觉到女人的异常，他急切要做的就是抓回走失的神灵，让它与肉体重逢，浑然一体。男人走神是很丢人的事情，他怎么能松手呢？疲倦的手又冲动起来，女人的身体一点儿一点儿软下去，软成一股湍急的涡流，他深深扎下去，直到那活鱼般的神灵回到他疲累的身上。女人点亮蜡烛，没有责怪他的意思。

　　"你就这么一个人待在里边，一直待下去。"

"拉一道帘子，就把世界的喧嚣和吵闹堵住了，留在里边的全是世界的清静和安谧。"

他竟然要女人解释他们同床的事情，那也是人世最大的喧嚣和骚动。女人很勉强地告诉他："再弱的人也能固守自己的心灵。"

女人固执得让人难以理解。

他心一横，要教训教训这个娘儿们。他离开屋子的时候，一点儿也没感觉到这将是故事最悲惨的一幕。女人一直望着他，那潮湿的眼睛把他的背影都打湿了；他一点儿感觉都没有，他沉醉在他疯狂的报复计划里。

这回他可没走神，想了整整一天也不累，神情亢奋、手脚麻利，该准备的都准备妥了。早早睡足了觉，一直睡到后半夜。街上空荡荡，家家都关了窗户拉了窗帘，就那女人的窗帘是收起来的，夜幕可以进入她的卧室，她对黑夜是放心的。夜幕猛然一沉，说明天要亮了。

他一跃一跃，像高草里的狼，三蹦两蹦跳到女人窗下。他用尖嘴钳取下一块玻璃，另一只手急不可待窜进去抓住金丝绒窗帘，绵绒温乎乎跟鸽子一样。他用自己的绳子拴住窗帘的绳子。他唯一担心的就是那块玻璃，窗户有八块玻璃，少一块是看不见的。

他的全部希望放在女人的粗心大意上。

他躲在正对面一间草棚里，细尼龙绳的一端攥在他手里，另一端拴在女人的窗帘上，跟抗战时的游击队一样，他拉响的将是一颗冲天的响雷。

天很容易就亮了，他手里的绳子跳了一下，那是女人在屋里拉窗帘。天光纯净，还未受太阳浸染，女人就把外界拒绝了。

太阳那么肥胖，笨手笨脚往前挪动，活像个大狗熊。绝望的女人会待在屋里，她们拒绝诱惑也拒绝世界。令人吃惊的是他的目光在太阳升起来的时候穿透了窗帘，屋里的一切全都明亮起来，那绝不是太阳的亮光，也不会是女人自己的。

那一定是他自己的生命之光，神不知鬼不觉地离开他，去到女人身边。这究竟意味着什么？

容不得他细想，女人就起床了，被窝里的热气他都能感觉到。女人站在地板上，她的睡衣黑底金花，女人一下一下抖自己的黑发，袖口很宽，可以看到她白净的胳膊肘，她的脸是清瘦的，身腰却很丰满。那都是他很熟悉的地方，他的激情倾泻在那里，她的衣裙她的头发她的腿和胸脯全都成了他生命的符号，她整个人就是一个大符号，她所讲述的那个故事正是他自己，她把那个了不起的男人放在古代，搁置在远离尘嚣的荒原，就是为了他神灵安宁。他已经感觉到了，那走失的神灵在屋子里边。

故事注定要走向那悲惨的一幕。手把窗帘拉开了，就像揭开了人的天灵盖，女人的惊叫和他的呼喊同时爆发，他一下子傻眼了。从太阳深处所涌出的洪流带着啸音势不可当冲了进去，女人被那迅猛的气浪冲翻在床，两条白晃晃的长腿曲过头顶，臀部圆到极限跟太阳迎面相逢；阿尔泰的太阳从来没有这么剽悍过，它扑到女人身上，就像发怒的老虎，把自己和女人全都烧着了，烧成了明亮的大火。直到这一天，他才明白门是不能随便打开的。

女人对什么都无所谓了。她拉下窗帘，冷冷地看他，看了好长时间，然后把窗帘改做成裙子，在大街上走动，接受男人们的邀请，跟他们打情骂俏，什么都无所谓了。

天 尽 头

　　他穿过原野回家。他还看不见家，连村庄也看不见。原野向远方伸展，远方有树的影子，村庄就在树底下。他时快时慢，他可以感觉到大地在扩展，他一脚踏下去，大地就跟水一样漫开了。他一脚一脚地走，大地不断地扩展，大地越扩越大。大地就是大，你一点儿办法都没有。你还得走，老天爷给你一双腿就是让你走，痛痛快快地走。

　　他爱走。每走一下，就能感觉到脚从地底下拔出来，又踏进去，大地一张一合，他的腿一起一伏。走着走着就不像在走，像骑在大地的脊背上让大地驮着走。一起一伏，这么大幅度的起伏，绝不是腿，腿没有这么舒服，腿被大地吞下去吐出来。腿就像噙在大地嘴里的一块糖，大地馋他。他知道大地馋他。他感觉到这一点儿时，他就空人出来，他不骑马，他带一双腿，连同腿上的脚，往野地里一站，大地就抖一下，牧草就像好看的鬃毛一样发出一阵窸窣声。窸窣声传得很远，好像在奔走相告，有一双腿要伸过来了。他昂然伸出腿脚，他一下一下伸过去。大地就开始动起来。大地在他的脚下越来越大。

　　大地高起来又落下去，一大片空地留在他身后。留出的空地越来越多，就像女人的长裙子，长长地拖在身后。男人不穿裙子，可男人要拖这么大的一块地，辽阔而空旷的大地从他脊背溜下来，他的脊背就是一面坡。长长的斜坡在旷野里是看不见的。走远以后，你才能感觉到大地高起来了。大地跟一头熊一样缓缓地爬起来，雄壮结实而宽阔，你的步子也会慢下来。你的背很宽很结实，你的背一晃一晃。上坡的时候，坡也是这么一晃一晃，把坡上的牲畜和人晃上去，坡就安静下来，坡平坦坦地躺下。

他回过头，坡刚躺下去一半，坡的半个身子在往下倾斜。他无声地张张嘴，他喊不出什么词儿，他还是把嘴张开了。他闭上嘴，坡也就躺下了。坡躺下显得特别大，把地都占满了。从远方伸展过来的大地几乎全压在平缓辽阔的长坡底下，已经挨上他的脚面了。他退后一步，再退一步，他感觉到这面大坡还没有伸展开手脚，它蜷缩在地上。让结实而宽阔的坡缩在地上，是不可思议的事情。他转身就走。他在给坡挪地方。

他还得找一个大一点儿的地方，让坡的脚伸过去。他喜欢自己的脚，他就想到坡的脚。

在长坡下边，牧草和树木遮住了沙石，牧草和树木，还有亮闪闪的河流裹住了长坡的双脚。从树木到草地到河流，就像一双高筒靴子，打上油，亮晃晃地穿在坡的脚上。

他已经走到坡底下了。

他眼前是一片绿色原野。

村庄还没有出现，已经出现庄稼的影子——高草的缝隙里有麦子在轻轻晃动，麦子还绿着。麦田中有粗大的榆树和柳树，榆树绿油油的，柳树一身灰白。

村庄悄悄地从他身边过去了。他望着村庄遥远的影子很吃惊。村里的人都在村子里住着，村子就像一个小土墩。大地只是在那里挺一下胸，那里就突出这么一个小土墩。大地总是在草木茂盛的地方展示她丰满的胸脯。大地是羞涩的，可在草木的遮掩下她的胆子就大起来了，她喜欢这个宽大而高雅的绿色衣裳，在自己的衣服里活动自己美妙的身体有什么不可以？还有什么能比树林和牧草更好？越过荒漠，大地找到了她喜欢的衣裳，大地就挺起胸，大地一下子把她的胸脯露出来了，在树林的空地上，大地金色的肉体闪闪发亮。大地惊呆了，她再也掩饰不住了。

村庄就卧在大地的胸口，村庄小而结实，完全是正在发育中的少女的乳房，有一股甜蜜的气息在空气中窜动。

这是他在村庄里不可能闻到的。他悄悄地走远，在辽阔的天空下，从远处看他的村庄，许多房子消失了，只能看到一栋房子，蓝铁皮门，四四方方的红砖墙壁，平顶，顶上是一层干土。他只看到这一栋房子。村里都是这种房子，它们都紧挨着这栋房子。就像大地美妙的胸脯，在胸脯后边紧挨着连绵不断的好东西。他只能看到大地很小的一部分。他从来没有这么看过他的村庄。他就住在大地的胸口，他长到 20 岁正是想入非非的年龄，他就从村庄身边悄悄走过去，走到辽远的天空下，痴呆呆地看这美妙的一幕。

顺着大地的胸口他往上看，他想看大地的面孔。他的目光一下子到了天上，他看到蓝天里的太阳，太阳在辽阔天空的草原就像一匹骏马一样，漂亮的脑袋垂在草丛里。太阳是羞涩的，丰满明亮红扑扑——在村庄的上空，大地的面孔就这么生动。太阳长在大地的脖子上。那就是大地的脖子，树林里颀长的白杨树银光闪闪直插蓝天。

他倒退着走。他一动不动地看着大地从村庄挺起胸，在蓝天里露出太阳的面孔。

他倒退着走了很久，他心里充满甜蜜的感觉。后来他转过身，太阳就到他后边，他后边很亮，大片大片的亮光跟着他，亮光越来越多，跟一条宽阔的大河似的。那太阳河是流向他的。

我是大地胸脯哺育大的。

他对自己说。他的心就跳起来。其实心一直在跳，他没注意。好多事情他都没注意，它们在他的漫不经心里熄灭或消失。心跳是无法熄灭无法消失的，心跳不在乎他的漫不经心。也正是在他的漫不经心中，心跳的隆隆响声从远方而来。

他奔上低矮的山冈。所谓山冈，也仅仅是平川上边的台阶，站在那台阶上，可以俯视辽阔的大野。他手搭额头，他跷起脚尖，他脖子伸得像雁，他的眼窝一点儿一点儿深下去，眼瞳缩成强烈的光点，很锋利地穿过蓝色的大气，搜寻远方的影子。他已经听到隆隆的响声，他猜想那一定是辆车子，是那种铁轮马车，只有铁轮子才能在大地上碾出这么雄壮的隆隆声。隆隆声慢下来，车轮在爬坡，坡度不大，但可以使车轮减速。这并不影响声音的雄壮。他在缓慢而雄壮的车轮声中听出一种特别的东西，坚硬而诚朴，他眼前闪过一排排树，那些树弯曲成一个圆，树干在轴心里旋转。他差点叫起来，那是木轮大车，只有那些威风凛凛的树才能使大地发出豪迈的歌声。

他在台阶上跑起来。他看见金黄的轮辐，他看见亮闪闪的车辕，车辕中间窜动的骏马。骏马的蹄子一下一下踩下去，那带着铁掌的大蹄子轻盈自如，像乐师拍打手鼓一样，亲切地拍打着辽阔的大地，大地发出清脆的鼓声。

他听到的确实是鼓声。他停止奔跑，他慢慢地走着，猫着腰，轻手轻脚，像在抓一只鸟，他的手高度警觉。他已经感觉到大地的鼓声到了他跟前，他要抓获这声音。他的手因激动而发抖，他的瞳子闪裂成五角星，他的筋肉抽动起来，他停下来，他站了很久。当他平静下来的时候，那鼓声已经进入他的心脏，鼓声在敲击他的心脏。

他听见他的胸口隆隆响。心脏把胸骨都敲疼了，心脏跟烈马一样。

他感觉到耳朵尖起来，耳朵在空气中捕捉到自己的心跳。

那是他第一次听自己的心跳，从原野深处滚滚而来的心跳。

耳朵一下子大起来，耳朵就像个大喇叭，耳朵贴在蓝天上，耳朵听见蓝天的心跳。太阳一跃一跃。他的眼睛也贴在天上了，太阳在眼睛里也是一跃一跃地动。

他的耳朵在高空倾听自己，他听见自己缓缓的走动声，他从来没有这么轻手轻脚走过路。他跟风一样，跟轻轻弹跳的风一样，在草尖上晃动，草尖闪闪发亮风就成了光。白蒙蒙的光是他的脚步吗？他所听到的自己就这么轻飘。

他的眼睛不由得深邃起来，他的眼睛往高远的苍穹里缩。眼睛放出强光的时候，眼睛就会缩小。眼睛一点儿一点儿往高空深处缩，天空越来越高，在眼睛划过的地方，蓝天显出青色。蓝天开始涌动，往深色区域涌动，天空全成了深色。那都是眼睛凝视出来的。他仰望着苍穹，一动不动。在他的凝望里，天空成了一个深洞。他不知道那洞里有什么。他不知道他为什么要看着这个洞。

他的眼睛在洞里，他这么看着他感到很吃力，他知道他离自己的眼睛越来越远。我不会变成瞎子吧？

他小声说着，他心里大喊一声，可他说出来的话还是轻的。他怎么能对天空大声说话呢？可他担心他会失明。他已经看不到周围的一切了。太阳那么大那么亮，不顶用，他看不见周围任何东西。他的眼睛太遥远了。他小声说：我不会失明吧？他朝天空举起双手，在他手指触摸到的地方闪出一个光点，他的手不停地抠那里，光点越来越大，天空越来越蓝，天空有一种巨大的亲切，像对着他呵气。他女人对他这么呵过气。那时女人是个丫头，他们一起干活，拖拉机坏了，他躺在地上修理，丫头给他递扳手、螺丝，丫头的呼吸就喷到他脸上。丫头不知道，他也不知道，他的手知道。手突然灵巧起来，三弄两弄机器突突燃烧起来。那天他的手特别好使，机器威猛而乖觉，就像他身体的一部分，他的身子在延长跟铧犁一起扎进大地，他心里说："再深些。"铧尖一下子深到泥土最肥沃的地方，把美妙细腻的地方翻上来，大地的波涛在他身后翻卷滚动，泥土的气浪一波接一波扑打他的后背。他忍不住从座位上站起来，拖拉机奔驰着，他朝后张望，他看见丫头坐在林带与人说笑，嘴张得很大，丫头的笑声有一股豪气。他感觉到这种豪气，他心里涌起一种甜蜜，他不停地看拖拉机下边的泥土的波浪，他心里涌起更壮观更汹涌的波浪。他胸口一点儿一点儿在扩大，他一下子感觉到自己的厚实和辽阔。他的手臂伸过去，大幅度地伸过去，拉一下操纵杆，他身后那排锋利的铁铧高高扬起来，就像蓝天里的两排战斗机群，紧随他身后；再拉一下，铁铧进入大地，在泥土里呼啸飞翔。

他在泥土的呼啸声中沉静下来。

他再次碰到那个丫头时，那种清爽而汹涌的气息迎面扑来，就像走进大森林。丫头的周围是正在成熟的庄稼和瓜果，它们来自大地，却比大地更浑圆更感人。丫头跟他点个头就走远了，而丰饶的田野越来越宽阔，好像大地下边安装了履带，大地就像一辆巨大坦克，在蓝天下缓缓滚动。原野上除过田禾和树木，看不到人影，蓝天把整个面孔贴近大地，蓝天那么亲切，蓝天的呼吸有一种温柔的甜蜜，他连抬头看的勇气都没有。真不知道他是如何把拖拉机开向原野的。他还记得一排排银光闪闪的铧犁切开大地，切出迅猛的波涛。他抓一下胸口。蓝天的脸庞离他更近了。我的手是铁铧吗？他举起手仔细看着，他在蓝天的面庞上摸一下，就像摸刚生下来的羊羔，水汪汪的羊羔会让男人颤抖抽筋的，他接过羊羔，他抽过筋。他可能适应了这种娇嫩，他触摸蓝天的脸庞时心里一声呐喊，手颤抖起来，他没有抽筋。他的手可以搁在蓝天上了。

后来他回忆这一幕，他自己把自己感动了。他一直认为他触摸到天空的地方就是人们所说的天尽头。当时他站在高地的边缘上，脚下是悬崖。他不知道悬崖的存在，他一直在平坦的原野行走，他往家里走，他没想到走这么远。中亚腹地的悬崖都是猛然出现的。所以，蓝天一下子把脸贴近悬崖上的他。可以想象他当时的姿势，孤身一人兀立荒原，面向蓝天，蓝天几乎贴上他，他高举双手，就像站贴在巨大的墙壁前，他贴在蓝天上。他的手指不由自主地划动，指尖竟然划出一个个光点，光点在他嘴边一闪一闪，就像他要亲吻蓝天似的。其实他紧闭着双唇，他凝神屏息，注视着手指的动作，像在修理一个钟表，从天空深处取一个零件，一个闪闪发亮的零件。他跟一个孩子一样专心。他的另一只手紧紧抱着蓝天，这只手在划啊掏啊，掏里边的宝贝。

光点开始变蓝，比蓝天更明亮的一颗一颗星星被他掏出来，它们跟鸟儿一样从巢穴里钻出来，就滑向辽阔的天空，好像天空是一棵树，出巢的星星悄悄地卧在枝上。

太阳眼睁睁看着星星在它眼皮底下亮起来，太阳惊讶万分，但太阳依然放射光芒。太阳的光芒遮不住星星的光芒，星星的光芒是蓝色的，是纯粹的天空色彩。

这该不是梦吧？他一遍又一遍问自己，可他的手不停，直到星星布满天空，把太阳紧紧围住，就像太阳穿了一件缀满钻石的华美的衣服。他的手伸下去，把里边摸一遍，确信没有遗忘一颗星星时他才把手伸出来。他拍拍手，他看看华美富丽的天空，他满心欢喜，他对自己说：这不是梦，这是我给你的呼吸，丫头，你给我呼吸，我应该给你呼吸，给你更大更好的呼吸。

他不知不觉中从悬崖下来了，悬崖上总有路。他不知道腿脚是如何找到这条路的，脚不会骗他，脚把他带到悬崖下边的草原上。

新的梦境开始了。这回他相信是梦，周围全是盛开的星星花，蓝色的星星花跟他从蓝天里掏出来的一模一样，蓝色的花瓣簇拥着金黄的花蕊，那是太阳的位置，每一朵星星花都有一轮金太阳。无数朵花、无数颗太阳遍布草原。

一种比蓝天更娇嫩的东西在他心头颤动。

一种比丫头的呼吸更甜蜜更温馨的东西弥漫在空气里。

他看看天，天比他想象的更高。

他看看远方，大地比他想象的更遥远。

他双膝落地，接着是躯体，最后是头，悠长的目光依然盘旋在草原上空，他整个人斜躺在草地上，他的眼瞳里飞出一颗一颗星星，像总攻前的信号弹，倏，倏，升上蓝天。

脐　　带

1

大多数人都从头开始，当然也有例外，比如皇帝，据说他们从脚开始。我凡夫俗子，不在例外之列。出生时我不会那么容易就范，我攥住骨盆不肯松手。妈妈休克数次，被我折腾得死去活来，危在旦夕，可她考虑的还是孩子，她告诉医生：小家伙不肯出来，他的手在使坏。

彼得罗夫医生医道高明，他完全懂得婴儿的小伎俩，他需要产妇的感觉。感觉是令人兴奋的，说明这个婴儿是个奇特的家伙。

彼得罗夫摁住我的脑袋，往里推一点儿，形成一个空隙，又慢慢旋转，我的小手被扒开了。可恶的彼得罗夫绝不给我喘息之机，他很有分寸地往外抻，同时吩咐我妈用劲再用劲。我失败了，被他们拖到一片空旷之中，我哇哇大哭，叫声凄惨。

彼得罗夫医生哈哈大笑："这是个了不起的家伙，他没出生就了解我们这个世界，我和王太太齐心协力赢了他。"

父亲不相信一个婴儿有如此能耐，他的夫人，也就是我的母亲给他证实了这一点儿："医生使了点计谋，要不他还抓住骨盆不肯松手。"父亲对这个满身胎液的小生命刮目相看。

他们高兴得太早啦，他们全都忽略了那根圆浑浑的脐带，按照他们以前的经验，婴儿落地就算完整。我不是省油的灯，我的脐带才是问题的关键。医生准备好剪刀，进行最后一项接生工作，妈妈突然惊慌起来："不要动剪！"医生说："消过毒的，不用怕，消过毒的。"医生不理母亲那一套，攥住脐带很认真很仔细，他这么做完全是给产妇看的，以他的医道，完全可以不用眼睛，凭感觉一剪刀完事。他那敏锐的感觉阻止了剪刀，他发现这根脐带很不寻常，不但供给婴儿营养，而且带有完整的神经网络。医生的嘴巴张得跟剪刀一样大。他慢慢退出屋子，像个发现了敌情的枪手。他对父亲说："脐带与你夫人连在一起，剪断的话，大人没事婴儿就会送命。"

"哪个娃娃不是这样，你还是医生呢！"

彼得罗夫医生给父亲讲人的神经功能："母亲理智上想让孩子生下来，可下意识里又不想让母子分离。"

"当然不能分离，我们生他是继香火的。"

"你们中国人总希望孩子全方位与自己连在一起，你们中国人都是带脐带生活的人。"

"别的孩子怎么就断了呢？"

"十年八载总要出现一个特例。"

"这么说让我给碰上了，我怎么听你讲的跟巫婆一样。"

"王先生，我讲的是科学，跟巫术不相干。"

他们束手无策，唯一能做的事情就是给我洗澡；洗净胎液，还要洗净那根粗壮的脐带。他们给我穿上衣裳，就是用带子系腰的那种，据说最古老的衣服就这样子。我又哭又闹，他们忽略了我的脐带，让它光溜溜露在外边，那是我身体的一部分，是万万不能随意暴露的。

我妈听懂了我的意思，婴儿的哭闹是一种讯号，除了我妈没人能听得懂。我妈叫人拿来柔软的绸子，很小心地裹住脐带，我才安静下来。

我妈能下床活动了，那是她产后第一次下床，我意识到某种危险，便报以响亮的哭声。我妈在床上待太久了，急于户外活动，她一挺身子站在地上，一下子把我拖到床沿，差点摔出去。我妈吓一跳，继而哈哈大笑，把我搂在怀里。显然她很喜欢这种样子：母子形影不离。

我贴到她身上了，她只能穿宽大的衣服，我在她衣服里占一个很大的位置。有时她累了，佣人来抱我就得跟她并坐一起，脐带的长度有限，不能抻得太紧。

最令母亲动心的是，我的一切跟她同步。她打哈欠我瞌睡，她醒我也醒，连开怀大笑忧愁烦恼都是一样的。也有尴尬的时候，她上厕所，我也正好火急火燎；我控制力极差，常常把屎尿拉她身上。

我妈在月子里没能恢复过来，父亲急得没办法，接姨妈来陪母亲，也不行，我们母子的起居习惯别人难以捉摸。父亲大叫："这小崽子，把你妈活活折腾死了。"我妈喜欢这样，我妈说这不叫折腾，这叫福气。

父亲着急没有用，他很快就发现：他的饮食起居吃喝拉撒跟婴儿也是同步的，当然包括喜怒哀乐。他很兴奋，一遍又一遍摸那根脐带。更让父亲惊喜的是他在外边做生意，遇事不顺心情不好，远在家里的婴儿就会哭闹起来。母亲马上就想到丈夫，丈夫进门，她就问出了什么事，再说些宽心话，丈夫喜欢的菜肴提早就准备好了。她告诉丈夫：知子莫如父，知父也莫如子啊。母亲把其中的缘故讲给丈夫听，丈夫擎着酒杯，对着幼小的婴孩流下热泪。

2

我张开嘴巴啊啊两声，表示我的欢欣。好几个月来，我的嘴巴一直哭声不断，突然出现的喜悦之声显得那么新鲜，所有的人都瞅着我，他们看清了我的嘴巴。那时我很丑，面孔模糊不清，脑袋大得不成比例。我跟世界的唯一联系就是嘴巴。我哭闹了好几个月，哭声已经不能表达我复杂的感情，于是嘴巴发出了一种新的声音。

那时我已经会吃奶了，我可以咂住我妈的乳头吸她的奶水，她很高兴。一切都是无意中发生的，我妈按照她以往的经验，一天要给我吃好几顿，有时我吃，有时拒食。医生诊断不出我有什么病，我发育很好很健康。我从他们的恐惑中觉察到什么，我给我妈一点儿恶作剧，我把奶水吸在嘴里又吐出来，弄湿了她的胸脯。我想看看她到底有多少奶水，我把她两只奶都咂瘪了。饥饿同时来到我们身上，我妈顾不上少奶奶的体面，大嚼大咽，炖猪蹄吃得山呼海啸，跟土匪一样，佣人们哧哧笑，我妈手拎猪蹄，瞪他们一眼，连骂人的工夫都没有，一块猪蹄筋堵在嘴里，需要她全力对付。

吃饱肚子，她等着乳房鼓起来。

更多的时候我拿嘴巴当玩具，佣人们给我喝水我就把嘴噘成喷头，喷得他们满脸开花。他们开始防备我这一手，他们小看了我的本领，一个省略了吃饭功能的嘴巴是相当厉害的，无论他们躲多么远，我喷出的水花总能射中目标。

他们议论纷纷，说我长大一定是个口是心非的家伙。好心人则把我看成未来的演说家外交家。他们的话有一定道理，我不到一岁就会叫爸爸妈妈，会说完整的句子。当然，嘴巴的功能不仅仅是说话，它还能亲吻。若干年后，我吻过不计其数的女人，我把她们都忘了，可她们对我的吻铭记在心，我的嘴就像印章，给她们的生命盖上独特的印记，谁也无法代替。

我的缺陷是明显的，尤其是作为一个中国人，生活在以饮食文化闻名全球的国度里，我这种嘴巴该有多么倒霉，那些山珍海味、满汉大席、清真手艺我全都无法受用，就像一个太监生活在如云的美女群中，我没那种欲望那种感觉。一个不能品尝美味佳肴的嘴巴，亲热起女人来该有多么可怕。跟我交往的第一个女人，在我的热吻中激动得晕过去了，她醒来后第一句话就是：你的嘴太剽悍了。她以奔马和鹰鹫比喻我这张嘴。在浓密的黑须下边，那张阔嘴线条分明，棱角锋利，跟刀子裁出来的一样，吻石头石头都会开裂。

我交往的女人当中不乏出类拔萃的人物，白俄女人说我的嘴巴是为下一个世纪准备的。她们去过伦敦巴黎，接触过各种现代艺术。现代艺术追求的就是人类的先锋意识，人体的各个部位都将体现出生命的辉煌和美。跟这些具有高度艺术修养的女士亲热，才能体验到人生的乐趣，她们总是把你提高到一个新的高度。我也不拒绝草原少女，跟她们在一起，我就得骑上骏马，穿越荒漠，到草原深处，或一片清澈的海子边，或河湾地带，她们会把你当作高贵的部落酋长，让你回到古朴的人类之初。

我的嘴巴是最现代的也是最古典的。我为我的嘴巴感到自豪。

我不吃饭不等于我不吸收，通过脐带从母亲那里供给我一切。这样我就避免了所有人的困惑和尴尬，人类的嘴巴总是与肛门相连的，一个地方最文明的建筑不是官衙戏院而是厨房厕所，肠胃把嘴巴与肛门连在一起，使人本身处于一个可笑的境地。那都是人脱离母体的结果，自由是要付出代价的。我那根脐带使嘴巴跟肛门处于决裂的状态，嘴巴没有生存之忧，便无求于肛门，也远离了污秽与丑陋。什么是高贵？这就是高贵。对于我，肛门成了多余的东西。

没有后臀的人类会是什么样子？反正我已经没有了。

3

　　那个白俄医生彼得罗夫来找我爸，要给我做切割手术，我爸我妈沉醉于天伦之乐不怎么理会这个洋医生。

　　洋医生说："你们中国人真不可思议，生孩子却不让孩子离开母体。"

　　爸爸说："我们中国人讲的就是这个，三世同堂四世同堂，康熙皇帝还给多子多孙的江南绅士题写匾额。在我们老家陕西，全家人吃一锅汤，吃了倒，倒了吃，全家人声气相通。"

　　洋医生说："这里是边陲地区，你应该接受我们俄国人的东西，比如我们的科学。"爸爸那颗高傲的心依然在九霄云外。洋医生很有耐心："王先生，实话告诉你，你的儿子只有嘴巴和肛门，其他器官形同虚设，再这样下去就会变成废人。"我爸我妈面面相觑。洋医生制作了一个母体模拟装置，可以接在我的脐带上："由孩子自己携带，他可以离开母亲，自由自在。当然，他的自由很有限。说句实话，他是带着枷锁的自由人，跟犯人差不多。"

　　那个模拟装置有枕头那么大，形状跟人差不多。

　　我爸见多识广，捏着下巴自己跟自己说话："这玩意儿简直就像人的影子，带着影子怎么成呢，影子是人的鬼魂呀。"父亲打个激灵，对洋医生说："你怎么能把我儿子的鬼魂引出来，这太不吉利了，你这是折人的阳寿。"洋医生说："这是我花三年心血研制的，这是个科学装置，不是鬼魂，在做手术之前，它属于我不属于你儿子。"洋医生打开盖子让我爸看："这是加工食物的，是个小厨房。"

　　我爸把这个小厨房里里外外摸好几遍，对小厨房这个叫法很感兴趣，他终于下决心做手术。

脐带从母亲那头切开，接在模拟装置上。母亲终于解脱了，她和儿子捆在一起整整五年，她的腿都弯了，走路打摆子跟鸭子一样。

洋医生做了示范，把鸡蛋牛奶黄油兑在一起，搅匀，洒上橄榄油，倒进模拟装置。

我妈说："这是生的，孩子吃了要拉肚子。"

"它不是人，它不吃熟食。"医生告诉大家，在不锈钢壳里的是一只小旱獭。他给旱獭做了截肢手术，只保留它的躯体，主要是消化系统。也就是说这个装置是活的，能吃但不能动。洋医生培制三年才完成这个装置："就像你们中国人栽盆景，把一棵很大的树缩小，装在盆子里，你们中国人都是培育植物的天才，对动物就差远了。"

把畜类与儿子连在一起，父亲很难接受这个现实。

洋医生说："这有什么关系呢？你们中国人的十二生肖不都是动物吗，动物的生命力比人强得多，我本想在十二生肖里挑一种动物，可你儿子出生在塔城，塔城最出色的动物是旱獭，塔尔巴哈台就是旱獭的意思，把它跟你儿子连在一起，声气相通，成活率高，保险系数大。"洋医生说得头头是道，父亲只有点头的份儿："我发现你们俄罗斯人就是不一样，我跟英国人法国人日本人打过交道，他们根本不了解中国。"洋医生说："我们是邻居，容易沟通。"

父亲完全认可了这个笼子里的小动物："嘿嘿，我儿子的厨房。"

洋医生说："你们中国人把老婆叫做饭的，女人就是厨房么。"

两个男人哈哈大笑。

洋医生被奉为贵宾，我妈亲自下厨。酒过三巡，洋医生说："只有王先生这种家庭才能负担起这个模拟装置。"父亲说："我王某算不上塔城首富，可钱还是有几个。"陪宴的都是塔城的头面人物，父亲要给他们开眼："这小玩意儿每月三根高丽参，其他鸡鸭鱼鹅燕窝就不说了。"

客人们说："咱们挣钱为什么，不就是为儿孙吗？"

洋医生说："你们挣钱为儿孙，儿孙怎么办？"

大家笑："他们坐享其成，吃现成饭。"

洋医生大惑不解："那他们活着有什么意思？"

洋医生看着我，那时我刚学会走路，佣人抱着我的命根子——人体模拟装置，我们坐在女眷席上。洋医生朝我举举酒杯，他的眼神那么忧伤，还有他的夹鼻眼镜山羊胡子。那时我就知道我是个不幸的孩子。

客人们都是些爱国分子，他们有必要在俄国人眼前显示一下中国的伟大。他们给洋医生介绍中国的历史、中国的文化和了不起的成就。无论哪一样都能跟他们自己联系在一起，这就使他们有了分量，最后的话题还是落在荫庇子孙上。

洋医生笑："一碗饭可以吃几百年，中国人真了不起。"

"彼得罗夫先生也了不起，造这么一个小匣子，把什么问题都解决了。"

洋医生很谦虚，他把这些也归功于中国文明。大家筷子悬在半空，愿听其详。洋医生说："中国有一部伟大的小说《石头记》，主人公贾宝玉就戴一块白石头，说是他的命根子。"

大家议论纷纷："俄罗斯人看过《红楼梦》？"

洋医生说："十八世纪中叶，俄国商人就从北京带回这部小说的手抄本，跟贵国最珍贵的版本一模一样，我读的就是这个版本。我从贾宝玉那块玉石得到启示，成功地改造了旱獭，把它移植到孩子身上。"

大家感慨万千："王掌柜的公子果然是宝玉再世。"

我妈上过洋学堂，本想亲自教育儿子，想到彼得罗夫先生的好处，尤其是他渊博的学识，我妈只好放弃对我的教育权，请彼得罗夫先生担任我的家庭教师。父亲也认为这是个好主意，彼得罗夫先生出身贵族，一般人请不起。

彼得罗夫先生走到我跟前，郑重其事地握住我的手："孩子，上帝保佑你站起来，明天你就可以使用双腿，男人的智慧和勇气全在腿上。"

那是我听到的最好的祝愿，漫漫长夜过去了，太阳升起来，我朝大地伸出我的腿……

4

我摇摇晃晃，双臂前后甩好几下，我终于挺立在大地上。上边是天，下边是地，人就在中间站着，佣人抱着我的模拟装置，少爷少爷叫个不停，我在细心体会站立的感觉，然后迈动右腿，迈动左腿。我走到院子里，走到大院门口，我没力气再走动了，我扶着门框，看外边的世界，看来往的行人。套着两匹马的六根棍车，上边铺着毛毯，坐着绅士，车轮转动，有弹簧在下边，乘坐的人上下颠晃很舒服。车轮越滚越远，我又看见了骑着骏马的蒙古人，他的腿像两根铁柱，箍在马腹上，黑亮的皮靴上插一把刀子，刀柄露在外边像个结实的铆钉，把骑手的腿与骏马铆在一起。我对佣人说："蒙古人有这么多腿。"佣人说："下边是马腿，他让马替他跑。"我蹲下摸我的腿，我对佣人说："我想骑马。"

"少爷你太小。"

"孩子不能骑吗？"

"你是汉族，蒙古人哈萨克人的小孩才能骑马。"

"当汉人没意思，我要当蒙古人。"

"老爷是汉人，你就当不成蒙古人。"

"这么难啊！"

"是很难，少爷。"

我看见彼得罗夫先生，他从街角那边走过来。他一直在观察我，他的腿那么长，步态轻盈潇洒，棕色皮鞋擦得很亮。我说："你的腿跟骏马一样。"彼得罗夫先生笑着拥抱我："孩子，走路是人生的第一课，先学会用腿，用脑袋应该在最后。"

"可我已经先用脑袋了。"

"那就让它缓一缓，我们先用腿。"彼得罗夫先生对佣人说，"不要约束他，他想去哪就去哪。"

佣人说："他跑过国境线我也要跟去吗？"

"跑得越远越好，如果你要限制他或者偷懒，我就对你不客气。"

我随心所欲，四处乱走，哪都想去哪都去不成。我问佣人："我们去哪？"佣人说："洋先生叫你使唤腿，只要用腿就行。"我随便走进一条胡同，新疆城镇没死胡同，怎么走都能出去，七走八走竟然走到父亲的中药铺。伙计们招呼我们进去坐，佣人说："你们忙吧，这是洋先生布置的作业，不敢乱来。"伙计们说："什么洋先生，肯定是老爷的主意，少爷来认认门，将来好接班。"

离开中药铺往前走，是一片热闹的巴扎，佣人想在这里看热闹，我却没这个心思，我不知不觉中有了目标。佣人跟在我后边嘟嘟囔囔，很快就不嘟囔了："少爷你看，那是我们的商店。""老爷不是开中药铺吗？""老爷的产业大着呢，有药铺、商店、旅馆和饭庄。"佣人带我到柜台上，有糖果、有玩具，全是新鲜玩意儿。我眼花缭乱，不知要哪个好。佣人说："全是你家的，少爷你高兴哪个就是哪个。"伙计们说："老三你老实点，我们全记你账上。"佣人根本不理他们这一套，帮我挑了豆豆糖、山楂糕和蜜饯。

离开商店，四下瞅瞅，我已经没有目标了。我径直朝饭庄走去，一直上到二楼雅座。父亲正陪客人吃酒呢，见到我不由一愣。佣人说："少爷了不得呀，第一次出来，走的全是熟路，全是咱们的摊点。"父亲不大相信："你想讨老爷我高兴吧，少爷明明是你领来的。"

"他自己走，我在后边跟着，不信你问。"

我向父亲证明佣人没说谎话，父亲吁了一声，客人们听明白了："王掌柜好福气，子承父业天经地义，少爷认你的足迹认得这么准。"客人们让我在满桌碗筷中找出父亲用过的。我沿饭桌转一周，挑出父亲的碗筷。客人们齐声叫好，有人拿我跟西藏的转世灵童相比，父亲摆摆手："那是藏人的习惯，咱汉人不信这个。"

"藏人汉人都信佛，蒙古也信，塔城就是蒙古老汗王的地方么，少爷肯定得到了佛祖的保佑。"

彼得罗夫先生对我说："你是个中国人，只能在你父亲的影子里学走路，等你走出父亲的影子，双腿才真正属于你。"

"它长在我身上呀。"

"腿都是一样的，关键是走出的路。"

佣人把父亲每天的行止路线给我讲一遍。我朝父亲的相反的方向走，我的头马上晕起来。五脏六腑翻江倒海，我蹲路边哇哇大吐，连胃液都吐出来了。佣人说："少爷你这是何苦？你的命都是老爷太太的，腿能听你使唤吗？"

我挣扎着总算走到头了。

佣人说："你仔细看，这是啥地方？"竟然是我们家开的旅店，佣人冷笑："少爷你太天真了，你不过换个方向，多拐几个弯，最后还得回到老地方。"佣人把这些全告诉父亲，父亲很生气："走走路用用腿可以，我走过的地方又不是刀山火海，能亏了你！"我从佣人手里接过模拟装置，告诉他："你干别的去吧，我不要你这个狗尾巴。"

"我也不想当你的跟屁虫。"

佣人下厨房烧火去了。

父亲说："你这么顽皮，哪个佣人敢伺候你？"

"我自己有手，我伺候我自己。"

我提着模拟装置，像个出门旅行的人，我在塔城街上转一圈。我父亲在这里经商多年，他的足迹遍布大街小巷，无论我怎么走，也走不出他的范围。

我来到郊野，北边是塔尔巴哈台山，南边是额敏河，一直流到俄国流到阿拉湖，河水给人的印象竟然是从低往高流。彼得罗夫先生告诉我：这是地势的缘故，相对高度低，而绝对高度高，人的眼睛只能看到相对高度。我问彼得罗夫先生：怎样才能看到绝对高度？

"用测量仪器可以测出来。"

我急不可待，非要这个东西不可，我要亲眼看看这个隐秘在人眼之外的高度。

"只要有勇气你就会看到。"

"为什么现在不要我看？"

"你刚开始使用腿，你的眼睛还在父母的影子里。"

"他们能遮住仪器吗？"

"你不是说科学很厉害吗？"

"科学也有不厉害的时候。"

"它什么时候厉害？"

"在一定的背景下它们才发挥作用。"

后来彼得罗夫先生让我使用望远镜，我从塔尔巴哈台山一直看到俄罗斯，连绵的群山波涛汹涌，在遥远的山脊上，有一条渐渐升高的曲线，那就是大地真实的面孔。彼得罗夫先生很早就拥有望远镜，他请我原谅："跟你们中国人打交道，再好的东西也要看时机，时机不成熟，往往适得其反。"

5

眼睛只有在望远镜里才能看到新鲜的东西。我用它看鸟儿，看羊群，看草地上的骏马和山坡上的野玫瑰。这座建在国境线上的小城有种种奇异的美，令人惊奇的是离开望远镜这些美就不存在了。

彼得罗夫先生说："你父亲很早就来这里经商，塔城的山山水水他已经司空见惯，不新鲜了。从你幼小的眼睛里射出去的是一个中年人迟钝的目光，只有拉开距离，用镜片过滤，世界才会陌生，才会生动。"

任何过滤后的东西都是令人遗憾的。彼得罗夫先生的神态告诉了我这一点儿。他不说透是为了给我勇气。

我不能到玫瑰花跟前去，我怕我的目光直接落到花瓣上，使它们凋落；我不能直视一匹骏马，它们的步态是变幻莫测的，任何过于圆熟的目光都会损害它们的神韵。我甚至不能看中亚荒原的太阳，它会在我的目光中苍老。

有一天我在家里举起望远镜，朝我妈看一下，父亲怒不可遢，差点摔了望远镜："你这小畜生，你要干什么？你不认识你妈？还用这个破玩意儿！"

"我要用自己的眼睛看你们。"

"你又不是瞎子，你有的是眼睛。"

"眼睛是我的，里边的光不是我的。"

"不是你的是谁的？"

"反正不是我的。"

"这样下去不得了，这小畜生就不认我们了！"

父亲当机立断，辞退彼得罗夫先生。当然父亲很客气，理由很充足，要让儿子读国文，等儿子有了国文基础要学洋文的时候，一定聘请彼得罗夫先生。彼得罗夫先生用他那双忧郁的眼睛看着我，吻我的额头，跟我握手，我要他的夹鼻眼镜，他笑了："孩子，你要是近视眼就好了。"

"我喜欢戴眼镜。"

"那是疾病状态。"

"患病我也要。"

"送你望远镜吧，孩子的眼睛应该在这里头。"

彼得罗夫先生对爸爸说："他是这座城里唯一有眼睛的孩子，请你不要没收他的望远镜。"父亲保证遵守诺言，让我拥有望远镜。

我给彼得罗夫先生表演一个节目，我用手帕蒙住眼睛，带着那个模拟装置，在黑暗中摸索前进。我走得很从容很熟练，上房下房挨个走一遍，最后走到爸爸跟前。我妈说："你这淘气鬼，这是瞎子捉迷藏呀。"

"妈妈你错了，这是驴子拉磨。"

爸爸大吃一惊，佣人们全都吃惊了。

彼得罗夫先生很难受："孩子你什么都知道，这个世界不该对你隐瞒什么。"

"我刚刚开始，我有了腿有了眼睛。"

"有这些已经不错了。"

"手呢，手跟腿一样重要，你还没教我用手呢！"

"孩子，你不可能拥有手，手是不可教的。"

"你骗我，腿能走路，手就一定能做事。"

彼得罗夫先生沉默了，他望着我父亲，父亲满脸迷惑，这对父亲来说是不可思议的。

耳朵是我的，里边的声音是谁的?

鼻子是我的，里边的气息是谁的?

喉咙是我的，里边的呼吸是谁的?

6

私塾先生被父亲请到家里，老先生戴一副很奇怪的眼镜，我问他为什么不戴夹鼻眼镜? 他咧嘴笑："那是俄国人戴的，我这副是石头镜。"

"《石头记》里的石头镜吗? "

"贾宝玉不戴眼镜呀! 他跟前全是漂亮丫头，用不着戴眼镜。"

老先生让我看他的宝贝眼镜，拿到户外，里边竟然有 12 个太阳，真正的太阳只有一个，他竟然收藏 11 颗假太阳，对着这个世界晃来晃去。我直言相告："师傅你看到的世界肯定是假的。"老先生说："这就是读书的妙处，读了书，你的眼睛就能看到别人看不到的东西，也避免了你不该看的东西，退进自若，保护自己。"

我取出望远镜朝他看一下，他的五官全不见了，只有两片玻璃贴在他的瘦脸上。

我不相信他能讲出世界的真理。

我问他：耳朵里有什么，他翻开书页，咽唾沫润嗓子，在他读出声音之前，我用火柴棍掏出耳朵里的东西叫他看，他竟然把黄灿灿的耳屎搓在手里搓没了。

我问他鼻子里有什么，他不翻书了，他用手挖鼻孔挖出一小块黑垢。我说："你聪明过头了，鼻子里是这个。"我长长地喷一股气，那是从小腹经丹田喷出来的。当我问他喉咙里有什么时，他既不翻书，也不咽唾沫，茫然不知所措。我对他啊啊了两声，把他吓坏了，他夹上书，摇摇晃晃找我父亲去了。

父亲给他钱打发他走，这是我们爷儿俩的对话，父亲不再强迫我而是恳求我："你将来要继承家业，不读书怎么成？"

"我对家业不感兴趣。"我朝他伸出我的手，"我要这个，书里有吗？"

"读书就是为了做事，用的就是手。"

"那不是我用，是书在用，是我不认识的东西在用我的手，跟假肢一样。"

"不知彼得罗夫给你灌了什么迷魂汤，你快成疯子了。"

我妈要送我上学，我妈相信学校能改变我。

那时盛世才将军统治新疆，战乱结束，新政府开始兴办文教事业，塔城成立新式中小学。

父亲是新政府的支持者，他得意扬扬告诉我："这回你不上也得上，盛督办会收拾你小崽子。"我妈给我准备好漂亮的校服书包。我比其他学生多一个包，我妈把我的命根子——人体模拟装置缝在一个好看的包里，挎在腰间，像个大矿灯。

同学们说："你有两个包，你肯定比别人聪明。"

我不怎么听课，可我的成绩一直名列前茅。老师感到吃惊，他们反复查看我的人体模拟装置，他们断定我的智商有一半靠这个。

"你的脑容量比别人大一倍，你要加紧努力，报效盛督办，建设新边疆。"

越是枯燥的内容我越感兴趣，政治课讲解盛督办的六大政策，我一遍就记住了。

在父亲的谈话里，盛督办要比新疆以前的督办杨树增、金树仁他们高明得多。

学校的青年教员大都是新疆学院毕业的，都是盛督办六大政策的忠实信徒。他们一定能解决彼得罗夫先生解决不了的问题。我向他们请教，他们就给我讲盛督办的著作。我问他们：脑袋是怎么回事？他们给我指盛督办；我问他们：手和脚是怎么回事？他们还给我指盛督办。我拿出彼得罗夫先生的望远镜对准他们，他们的面孔全都贴在镜片上什么也看不见，没有眼睛没有鼻子没有耳朵没有嘴巴，连手脚都没有了，只剩一个大脑袋。我问他们脑壳里装着什么，他们目瞪口呆，我原以为他们会回答盛督办的。我很失望，把望远镜对准墙上的盛督办肖像，很可惜，我只看到督办大人两撇威风凛凛的胡子，我大叫：督办的胡子！他们吓得发抖，有人振作精神，夺下望远镜摔在地上，大家从恐惧中惊醒，一拥而上，你一脚我一脚把望远镜踩个稀巴烂。

我把这些告诉父亲，父亲说：彼得罗夫是旧贵族、没落分子，怎么能跟盛督办比？盛督办是伟人，你可以怀疑我这个父亲，万万不能怀疑盛督办。父亲要我忘掉望远镜。

"你小子想活命就忘记那个破玩意儿。"

"他们把望远镜踩碎了。"

"让它从记忆里消失懂不懂？"

"记忆在我脑袋里我说了算。"

"现在是能不能活下去的问题，少提你他妈的什么手呀脚呀眼睛呀耳朵呀这些破玩意儿。"

"那还活个什么意思？"

父亲要发火，我先声夺人："人的命就在手上脚上眼睛上耳朵上嘴巴上，离开这些东西，生命他妈的狗屁不值。"

7

我说不出话，写不出字，想不出对世界的回答，我耷拉着手，它是不是一个形象：

8

彼得罗夫先生深居简出，我们好久未见面了。塔城是个几千人口的小城，我有理由去拜访他。我告诉他：我没保存好他的礼物，望远镜被毁坏了。彼得罗夫先生让我不要介意："孩子，你长得很结实，这才是值得庆幸的。"他赞同我父亲的看法，能活下来，就是一种幸福。我问他为什么这么悲观。

"因为我的手也不能干什么。"

"你接生过好多孩子，还给我制作这个装置。"

"可你现在不是带着困惑找我来了？"

"我是来看望你的，彼得罗夫先生。"

我看他忧郁的面孔、他的夹鼻眼镜，我告诉他："你不像贵族，你像个真正的医生。"彼得罗夫先生感到吃惊："我早就不行医了，你还当我是医生。"

"你行医的时候是个贵族，你不行医的时候才是个好医生。"

"孩子你是对的，可我还是回答不了手的问题。"

手就这样消失了，我站在塔尔巴哈台原野上，无限悲壮地看着一匹烈马飞驰而过，消失在拔地而起的黄尘里。那么高的烟尘，就像大地伸出的胳膊，一直伸到天上。

9

"我的手不见了。"

"傻儿子，手在女人身上，你要找的东西全都在女人身上。"

很长一段时间，我对塔城的姑娘视而不见，其实塔城姑娘是很漂亮的。这个数千人口的边陲小城，生活着汉回蒙古哈萨克维吾尔俄罗斯等十几个民族，混血儿居多，也最漂亮。少女们以塔尔巴哈台山的野生玫瑰为原料，自己酿造花露水和玫瑰露，作为化妆品和饮料。女孩四五岁就饮用玫瑰露直到十七八岁，她们的肌肤几乎被玫瑰花渗透了，她们身上有一种天然的花香。

在一个灰暗的黄昏，我的眼睛一下子被少女点燃了。我告诉她：我要毁了你。她是个混血儿，根本不信这一套："爱是火焰，只有温暖，烧成灰也是温暖，你说你怎么毁我？"

"我要在你身上拿走胳膊拿走鼻子耳朵，还有手和脚。"

"你要喜欢你就拿吧。"

我们从嘴开始。那是我身上最有个性的器官，她被我吻休克了。她醒过来，兴奋地告诉我："你的嘴太剽悍了，就像一匹野马。"

我的肢体在复活，我给她看我的护身符，她惊讶地叫起来："这就是《红楼梦》里的通灵宝玉，还真有这个东西！"她告诉我："爱情就是你的母体，爱能给你一切，你要找的东西都能出现，不信你看。"

在塔尔巴哈台山谷的玫瑰花丛里，她剥开自己的衣裳，白胳膊像一对翅膀，扑腾腾飞到我身上，我们往天上飞，天和地都消失了，在一片汪洋里，我抓到了胳膊抓到了腿脚，也抓到了鼻子眼睛耳朵，有一个声音在对我说：在这里不分彼此，都是你的。

我感到我正从她的身体里往外撤退，我无法忍受这种撤退。她问我怎么啦，我说我不想离开她。她摸我的背："有了这种事我怎么会离开你？"说完她哈哈大笑起来，但她突然不笑了，我阴沉沉的脸色使她没法笑下去。她终于明白了我的意思："你已经把你留在我的身体里了。"

"那是水。"

"水是最好的东西，不是吗？"

"不是！不是！"

"我明白你的意思，你想让你跟树一样长在我身上，亲爱的，那是个迷人的童话，无论是上帝还是真主都办不到。"她抠我的脑壳子，"亲爱的，你怎么有这种怪念头？你从你妈那里带一根脐带，就一定要把你长在情人身上？"

"不能长在你身上吗？"

"我都是你的呀，亲爱的。"

"情人的灵魂与肉体密不可分，对不对？"

"我都是你的，亲爱的。"

"可它只在你身上待一会儿。"

"它是女人的太阳亲爱的，太阳落下去还会升上来。"

"落下去的那段时间很长，我不能忍受的就是这个。"

"我跟世界上所有的少女一样，只能在那个时候迎接你，亲爱的，你叫我怎么办？"

她是个混血儿，她爸爸是汉人，她妈妈是俄罗斯人，她奶奶是哈萨克人，只有她这样的少女才会像赞美太阳一样赞美它膜拜它，我不能再强她所难了。那显然是个巨大的伤疤，是大地的伤疤，是天的伤疤，也是人的伤疤。

我们是这样结束的。

"我只有这么一点儿火，咱们只能燃烧这么一回。"

"汉人单薄我不嫌，我爸就是汉人，比我妈瘦一半，我妈还是爱了他一辈子。"

"很微弱的火，或者根本没有热。"

然后是风，是塔尔巴哈台山的大风，石头轻轻飞起来，许许多多石头都飞到天上，跟兀鹰一样。

10

父亲从不看书，他这时候要看《红楼梦》。书全是我妈的，我妈有几种版本的《红楼梦》，我妈给父亲取的那套是《脂砚斋石头记》八十回本。

夫妻两人待在书房里，一起读书。这是我妈多年的愿望，她当初嫁给父亲时就有这么一个宏愿：能挣钱的丈夫，在夜深人静的时候，陪她读几页书。

那正是中亚腹地的冬天，雪封住了塔尔巴哈台山，额敏河消失了，河冰跟钢板一样坚硬，小城的几盏灯火就像微弱的萤火虫。我妈显得生气勃勃楚楚动人。父亲不禁一愣：女人总是在悲惨的气氛中显示她们的魅力。那些漫长的冬夜，狂风带着寒流，像一支刀光逼人的大军，浩浩荡荡在旷野里行进。他们两口子靠着火墙，炉子里大块的煤在呼呼燃烧，喷射火焰，完全一副一夫当关万夫莫开的架势。父亲读完了那本伟大的小说，父亲说："曹雪芹一定是在下雪的日子里写这本书的，就像南方人织丝绸，在雪地里织出的丝绸渗透了冬雪的凉气，这股凉气一直保持到夏天，这种丝绸做成的衣服真舒服啊！为什么他叫雪芹呢？雪芹本来就是一种清凉的植物，长在雪天，冰人肌骨。"

我妈在洋学堂读书时就迷上了《红楼梦》，她是读了许多外国书以后才回头读中国书。那时，她们一帮小姐妹在大观园的女子身上找自己的影子，有人找林黛玉有人找薛宝钗，我妈哪个也不找，她告诉大家，她要从这些女人身边绕过去，当一个幸福的人。

我妈告诉丈夫："你要记住这个冬天，这是你一生最完美的季节。你聪明能干挣大钱，是个优秀的商人，可商人都是不读书的，缺少高雅的浪漫气息。我一直相信你不是一身铜臭的人，总有一天你会染上书香变成真正的富豪。我们的儿子不同凡响，儿子长大了，我亲爱的丈夫从钱堆里走出来走进书房，我太幸福了。"

父亲说："我们的家业远远没有达到荣国府的程度，到了顶峰再败落下来也值了，即使生意亏本败在商场，也不失一个商人本色，我败得莫名其妙。"

盛督办翻手为云覆手为雨，与苏联人合作又杀苏联人，与共产党合作又杀共产党，与国民党合作又杀国民党，迪化城郊堆满了白骨。父亲耗尽家产保住性命，已经是了不起的成就了。

我妈说："咱好好过日子吧，过日子很简单，有手就行。"

"我该收心了。"

"收回来好，以前你属于饭庄药铺商店旅馆，它们把你大卸八块，我根本感觉不到我的丈夫，它们一消失，你就完整了。"

她摸丈夫的手，摸丈夫的脚，摸丈夫的鼻子眼睛耳朵，证实它们都在，丈夫由它们构成而不是别的什么东西。

父亲说："我们的儿子真是好儿子，怪不得他整天找手找脚。"

他们不谈话了，不看书了，他们来看儿子。儿子睡得很死，连枕头都不要，脑袋下边垫着那个母体模拟装置。儿子从娘胎里就把枕头带来了，他才睡得这么好。

11

肯定是彼得罗夫先生，这种时候，不会有别人来找我。父亲把他当贵宾，显得有些过分热情。彼得罗夫先生对父亲说："我是来告别的。"

"你要回国？"

"不，是他要回去，是你的儿子要回到他该去的地方。"

"你这话什么意思？"

"母体模拟装置需要消耗十几个人的费用，一般家庭负担不起。"

"王某人败落了，可我还能养活儿子，砸锅卖铁去讨饭我也要养活儿子。"

"王先生你不要激动，根本没这个必要，生命有它的开始，就有它的结束，我们没必要去强求。"

他们来到我身边，我妈泣不成声："可怜的孩子，你才19岁。"父亲大放悲声："老天为什么让他拖这么个东西，生下他却让他带着自己不吉利的魂影。"彼得罗夫先生说："你们不要这样，我们谁没有影子呢？"

彼得罗夫先生让他们看地上的倒影，他们看到自己的影子，忽大忽小忽长忽短变幻莫测，彼得罗夫先生说："这是生命的另一半。"

所有的人都明白了，我随身携带的不仅仅是母体，也是实实在在的死亡。

我干脆打开盖子，让母体与死亡一起疯长，我告诉他们："它会长成大个子，比我还要高。"

死亡是有高度的。母体长势凶猛，而我的躯体一天一天缩下去，生命在溃退，谁也无法忍受这种溃退。人老的时候都要变矮变瘦，删去多余的东西，变得精干简洁，像一封电报。

一切从头开始，又从头结束，我的手脚躯体全都消失了，我只剩下圆圆的大脑袋，还有嘴巴，嘴巴告诉大家："变成圆的进坟墓可以减少摩擦，免得吃苦。"

坟墓是圆的，我不得不如此：人在屋檐下，不得不低头。

漫长的旅行

1

那家伙在车厢里晃来晃去，非让人猜出他的真实身份不可。最先发现他身份的是个丫头，她就坐在我对面，她照镜子时叫了一声。我问她："丫头，你病了？"她不吭声，她把化妆盒抱在胸口，整个面孔都硬了。于是我发现了那个晃来晃去的家伙。

他结实的屁股上挂着一把刀，那是一把猎刀。带这样的刀子乘车绝不是为了打猎。

丫头眼巴巴望着我，她对我的期待很有限，她压根儿就不看我的手和脚，她只看我的嘴巴，只要那里发出一丁点声音或显出一点儿棱角，她就能得到鼓励。我连一声丫头都叫不出来了。我的目光像受惊的兔子四处乱窜，把车厢窜了个遍，又回到原来的位置。大家都被惊动了，他们跟我一样，只有动眼珠子的勇气。

那家伙是个歹徒！他显然意识到了，他晃动的身子慢下来，一板一眼，胸有成竹。他身上某种东西把我们里里外外给镇住了。他慢慢地走过来，在每个人跟前站一会儿，弄得那个人低下头。我们车厢有一百多位旅客。他一个不剩地照顾着，他就像一辆草原上的高车，我们被压在车辙里抬不起头。这期间，列车长列车员甚至挂手枪的乘警也来过。他理都不理，像照看自家的娃娃，显得那么从容不迫那么心安理得。列车长列车员乘警们就这样被糊弄过去了。我们可糊弄不了，瞧他屁股上那把长悠悠的猎刀，不停地晃啊晃啊，我们紧张死了。乘警完全把它当一般的刀子了。在我们这儿，带刀子是合法的。可它绝不是一般的刀子！它那么长，那么凶，是专门对付野猪和棕熊的。我们的眼睛转向乘警。乘警是个机灵的小伙子，他不知怎么没机灵对地方，他朝列车员大叫：开水，快一点儿，开水。列车员很快沏满所有人的杯子。

有人默默地喝茶，有人默默地吃康师傅方便面，也有人直截了当喝白开水，这号人一般比较爽快，爽快人容易干傻事。歹徒咳嗽一下，喝白开水的人赶紧泡上茶或者方便面。危急时吃点东西有利于情绪稳定。我们一百多号人就这样处在危险而稳定的气氛里。我们不知道这种气氛还要持续多久。我们不约而同地把脸贴在车窗上，穿越黑夜的旅行遥遥无期。旷野那么辽阔，戈壁滩占绝对优势，供我们生存的绿洲单薄而渺小。后来我们连一丁点灯光都看不到了。我们把脑袋拧进车厢，跟虫子一样聚在昏黄的车灯上。这是最后一点儿亮光了。不知是谁，叫了歹徒一声先生。他说："先生你能不能快点，我受不了啦。"

"你活够了？"

"没，没活够。"

"你真聪明，一点儿就通，我就喜欢没活够的人。"歹徒拍拍他的肩膀，告诉他：要耐心等待，这种事急不得，需要我们双方努力。

那人得到鼓励，松了口气。我们都松了口气。

有位中年人讲他做鱼汤的经验，葱蒜姜片一定要放的，关键是盐，等鱼烂了再放盐，味儿就出来了，是盐逼出来的。盐放早，汤就老了。

抢劫是在我们意料中突然发生的。午夜已过，再刚强的人也熬不住的，什么也看不见什么也听不见，我们跟死了一样。医学上把这种睡眠称为短期死亡。可见死亡早就光顾我们的生命了。在我们醒来之前来一次抢劫，其效果非同小可。歹徒绝不做没有效果的事情，就在黑夜的尽头，他给我们来了一次游击战。历史上的聪明人都是这么干的，比如希特勒，打法国打苏联都选在黑夜的尽头，也就是凌晨四点左右。这个时候，我们大家都是一副假死的睡眠状态。他猛然出现了，我们惊讶得说不出话喊不出声。大家都想到了反抗，当大脑向四肢发布攻击令的时候，我们的本能做出了相反的反应。这是我们万万没有料想到的。歹徒用拳头教训了几个年轻人，别人就没脾气了。按歹徒的规矩，他可以把那几个年轻人给做了，他没做，完全出于宽厚，毕竟年轻嘛，教训一下就乖了。

他没必要教训我们，我们的本能被他买通了，用行话说我们是被解除了武装的人。我们悲喜交加，万分惊讶，然后我们沉默。

他首先洗劫男性旅客，动作之粗野令人作呕。那些人相当驯服了，他还要施以拳脚。我们都看出来了，他这样做完全是依照抢劫的内在原则，而不是被害人的态度。抢劫就是抢劫，不是请你做客，越不客气越能显示行动的纯粹。我们都坦然了，什么事情都有一个熟悉的过程，痛苦和灾难是避免不了的。尤其是对这些承受过生活磨难的人，很容易接受任何突发事件。何况强盗行为又不是什么新花样。我们时而变成旁观者，时而变成当事人。我们没有必要看别人的热闹。大家都很严肃地沉默着，谁也不敢掉以轻心。抢劫活动很顺利。歹徒不负众望，尽职尽责拿走了我们所有值钱的东西。它们全被装进蛇皮袋，一个挨一个整整齐齐像一队纪律严明的士兵。

歹徒抽一根烟。时间是凌晨四点半，黑夜开始消散。撤走之前他还要做一样事情。我们都猜到了，女人们也猜到了，她们瑟瑟发抖缩成一团，这最后的灾难不知要落在谁头上。当然是女人中的佼佼者了。我们很快就发现了那个比较出色的丫头。她就是我的邻座。她自己也感觉到了。女人对美总是敏感的。她也意识到了灾难和痛苦，所以她美得很悲壮很凄凉。我们都被打动了，我们的脖子长长伸出去长得像雁，我们的眼珠子和舌头发干发硬像戈壁滩，而我是戈壁滩最大的一块石头，故事就在我身边。丫头竟然有勇气反抗，她抓破了歹徒的脸，其中一脚还踢在歹徒的裤裆，歹徒"呀"了一下，扑上去还是拿走了她最珍贵的东西，也是我们车厢里最后一样宝物。歹徒心满意足，打着口哨，口哨飘到窗外落进旷野悠扬得不得了。他从我们身边走过，像个打胜仗的将军。

列车停了一下。这是个小站，没人下也没人上，显然适合歹徒撤退。不到一分钟，他就搬光了所有的蛇皮袋。外边停一辆130小货车，蛇皮袋正好落在车厢里。那东西被拉走的时候，还有点恋恋不舍，那到底是我们自己的东西，就这样毫无道理被人拿走了，几分钟前还在我们身边还是我们的东西。有人说：歹徒一上车东西就不属于咱们了。这话确实有道理。歹徒是买了票的，谁也不知道他是歹徒，只有他心里清楚他要干什么。更远一些，在他筹划这场抢劫案的时候，我们的东西就已危机四伏；那时我们还没有成为旅客，我们还在大街小巷里晃悠，就在那个时候，我们的东西就已经悄悄地长翅膀啦。值钱的东西都是长翅膀的。这是一个解不开的疙瘩。大家愁容满面。天就这样亮了，晨光一遍又一遍照拂我们的脸，我们的脸是那么僵硬。列车员大吼：到站啦到站啦，你们还想坐到哪儿去？大家才勉勉强强离开车厢。

市内班车等得不耐烦了，喇叭嘟嘟嘟乱叫。我们都没坐车，我们身上一个子儿都没了，关键是我们不想让人知道自己遭劫。

我们都是自己走回去的。路过派出所，好多人停一下，朝里边看看，又走开了。

<h1 style="text-align:center">2</h1>

我们散居在边塞小城的各个角落，共同的遭遇把我们连在一起。这是谁也没料想到的。回家后的当天下午，我在街上碰到那个老人。他老远还向我点头致意。起先我转不过弯，感到别扭。我们认识又不认识。我流了好多汗，整个人才顺溜了。可那老人已经走开。我伸脖子踮脚，在人群中挤来挤去，我快成草原上的兀鹰了，我在老人身影里盘旋很久，我还清楚地记得那老人遭劫的是一箱水果，是大名鼎鼎的库尔勒香梨。老人是在寻找患难与共的感觉。我一下子沉入这奇妙的感觉中难以自拔。

我们那座小城仅数万人口，大家碰面的机会很多。遭劫的人就在大街小巷相遇了，大家都不搭话，互相看一眼，点点头，擦身而过。如同地下党，接头暗号就是对抢劫的回忆。

我们不再满足于注视或点头。这是多么古板的一种关注啊。老年人总是有经验的，他们在菜市场给难友们介绍今天最便宜最好的菜。彼此的隔膜被打动了，大家一下子轻松起来。那场劫难就这样成为一种慰藉。我们彼此的伤口都差不多。有了良好的开端，事情就发展得很顺利。我们自然而然谈到南方的水灾，政府号召捐资救济灾区，我们捐得最早最多，有人还上了电视。只有我们清楚这意味着什么。

那些日子，我们相遇在街头巷尾，可以谈论轻松的话题了。大家都有一种解脱感。

那些日子，我们依然关注新闻，灾民们已经渡过难关，重建他们的家园。灾难消失得很快，快得让人难以置信，更让人难以接受。我们再次相遇的时候连打招呼的勇气都没有了，老远就背过身或低头而过。彼此都能感觉到远处有自己的难友，可我们说不出话也投不出目光。我们唯一能做的事情就是捕捉那种微弱的感觉，仿佛无线电波，令人绝望而惆怅。

那些天，我连出门的勇气都没有了。我敢肯定，在我沉闷的时候，大家都闷在家里。谁也弄不明白这究竟是为什么。我们已经互相安慰了，也帮助了别人。如果猜得不错的话，一定有什么事情要发生。

我一下子来了精神，乘当天的长途汽车赶到省会，采购最好的东西，然后坐夜班火车回家。我找到以前那节车厢，跟一位小伙子磨半天换票，小伙子被弄得莫名其妙，拿上我的票离开了。在我之后又进来好多人调换座位，差点吵起来，列车长列车员骂我们是神经病，又不是总统专列。总算顺利，发车铃响时车厢里已经没有外人了。我们彼此点头微笑。

大家又坐在一起了，而且都购置了最好的物品，其意味是不言而喻的。我们在生活中失去的东西太多了，那些东西是无法购置的。我们一直盼望着有这样一种物品，可以随时拿出来应付各种险恶的场面使我们不受伤害。谁都明白，我们地球上无法生产这种东西。这是个梦，所以我们很执着，以至于偏执。大家就这样看着货架上的皮包纸箱和网兜，就像看自己的胳膊和腿。有些人沉不住气，隔不了多长时间要趴在货架上看看，清点一下，就像是献给皇上的贡品。夜色越来越醇，像煮在文火上的肉，悄无声息现出成色。每到一站就会上来我们的人。到 S 站，我们终于看到了那个漂亮丫头。尽管我们希望她加入这次旅行，可当她出现时我们还是惊讶得张大嘴巴，因为她遭劫的可不是一般的东西，都是和青春呀生命呀连在一起的。她就这样走进车厢，重返受难之地。我忍不住问她：

"你没事吧？"

"你想让我有什么事？"

"希望你平安愉快。"

"谢谢。"

她显然有一个信念，车厢里的人都有一个信念，在她出现之前，我们大家还在朦胧状态，她一下子把这个信念变具体变生动了。我们所期待的东西就是那个粗壮汉子，尤其是他屁股上那把结实的猎刀。那是怎样一把刀啊，我们慑于它的威力，可它连面都没露一下。整个抢劫过程中，它一直待在鞘里，它似乎什么都做了，又似乎什么都没做。它不能这样对待我们，我们毕竟是它洗劫过的人，我们有一万条理由跟它见面。这是我们大家共同的心愿。我们重返受难之地就为了这个。

我们焦急地等待着。我们很快就失望了，在这奇妙的一瞬间走进来的不是歹徒，是一个淳朴的青年。他在过道里走一圈，像纤夫一样拖着我们粗壮的目光，可他结实的屁股空荡荡的，别说是刀子连根草都没有，他本人还胆怯得不行，那么大个儿那么粗壮的身坯，那么强悍的胳膊和腿，竟然躬身问我们这里有人没有。确实有不少空位子，谁也不吭气，小伙子脸红起来，身子笨起来，磕磕碰碰走进另一节车厢。真他妈不是玩意儿，一点儿也不了解我们的愿望。他要动手干起来，我们绝不阻拦，我们认庙不认神。我们只承认那突如其来的举动。我们的愿望越来越强烈。我敢肯定，离开家门的时候我还懵懵懂懂，现在我们全明白了，要做个明白人真不易。我们恨自己为什么就没有一点儿主观能动性呢？也就是说在我们这一生当中，我们从没干过不约而同的事情。今天是第一次，我们担心不要成为最后一次或仅有的一次。

午夜快要过去了。所有的人都在回忆上一次旅行。我们都不知道歹徒是从哪上车的。刚开始他跟我们大家一样，买票乘车活脱脱一个旅客；上车后，他摇身一变露出狰狞面目了，谁也没脾气。那把要命的猎刀悬在硬邦邦的屁股上，威风凛凛神气十足就像恶霸地主家门口的石头狮子，穷人老远就能听见那石头的吼声，并且把它想象夸张到极限，兀自发抖淌冷汗，或者恨得牙关叽叽响。这都没用，这都得收起来，装进肚子藏在肠子拐弯的地方。你还得从石头狮子跟前过，你还得走进那扇大门，受人家盘剥。这不是你乐意不乐意的事情。

那家伙不会来了，抢劫不会发生了。汗水挂满每个人的脸。我们凝神屏息，车厢上空炸雷似的落下低沉的呵斥声：你活够了！

没，没有。

这才是明白人。

我们糊涂了一辈子。

到此为止，你不会再糊涂了。

我们还期待着，我们都清楚，这是我们跟自己的幻觉对话。你瞧，我们把你要的东西都带来了。我们不能把东西再搬回去。列车长和乘警大喊：下车快下车，你们这是干什么，游行示威吗？

我们肩扛手提离开车厢，一百多号人踽踽而行，果然很有气势，有那么一点儿示威的味道。这种悲壮和虔诚把所有人都打动了，给我们让路给我们让车。

我们回到家里，亲人们高兴得不得了。我们买回来的东西全成了宝贝，他们掂在手里玩味不够。这些东西既珍贵又合人心意，谁见了都喜欢，让人魂不守舍，真不知道你花什么心思买到手的，你从来都是马大哈呀。大家认定这不是一般的东西，应该用它来办大事情。

每家都有过不去的桥走不通的路。他们把东西送到管事的人那里，马到成功，出人意料的好，管事的人中了魔似的热情主动，捎带解决了与此相关的许多棘手事儿，有点学雷锋的味道。

　　我们买的东西成了灵丹妙药。大家问我们什么时候还去省城，我们如实相告，去省城不是买一张票那么简单，该去的时候才能去。他们就问什么时候才能去，他们就问什么时候该去。我们也说不清楚，也不想跟他们费口舌。他们把我们的旅行给世俗化了功利化了，这是我们难以接受的。我们更多的是在祭奠已经消失的生命。在以后的岁月里，我们迫于无奈交出过许多珍贵的东西，我们的生命就像被洪水冲刷过一样，我们一直不敢承认，直到歹徒用他凶悍的手在车厢里留下醒目的两个字："抢劫"，我们的头才垂下来。

　　他拿走的东西值不了几个钱，别人把牛牵走了，他来拔橛子。

3

　　那些日子，电视里每天都有社会治安方面的新闻，抓获的罪犯全部亮相，我们看得清清楚楚里边没有他，他没出事，我们在街头相逢，个个面带喜色。不知是谁首先提忠告，不能前功尽弃。

　　那段时间，许多人放下手中的工作，四处奔走探听消息。功夫不负有心人，他们打听到可靠的线索。

　　探听消息的人只告诉我们在今天晚上，车次和车厢尚不清楚。大家毫不犹豫选择了以前的车次和车厢。故事总是在相同的地点相同的时间里发生。我们中有个搞戏剧的专家说：这叫三一律，法国人搞的，一大批经典家呢，比如莫里哀。他这么一说，大家头脑发热，把今晚的贵宾——歹徒先生也算在大师之列。戏剧专家说：人生一场戏，没有他，咱们还不知道怎么唱下去呢，连幕都闭不了。歹徒就这样被夸张成古书里的绿林好汉，英国有罗宾汉，西班牙有佐罗，中国就多了，赤眉铜马黄巾黄巢李自成。谈到最后，我们全都傻眼了，这些好汉干的全是杀富济贫除暴安良的事情。我们全是良民全是急需拯救的人。就在我们迷迷瞪瞪的时候，戏剧大师双手一拍——遭劫就是拯救，时代在前进啊。我们终于从思古之幽情中清醒过来，回到艰难的21世纪。

歹徒就是这个时候出现的。

幸好及时醒悟，要是我们还在武松林冲的故事里不能自拔，歹徒就会甩手而去，我们就会前功尽弃，丧失拯救的机会。歹徒出现的时候，我们及时地把古典英雄的色彩加在他身上，他毫无察觉。在抢劫过程中，我们进行了应有的抵抗。他果然拔出那把刀。我们如愿以偿。刀锋以及它雪亮的寒光完全符合我们的想象。

令人吃惊的是我们的小腹疼痛难忍。我们当中有医务工作者，他们马上诊断出我们的肝胆是破的。歹徒笑岔了气，老子晃了晃刀子就把你们吓成这熊样，胆都吓破了。医生说：这是旧病复发，他们的肝胆很早以前就破了。

你们都是别人调教好的，大爷我坐享其成啊。

抢劫开始了，拳脚耳光又猛又狠，而且百发百中，打的全是要害部位。他这么干完全是为了出气，他不想在人家调教好的东西上干事情，那样做既不刺激也不新鲜，就像男人娶了一个失身的姑娘做老婆，他的失望是无以复加的。据说希特勒的爱将隆美尔元帅就是这样失败的。英国人用世界上第一台电子计算机破译了隆美尔的密码，英国人对他的行动了如指掌，他只有逃命的份儿。他在蒙哥马利的合围中成功地撤出自己的装甲部队，成为历史上少有的在撤退中成名的将军。跟隆美尔相媲美的人上帝还没有造出来，可生命固有的创造力是所有人都梦寐以求的，歹徒也不例外。他对我们发狠是有道理的。我们就像失过身的女人，把丈夫的拳头当馍馍吃下去。歹徒的拳脚就这样被我们化解了。歹徒叫起来：他妈妈的，越揍越精神啊！人活着是要有点精神的。歹徒尝到了乐趣，可惜太少，意犹未尽，他离开时吐一口痰，我们浑身打战。

我的邻座——那个丫头——首先打战的，歹徒只拿走她的旅行包，没有光顾她的身体，她该有多么倒霉，她的颤抖把我们都搅乱了。车进站好半天不见我们动静，列车长列车员照例骂我们一顿。

我们摇头叹气回到家里。

我们抬不起头，我们没有勇气向别人投送目光。我们也没有勇气重返那列火车。那飞驰在茫茫黑夜的列车是专门为我们准备的。从连云港到鹿特丹，粗壮的铁轨把世界上最辽阔的大陆连在一起，列车会永远跑下去。

我们彼此之间没有任何预感，必须去冒险。我和另一个人出发了。我们悄悄离开小城，搭便车赶到省城。我们没有心思逛大街，在车站吃顿便饭，摸出一枚硬币试试运气，抛了五次，只有两次是正面。成功的把握不大，完完全全是一种冒险。我们没有购置任何东西，两手空空上了车，一副流浪汉的样子，一点儿也不像旅客。

我们来到 8 号车厢，旅客全是陌生人，年轻人居多，歹徒要来，绝不是好时候。这些未加调教的愣头青，血气方刚，一点就着什么事都干得出来。他们大大咧咧又吵又闹，打牌喝酒划拳恶作剧。这种无牵无挂的样子永远不会在我们身上出现了。

我们又看到了那把猎刀，它总是先声夺人，打掉你的锐气，让你没脾气。接着是那结实的屁股，晃来晃去像一匹战马。少男少女们有点怵他。这次他变了打扮，戴了一顶宽边遮阳帽，加上那把神气十足的猎刀，神秘得不得了，谁也弄不清他的身份，他既有城镇人的痞味儿又有草原牧区的剽悍劲儿。他晃来晃去仅仅起到维持秩序的效果。车厢里安静了许多，很少有人乱闯乱跑，年轻人守着座位闹。

歹徒有意识地显示那把猎刀。年轻人丝毫感觉不到危险，反而闹得更欢了。他们把歹徒圆浑浑的屁股当成一面大鼓，任凭他摇晃，任凭他很威武地轰响。歹徒的腮帮子晃起肉棱。年轻人无视他的存在，歹徒的凶狠对年轻人没作用。他们单个儿怯他，聚在一块就无所谓了。这就是年轻人的优势。他们心里空荡荡从来不存货，什么也不存，金子也好沙子也好灰尘也好统统不要。关键是他们根本意识不到这个人是歹徒。歹徒正在做各方面的努力。没有危机和恐怖抢劫就无法进行。歹徒的脸黑沉沉的，乌云翻滚，他实在想不出什么高招，他甚至有些黔驴技穷，刀都拔出来了，寒光闪闪，年轻人依然故我，纵声大笑，放肆地互相推搡、做鬼脸，那副模样阎王爷都没法子，歹徒无从下手。歹徒的杀手锏就是先声夺人，打掉对方的锐气，唤起对方心灵中所有挫折感和耻辱感，在对方沮丧得无以复加时来一个漂亮的闪击战。我们之所以束手就擒，是因为我们生命中的一支伏兵，任何一种邪恶力量都能与这支伏兵遥相呼应里应外合将我们一网打尽！年轻人就不同了，他们生命中没有伏兵，没有腹背受敌的危险。这是歹徒难以忍受的。

歹徒抽烟吐痰，烟屁股丢了一大堆。眼看要空手而归。货架上全是招人喜欢的东西，它们对歹徒的吸引力太大了。歹徒的眼睛里蓝星密布，绝望和憧憬快要同归于尽了。这帮年轻人还未走出学校的大门。他们要是参加工作就好了。哪怕在单位待上几个月，歹徒也会找到登陆的滩头阵地实施强攻，然后长驱直人直捣黄龙。歹徒就这样陷入迷幻状态，他的目光开始散乱，猎刀在鞘里猛兽般地咆哮着。我们不由自主地靠过去，我们配合得很好，歹徒拳脚相加，我们发出惨绝人寰的哀号，把所有的人全吓傻了，恐怖的气氛笼罩了列车。歹徒很顺利地劫走了货架上的东西，仓皇而逃。

不能再发生这种事了。必须打破自我封闭，吸收新鲜血液。我们一百号人进行分类，最强的一组，最差的一组，中不溜的一组。我们占据了车厢三分之二的座位。

新旅客大半是刚参加工作的人，他们可以算作半成品，稍一加工就行了。毛脚小伙子有好几个。这是我们工作的重点。我们跟他们聊天、抽烟、吃水果，我们很快摸清了他们的底细。外围工作已经完成，只等歹徒出现。这时，我们反而感到不自在。我们虚弱惯了胆怯惯了，恍惚不定犹豫不决已成为我们的本性。就在我们丧失信心的时候，他从天而降出现在车厢里，屁股上挂着那把有名的猎刀。

他发现旅客的构成状况，他忍不住打起口哨。接着他对其中一个大个子下手，大个子刚叫一声，我们全都起来，那种气势磅礴的哀号把所有的人都吓坏了。哀号声很有感染力。这种恐怖的气氛很快就进入年轻人的生命，转为怯懦，长成参天大树。

有个女孩子带着照相机，歹徒抢劫的场面被她拍下来。胶卷落到警察手里，歹徒非落网不可。

我们连哄带骗劝她别干傻事，歹徒落网最多判三四年，他出来找你算账你后半生就别想安宁。他是敢死队我们还要过日子，还要保护自己。年轻人听得目瞪口呆，她咽不下这口气。我们就告诉年轻人咽下这口气的种种好处，有了这口气你就成熟了。年轻人无比沉痛地说：我们会一蹶不振，太屈辱了。于是我们引证历史上那些饱尝屈辱的人，司马迁被废为阉人，男性特征都没有了；孔丘周游列国困在河南形同乞丐……一句话，人是在屈辱中生存的。我们的思想工作做得很出色，连我们自己都被感动了。年轻人很快高兴起来，又说又笑，那副无忧无虑的样子真叫人羡慕。只有我们心里清楚，他们已经有了锈斑，那玩意儿像定时炸弹，不到时候绝不发作。

初战告捷，我们重新部署，每次上一个小组。时候不长，最差的一组也能单独行动了。这是多么广阔的前景。8号车厢150多个座位，我们只需出动30多人就把大多数人争取过来。

飞驰在茫茫黑夜的列车是开放型的。

4

从你，我看到了那在入海处逐渐宏伟地扩大并展开的河口。

这是美国诗人惠特曼写给老年人的赞美诗，8号车厢就坐着这么一位老人。他是我们当中最老的旅客，半年前就不能出远门了，用惠特曼的话说老人是到了入海口。

我们这里的河流都是悄悄地从沙漠里消失。全靠山里的雪水接济，这样的河是到不了大海的。

我们吟诵惠特曼的诗句，就是想邀请他到沙漠里走走，他就不会这样写老年人了。老年人是成不了一条大河的。连我们这些三十来岁的人都干涸得不行，哪有那么多水来灌溉我们啊。我们的背上整年整月流淌的是汗水。汗水也是流不成河的。可我们还是喜欢读惠特曼的诗，他笔下的老人很雄伟，所有的人都想这样衰老，老得不能再老的时候，"哗——"汇入大海，死亡被海水淹没。这比沙子好得多。沙石对生命的窒息是无与伦比的。

我们把诗读给老人听，老人说他要到大海里去。老人没出过远门。铁路正好修到家门口。老人上车时还带了地图册。他把地图册摊在膝盖上，好奇心十足，每一张图要看好半天。他不看文字只看图。蓝色海洋看得他如醉如痴。他顺着河流的入海口找到地球上最长的河流，那些大江大河一直深入到大陆的腹地。老人喃喃自语：

它们的脑袋伸进大海了，为什么还要把尾巴留在陆地上？

他问自己三遍，又问大家三遍，谁也说不清河流为什么要把尾巴留在陆地上。

留在地上是个麻烦，尾巴在人家手里，随时都可以把你揪上来。

老人很遗憾地合上地图册，失神地看车顶棚，邻座递烟给他，他不抽绝对不抽，邻座就骗他。

你老人家就要入海了，犯不着跟小河小溪生气，它们到不了大海。

到了海里还留着一条猪尾巴，那算什么河，简直是清朝的遗老遗少，该剪掉，大剪刀，咔嚓。

你老人家剪过清朝的辫子？

辛亥革命我还没出生呢，我是民国十八年生的。

怪不得呢，长辈们的辫子你见多了，辫子好剪，河水不好剪，大诗人李白发狠劲抽刀断水水更流，自己落了个白发三千丈。

李白掉水里淹死了。

那么长的白发能不掉水里吗？

我什么都不带，就带一本地图册，连钱都不带。

老人买的是单程车票，到大海就不用回来了。老人无牵无挂，空身一人坐在那里等待最后的时刻。

歹徒来的正是时候，老人怔怔地看着他。

我的宝贝太多了，会吓坏你的。

你这么大年纪了，还要我动手吗？

该动你就动。

歹徒摘下猎刀，老人连看都不看，老人只管打开地图册，手指在图上移动，一下子就把歹徒吸引过来。

从这下海。

都在海里？

在海里。

你不要骗我。

我没想要骗你。

真要弄到手我就不用拦路抢劫了。

你抢得好哇，没人说你不好。

你们这些软蛋不敢说不好，警察师傅可不信这个。

老人把大地上所有河流的入海口都画出来了。歹徒不相信老人有这么多财宝。我们大家做证老人真有这么多财宝。你看呐，他出远门两手空空，有这么出门的吗？穷家富路，越是穷人出门带的东西越多。真正的富豪都是很俭朴的。因为全世界到处有他们的财富，他们不用那么急吼吼紧巴巴，他们过日子从来都是不慌不忙不紧不慢，要多么悠闲就有多么悠闲。

歹徒怦然心动，他向我们大家宣布：你们滚吧，今天不照顾你们啦，老子逮到大家伙啦。他把刀横在老人脖子上，你有这么多财宝，我都快晕了，我得来点横的。老人小声说：哎，这么大的水，我再也不怕沙子了。老人就合上眼睛。刀还在他脖子上横着，脖子一下子硬了，硬邦邦的脖子把猎刀弄弯了，歹徒好像拿了一把收割用的大镰刀，歹徒叫起来：他就这么完了，我他妈也完了。

我们大家向他下保证这是老人最后一笔财富。

他死了呀。

人生最后一瞬间是最宝贵的。

好死不如赖活着，难道他活够了？

活够了才需要好好地死一回。

要死你们自己去死，我是拿刀吓唬你们的。

一吓把我们吓灵醒了。

人是饭吃大的不是吓大的。

我们偏偏是吓大的。

呸！抢你们几回算是遇上鬼了。

如此奇特的死亡深深打动了我们。老人倾心于死亡绝不是一时冲动，他们年老体衰，他们的生活都凭着惯性向前移动，不怎么费劲，反而很顺利。

我们一下子找到了永恒的惯性，我们就这样迷上了火车，开始漫长的旅行。摇摇晃晃的车厢在唤醒我们一种东西。老年人最先意识到了，第一个成功者出现在他们当中不足为奇。在我们讲述老人的死亡之时，人们不自主地涌到我们跟前，跟我们站在一起。

这不是老人一个人的事情，是我们所有人的事情。

我们感谢大家对老人的崇敬之情。

不是崇敬是热爱，热爱我们的命运。

我们再也讲不下去了，我们唯一能做的就是彼此间的感动。既然我们从来没有好好地活过，为什么不好好地死一回呢？

那些日子，8号车厢经常发生死亡事件。歹徒都不敢露面了。一个接一个死，鬼都害怕。

老人们对死亡有他们独特的理解，他们把人生最美好的瞬间安排在列车上，其用意是显而易见的。他们神态安详，双目合在一起，如同到了天国。

死亡是不能模仿的，它跟生命一样属于创造，需要勇气、胆略和超人的意志。我们只能耐心等待。我们长久地站在路边，看着车窗上一双双焦灼的眼睛。他们消失很久，我们才听到列车的汽笛声。

列车就这样夜以继日地来回奔驰，阳光耀眼灼人，热风一阵一阵，绿洲总是短暂的，而戈壁沙漠无边无际。就在我们变得谦逊起来的时候，我们马上意识到歹徒的抢劫生涯快要结束了。

在群山和草原之间，一直流传着这样一个故事：屠夫杀了一辈子牲畜，有一天，当他举刀走向羊群时，羊群哗全跪下了，羊们泪眼婆娑，咩咩叫着，那叫声既不是哀号也不是安慰，而是对生命的祈祷。屠夫一下子醒悟了，丢下刀子，向主人告辞。屠夫告诉主人，这些羊已经知道死亡了，杀它们已经毫无意义。主人说我们还得吃肉哇。屠夫告诉他，死亡的种子就在生命里埋着，刀子只是进去打开缺口把它放出来，它自己已经出来了，刀子就没有意义了。

我们盼望着出现奇迹。慢慢有了消息，抢劫事件出现的地方离我们很远。歹徒在有意躲我们。我们也尽量不找他的麻烦。老年人都很自觉，不再外出旅行，他们总是担心上了火车控制不住自己，发生意想不到的事情。

有好几次，歹徒从我们身边过，我们佯装不知。他也就习以为常了，开始频频出现在8号车厢。我们暗示他车厢里没有老人。他总是视而不见，匆匆而过。有好几次，我们听见惊叫和搏斗，然后是跳窗。那时我们就想，他要回到我们车厢了。他再次从我们车厢过时，我们故意挤在过道里，他怒气冲冲甩膀子硬挤，挤出一身臭汗不过挤几步路。他只好坐下歇口气。他落脚的地方紧挨着那个丫头。丫头浑身不自在。歹徒就说：动什么动，吃蛇肉啦！丫头一下子安静了，歹徒忍不住看她一眼，愣住了。他们彼此的身体就这样苏醒了。歹徒干咳一声，装作不认识，还故作轻松地开玩笑：这么漂亮的丫头应该坐软卧。

我们都看到了，丫头的面孔红光闪闪，丫头不知道发生了什么事，恐慌起来，越是慌乱，脸上越亮。

歹徒笑：慌什么慌，你变漂亮了。

我漂亮不漂亮是天生的，不是你说出来的。

女人没有天生的，女人是开发出来的。

丫头低头不语。

歹徒要上路了，他用猎刀碰一下丫头，丫头就起来了。那样子就像在劫持，实际上是给大家看的。他们慢慢走向门口。

丫头理所当然要和歹徒发生一些故事。她的故事跟我们没有本质的区别，只是方式不一样。

好几年前，她刚参加工作，老板就毫不客气地拿走她最珍贵的东西。当然喽，老板是讲策略的，让她感觉到贡献贞操是理所当然无法逃避的。老板把这种用心包得很严，不直说，却年年月月时时分分秒秒在暗示在提醒，让你觉醒让你进步。当一切发生之后，她长长松一口气，就像憋一泡尿熬到天亮终于撒轻松了，交出这一切后，盼来的是全身心的解放。老板放心地去解放另一些姑娘，她也没感到什么冷落，一切都很正常，这是一个必然过程。离开单位到私营公司上班，就没这么多麻烦了。私营老板跟单位不一样，他们不做思想工作，不关心她的进步与觉醒，他们送首饰服装，然后理所当然拥她上床毫不客气。后来就是在列车上的奇遇，歹徒不要她的财物，不做思想工作更不给她什么东西而是恶狠狠地要她的身体。歹徒把这些看得很重要，冒着被追捕被判刑的危险，来拿她的身体，直截了当干脆利落不加掩饰，真实得像戈壁滩坚硬的石头。走的时候还忘不了吹口哨。

她就是在那粗野的口哨声中，发现女人身体的可贵。她开始珍惜自己。她加入我们的行列。

女人在紧要关头总是比男人有勇气，比男人更出色。丫头很勇敢地向前迈了一大步，她不给老板当情妇了，她彻头彻尾地投进歹徒的怀抱，并且把他们的关系公开化。她一点儿也没有考虑到歹徒的处境。那样做会给歹徒带来危险，引来警察。歹徒对警察和监狱是有所顾忌的。歹徒的一切都是隐秘状态，他们是社会的隐形人，用行话说，是社会的阴暗面。丫头要拉他到光天化日之下，他就会原形毕露。他用歹徒手段狠狠地揍她一顿，不但没有打掉她的嚣张气焰，反而坚定了她的信念。她不但给领导和老板当过情妇，她还一直给某位男同志当老婆。我们叫她丫头纯属误会。她的风采足以使少女们相形见绌。我们更乐意把她当未婚女子。女人这个词多少有些亵渎意味，有些过气。我们一直把她当姑娘，失去贞操没有关系，被人霸占过没有关系，给人当老婆没有关系，有一个三岁小孩也没有关系，我们只相信我们看到的一切。她来到我们中间，给我们的是一个优雅而纯粹的青春形象。

她就是以这种形象接近歹徒的。她很容易忘掉丈夫，忘掉各种社会关系，以自由之身全力以赴，这无异于把歹徒公开示众。歹徒逃之夭夭。她总能找到他，他们彼此没有秘密可言。歹徒的世界全在她的感觉中，无昼夜之分。歹徒可以躲开全世界却躲不开她。穷途末路之际，歹徒使出极高明的一招。歹徒来到她家里，她的孩子在院子里玩，歹徒连哄带骗把孩子弄走了，留下一封奇怪的信，别人读不懂。孩子的妈妈一读就懂。她哭了，哭得山崩地裂，全身的肉乱跳，像掉叶子的树。歹徒准确无误地利用了她崇高的母爱，歹徒是一些最善于利用人性母爱的人。她束手就擒，答应他不再胡闹。

你不要我了？

我这么做就是为了保住你。

你为什么要把我赶到我丈夫那里去？

你丈夫待的地方也是我乐意待的地方。

歹徒摸出一枚硬币。

你丈夫这面是正面，我这面是数字，你的实际价值在这里。

他们做掷钱游戏，做五次，正面两次，数字三次。她心里慢慢平衡了。

她重新出现在我们大家面前，那种介于女人与姑娘之间的神态把我们惊呆了，这是女人的奇观，鬼斧神工也不过如此。她所到之处，女人们都停下来，目送她徐徐远去。她们惊叹于这种美丽，可她们没有勇气得到它，她们只能想到化妆品。她们不知道女人的美丽是无法打扮的，属于生命的东西，只能用生命来解决。

惊讶之余，我们不禁扪心自问：我们还要等到什么时候？那天，我们两手空空，只带买车票的钱，连饭都不想吃，都什么时候了，吃什么饭啊，吃得下去吗？

我们走进8号车厢，里边都是我们的人，大家都没带东西，连喝水杯子都没带，列车员提着大水壶白走一趟。有个老人抽着莫合烟给我们讲大海。很早以前新疆是大海。他是搞地质的，是个专家。戈壁沙漠是后来的事情，它们存在的时间跟海洋时期没法比，海水退走的时候把记忆留在岩石上了。老人拿出一块石头，这是他在黑山头捡的，石面上有水浪的波纹，那些波纹逐渐扩大，要雄伟而壮阔地淹没了老人。我们只能看见老人最后的笑容，就在我们发愣的时候，那笑容鸟儿似的飞走了。

我们茫然四顾。

好长时间我们回不过神。列车员喊我们，我们也听不见，列车撇下一个又一个小站，往前，一直往前……